三曹诗词集

【汉】曹操【三国】曹丕【三国】曹植 / 著
张沙 / 编著

江苏凤凰文艺出版社
JIANGSU PHOENIX LITERATURE AND ART PUBLISHING

图书在版编目（CIP）数据

三曹诗词集 / (汉) 曹操, (三国) 曹丕, (三国) 曹植著; 张沙编著. -- 南京: 江苏凤凰文艺出版社, 2020.8

(中国诗词大家系列丛书)

ISBN 978-7-5594-5078-4

Ⅰ. ①三… Ⅱ. ①曹… ②曹… ③曹… ④张… Ⅲ. ①古典诗歌—诗集—中国—三国时代 Ⅳ. ① I222.736.1

中国版本图书馆 CIP 数据核字 (2020) 第 153709 号

三曹诗词集

[汉]曹操 [三国]曹丕 [三国]曹植 著 张沙 编著

总 策 划 慧源通
总 编 辑 徐运全
责任编辑 王昕宁
特约编辑 陈长元
责任校对 张伟娜
装帧设计 李志雪
出版发行 江苏凤凰文艺出版社
南京市中央路165号，邮编：210009
网 址 http://www.jswenyi.com
印 刷 嘉业印刷（天津）有限公司
开 本 880×1230毫米 1/32
印 张 8
字 数 160千字
版 次 2020年8月第1版
印 次 2020年8月第1次印刷
书 号 ISBN 978-7-5594-5078-4
定 价 36.80元

前　言

中国文学史上的建安时期，主要以诗歌成就最为显著。有不少作品从汉乐府民歌中吸取养分，反映出社会动荡战乱的局面和百姓流离失所的痛苦，迫切希望国家能够统一，人民能过上太平生活的强烈愿望。言辞慷慨，语言刚健，气势雄浑。后人以“建安风骨”称赞这些作品俊逸刚健的风格。这一时期文坛领袖主要以曹操、曹丕、曹植父子三人为主，后人把曹操父子三人统称为“三曹”。

“三曹”的文学成就源自他们深远的心境、杰出的才干，诗词歌赋风格一洗之前的靡靡文风，促成了“建安风骨”的诞生和发展。同时，三人的文学成就不仅对当时文坛产生了巨大的影响，并且为后世历代诗歌词赋的发展奠定了一定的基础。

曹操（155 年—220 年），东汉末年政治家、军事家、诗人。是建安文学主要代表人物，在文学、书法、音乐等方面都有深厚的修养、精湛的造诣。虽然现存他的诗歌数量不多，但他开阔博大的胸襟、追求宏图霸业的抱负、旷达通脱的人生态度，在诗歌中仍然一览无遗。曹操诗歌中最著名的当属《短歌行・对酒当歌》，其主题非常明确，以深沉和抑扬顿挫的笔调，通过宴会的歌唱形式来抒写他内心渴望招纳贤才、一统天下的雄心壮志，以及其光明磊落的胸襟和真挚的情感。

此外，曹操在诗歌形式上也有所创新，尤其擅长写五言体和四言体。《蒿里行》原是杂言，曹操却以五言重写，成功开创了五言诗先河。我国杂言文体自《诗经》之后已见衰落，少有佳作，但曹操继承了《国风》和《小雅》的传统，反映现实，抒发情感，其《短歌行・对酒当歌》《步出夏门行・观沧海》等都是四言诗佳作，文辞质朴，直抒襟怀，慷慨悲凉而又沉郁雄健。史书评价曹操：“明略最优；横槊赋诗，故一世之雄也。”

曹丕(187年—226年)，字子桓，曹操次子，曹植之兄。魏国开国皇帝，即魏文帝。曹丕在“三曹”中是一个尴尬的角色，他似乎是建安文学的“边缘”人物。可从他现存约四十首诗歌而言，内容凄婉动人，民歌风味浓厚、格调清新，归为“三曹”确非浪得虚名。他多次南征北战，目睹了战争给人民带来的惨状，这些经历，为他以后的诗歌创作提供了真实的创作材料，在他的诗歌中得到了真实反映。其代表作《燕歌行·秋风萧瑟天气凉》是今存较早出现且完整、成熟的七言诗，写景与抒情巧妙交融，让此诗成为叠韵歌行之祖，对后世七言歌行的创作有很大影响。由此可以看出曹丕的文学创作在建安文学中确实独树一帜，他的阅历和才情，更使其成为建安时期最具主体意识的诗人。

曹植（192 年—232 年），字子建，是曹操之妻卞氏所生第三子，自幼聪明过人，是这一时期最负盛名的作家。流传下来的诗赋文章有：描绘人民痛苦生活的《泰山梁甫行》，描写爱情的《美女篇》《洛神赋》等，《七步诗》更是尽人皆知。曹植现存诗赋九十多首，是第一位大量写作五言诗的文人，他的创作生涯以汉献帝建安二十五年（220 年）为界，分为前后两期：前期作品中多数表现其作为公子的奢豪游宴生活，内容多空虚浮躁，鲜有艺术价值，却也具有明朗、和谐、清新的特色；后期，在曹丕继位后，曹植受到政治打压，其创作也随之转向另一层面，作品较多地揭露了统治集团的内部矛盾，表现出他的政治抱负及有志难伸的压抑、悲愤之情，同时也有一些展现社会现实与关心人民疾苦的诗篇。

曹植的散文，叙事论理简练有序，具有强烈的感情色彩；诗歌更是洋溢着万丈豪情与浓厚的报国热忱。尤其是《洛神赋》，淋漓尽致地抒发了人神相遇相恋而不能相交相守的无尽愁怨，充分体现出曹植的文学造诣。在中国古典诗歌从朴实无华的民歌转到文人抒怀诗的传承与发展阶段中，他做出了巨大贡献。与曹操、曹丕相比，曹植的文人气质更为纯粹些，更加丰富了五言诗的艺术功能，也正因为他善于运用传统的比兴手法进行诗歌创作，引领了建安时期的创作风潮，所以成为建安诗坛最杰出的代表。

为满足广大读者对曹氏父子三人优秀作品的了解、阅读和鉴赏需求，我们精心编写了这本《三曹诗词集》。在编写体例上，集众家之长，益独家之见，辟“原文”“注释”“译文”“创作背景”“赏析”和“轶闻异物录”六个栏目。在收录原著方面，本书除收编曹操的《观沧海》《龟虽寿》，曹丕的《燕歌行》，曹植的《白马篇》等四十六首诗外，一并收编了曹操的散文《求贤令》《求言令》、曹丕的书信《与吴质书》、曹植的赋《洛神赋》，并附他们的“大事记”。

本书秉承忠实于原著的思想，在“原文”“注释”“创作背景”板块中力求翔实，对有争议的原文、注解或创作年代，我们也在精心考证后作出综合研判，给出比较符合史实及作品内容的说法，同时附上争议者的观点，供读者参考；在“译文”“赏析”和“轶闻异物录”中，我们在力求翔实的基础上，给出了编著者个人或集体的看法，且在赏析过程中，力求挖掘原著中的美学价值、艺术价值、思想价值，力求客观地呈现给读者艺术再创作的美文。

本书在编写过程中，参考了上海古籍出版社2018年6月出版的《三曹诗选评》、中华书局2012年9月出版的《三曹诗选》。

由于编著者的能力所限，本书在编写过程中难免存在差错或遗漏，敬请广大读者批评指正！

鉴于部分作品的作者暂无法取得联系，请作者自行与本书发行单位联系后，获取稿酬。

目　录

曹操

曹丕

曹植

曹 操

观沧海

东临[1]碣（jié）石[2]，以观沧[3]海[4]。

水何[5]澹澹[6]（dàn），山岛竦峙[7]（sǒng zhì）。

树木丛生，百草丰茂。

秋风萧瑟[8]，洪波[9]涌起。

日月[10]之行，若[11]出其中。

星汉[12]灿烂，若出其里。

幸甚至哉，歌以咏志[13]。

◎注释

①临：有登上、游览的意思。

②碣石：山名。即河北昌黎碣石山。汉献帝建安十二年（207年）秋天，曹操征乌桓得胜回师时经过此地。

③沧：通“苍”，青绿色。

④海：这里指渤海。

⑤何：多么。

⑥澹澹：水波动荡的样子。

⑦竦峙：高高地挺立。竦：高。峙：挺立，耸立。

⑧萧瑟：秋风狂吹树木时发出的凄厉声。

⑨洪波：翻滚汹涌的波浪。

⑩日月：太阳和月亮。

⑪若：如同，好像。

⑫星汉：银河，星河。

⑬幸甚至哉，歌以咏志：乐府歌结束用语，不影响全诗内容与感情。意为太值得庆幸了，就用诗歌来表达心志吧。幸：庆幸。甚：非常。至：极点。

◎译文

东行途中登上了碣石山，有幸观赏苍茫的大海。

海水浩浩渺渺无涯无际，山石交错、琅琊矗立。

海岸上参天林木郁郁葱葱，百草繁茂欣欣向荣。

海面上，阵阵秋风来袭，海水涌起了滔天巨浪。

无论是太阳或月亮，都像从浩瀚的大海中升起。

就连星光灿烂的银河，也像在海洋中孕育而生。

这景象让我高兴至极，就用诗歌来表达心志吧。

◎创作背景

这首诗应作于汉献帝建安十二年（207年）秋季，是曹操北征乌桓得胜回师，路过碣石山时所作。

汉献帝建安十一年（206年），乌桓攻破幽州，俘虏汉民十余万户，袁绍儿子袁尚和袁熙勾结辽西乌桓首领蹋顿，屡屡骚扰边境。汉献帝建安十二年（207年），曹操毅然决定北上征伐乌桓。在田畴的指引下，小用计策，在八月的一次大战中，曹操终于取得决定性的胜利，巩固了后方的统治，奠定了次年挥戈南下的基础，乘兴而作《步出夏门行》的第一首《观沧海》。

◎赏析

这首诗通过对大海波涛汹涌、气吞日月星辰之雄丽景象的描绘，使读者仿佛看到了诗人奋发进取、立志统一国家的伟大抱负和壮阔胸怀，触摸到作为一个政治家、军事家的诗人曹操，在一种典型环境中的思想变化和情感流动，表达出诗人渴望建功立业、一统中原的雄心和壮志。

“东临碣石，以观沧海”，点明“观沧海”的位置以及诗人登上碣石山顶的目的：居高临海，视野辽阔，大海的壮阔景象能够尽收眼底。“观”字起到统领全篇的作用，既表现了大海海面的辽阔，也表现了诗人胸襟的宽广。

“水何澹澹，山岛竦峙”，实写眼前神奇而又壮阔的景象，既是初望大海时所得的第一印象，也是诗人用绘画的手法，准确生动地描绘出大海浩渺无边、海岛巍然高耸的远景轮廓。“水何澹澹”，是诗人在“碣石”上远观大海时获得的印象，诗人通过形象描写，力求表现出海洋博深阔大、动荡不安的性格。“山岛竦峙”，诗人形象地描绘出在水波荡漾的大海上，最先映入眼帘的是那突兀耸立的山岛，是它们点缀在平阔的海面上，才使得大海神奇而壮观，这画面既单纯又饱满，丰富而不琐碎，从而将诗歌的意境由抽象变为具象，像一幅粗线条的炭笔画一样展现在读者面前。

“树木丛生，百草丰茂”，具体写竦峙的山岛，虽然已到秋风萧瑟、草木摇落的季节，但岛上树木繁茂，百草丰美，给人以诗意盎然的感受。

“秋风萧瑟，洪波涌起”，面对萧瑟秋风，诗人极写大海的辽阔壮美。而描写海上波涛汹涌的画面，实为抒发自己的雄心壮志作铺垫。“洪波涌起”是对“水何澹澹”的跟进一层描写，说明当你仔细看的时候，在萧瑟的秋风中，海面并不是真正像远看时的“澹澹”景象，而是洪波巨澜、汹涌起伏的状态。这时诗人面对萧瑟秋风、汹涌的大海，不禁在胸中升腾起一股“老骥伏枥”般的壮志，从而使其诗歌的意境突破了秋天萧条的环境，并无半点萧瑟凄凉的悲秋情绪和感伤情调在其中，这种新的境界，新的格调，正反映出诗人“志在千里”的壮士胸襟。

“日月之行，若出其中。星汉灿烂，若出其里”，运用想象，不仅描绘出海洋与天相接的景象，同时也赋予海洋以变幻莫测的性格，叙写出诗人的壮志情怀。如果说前面的描写，是将大海的气势和威力凸显在读者面前，那么，此处的描写就是在丰富的联想中表现出作者博大的胸怀、开阔的视野、宏大的抱负，暗含一种要像大海容纳万物一样把天下纳入自己掌中的胸襟。这样的描写才更形象、更深刻地反映出大海的内在性格。

“幸甚至哉，歌以咏志”，这是合乐时的套语，与诗的内容无关，也说明这是乐府唱过的。

全诗语言质朴，想象丰富，气势磅礴，苍凉悲壮，在一幅苍凉的画面中，寄寓着一份强烈的慷慨之气，抒发着一股浓浓的壮志豪情，这也是建安风骨的代表作。通篇写景，无直抒胸臆的感慨之词，但句句写景，又句句抒情，令人感受到海的生命在诗人的笔下不但异彩纷呈，而且具有了特殊的个性。诗人不但把眼前的海景和自己的雄心巧妙地融合在一起，而且做到了情理和谐、含蕴深刻，富有启发性，既能激发起读者的想象，又体现出这首诗意境开阔、气势雄浑的艺术特色。

◎轶闻异物录

巧破乌桓

汉献帝建安十年（205 年）春正月曹操斩袁谭于南皮，袁尚和袁熙投奔北方的乌桓部落；夏四月，乌桓攻鲜于辅于犷平，秋八月曹操赶到，将乌桓逐至塞外。建安十一年（206 年）四月破壶关，秋八月东征海贼管承，彻底解除关内的忧患。同时，曹操开始着手准备北征辽西乌桓，由董昭负责开凿了两条漕运渠：平虏渠和泉州渠。

汉献帝建安十二年（207 年）五月，为了彻底解除关外的威胁，曹操率领大军到达无终，准备出塞作战。但是，当地夏秋季节常见的阴雨天气导致进入辽西的滨海道不通。七月，曹操任命当地人田畴为向导官，避开滨海道，北出二百年人迹罕至的卢龙塞，一路开山填谷，长途奔袭，途经白檀、平冈，率领精锐骑兵万骑出大凌河，行程达八百华里，出其不意地进攻辽西乌桓的巢穴柳城。八月，曹军距离柳城只有二百里时，乌桓单于蹋顿等人才察觉，仓促集结数万骑兵抵挡，两军在白狼山遭遇，曹操大破乌桓，占据柳城，袁尚、袁熙投奔辽东公孙康。不久，公孙康杀二袁，归顺曹操。至此，曹操北征乌桓之战大获全胜。九月，曹操从柳城胜利回师。

曹操此次作战，历时近一个月，行程四百余公里，解除了“三郡乌桓”对中原北部的威胁，扫清了袁氏的残余势力，彻底统一了河北，并且收编乌桓精骑，增强了自己的军事实力。

度关山[1]·天地间

天地间，人为贵。

立君牧[2]民，为之轨则[3]。

车辙马迹，经纬[4]四极[5]。

黜（chù）陟（zhì）幽明[6]，黎庶[7]繁息。

於[8]（wū）铄[9]贤圣，总统[10]邦域[11]。

封建[12]五爵[13]，井田[14]刑狱，

有燔[15]（fán）丹书[16]，无普[17]赦赎。

皋陶[18]（yáo）甫侯[19]，何有失职。

嗟哉后世，改制易律[20]。

劳民[21]为君，役赋[22]其力。

舜漆食器[23]，畔者[24]十国，

不及唐尧，采椽（chuán）不斫[25]（zhuó）。

世叹伯夷[26]，欲以厉俗[27]。

侈恶[28]之大，俭为共德[29]。

许由[30]推让，岂有讼曲[31]。

兼爱[32]尚同[33]，疏者为戚[34]。

◎注释

①度关山：乐府旧题，属《相和歌·相和曲》。

②牧：这里是养育、管理的意思。

③轨则：法度、规则。轨：应遵循的规则。

④ 经纬：原指道路，南北为经，东西为纬。这里用作动词，指经由东西南北道路。

⑤ 四极：东南西北四方极远的地方。

⑥ 黜陟幽明：贬退不明事理的人，提拔干练的人。出自《尚书·舜典》。黜：降职或罢免。陟：提升，升迁。幽：指昏庸无能的人。明：指德才兼备的人。

⑦ 黎庶：黎民，庶民，即百姓。

⑧ 於：感叹词。

⑨ 铄：美好。

⑩ 总统：总揽，总管。

⑪ 邦域：国家的疆域。

⑫ 封建：封赏建立，封邦建国。古代帝王把土地分封给诸侯，让他们在自己的封地上建立邦国。

⑬ 五爵：指古代公、侯、伯、子、男五等爵位。

⑭ 井田：周代的土地制度。以方九百亩为一里，划为九区，因为像“井”字，而得名“井田制”。

⑮ 燔：焚烧。

⑯ 丹书：古代用朱笔记载犯人罪状的文书。一说指传说中赤雀所衔的瑞书，即《洛书》。

⑰ 无普：不能普及。

⑱ 皋陶：亦作“臯陶”。一作“皋繇”。传说虞舜时的司法官，狱官或狱神的代称。

⑲ 甫侯：一作“吕侯”，周穆王时任司寇。这里泛指司法官。

⑳ 改制易律：更改制度和律法。

㉑ 劳民：使人民劳苦。劳：在这里是使动用法，使……劳苦。

㉒ 役赋：劳役与赋税。

㉓ 舜漆食器：虞舜用漆器为饮食用具。食器：饮食用具。

㉔ 畔者：背叛者。畔：同“叛”，背叛。

㉕ 采椽不斫：采用柞木作椽，不加砍凿修整。椽：放在檩上架着屋顶的木条。

㉖ 伯夷：商朝末年孤竹君的长子。孤竹君死后，伯夷和他的弟弟叔齐互相谦让王位，后来弃国出走。商朝灭亡后隐居在首阳山。

㉗ 厉俗：激励世俗。厉：劝勉，激励。

㉘ 侈恶：奢侈的罪恶。

㉙ 俭为共德：节俭是上下一致遵守的道德。《左传·庄公二十四年》："臣闻之：'俭，德之共也；侈，恶之大也。'先君有共德，而君纳诸大恶，无乃不可乎？"杨伯峻注："共读为洪，大也。旧读共为恭，不妥。"

㉚ 许由：传说中的隐士。相传尧想把天下让给许由，许由不肯接受，并且认为是对他的侮辱。

㉛ 讼曲：打官司，辩曲直。

㉜ 兼爱：同时共爱。墨子提倡的一种伦理学说。他针对儒家"爱有等差"的说法，主张爱无差别等级，不分厚薄亲疏。《墨子》中有《兼爱》三篇，阐述其主张。

㉝ 尚同：崇尚同德。墨子的政治思想。在"尚贤"的基础上，推选贤者仁人，主张地位居下者逐层服从居上者，从而达到"一同天下之议"的治世。

㉞ 戚：亲近。

◎译文

自然万物生于天地之间，人类的高贵已无法比拟。
设立君主制度管理百姓，已经成为世上法度规矩。
天子的车辙国君的马迹，条条大路畅通纵横天下。
决定人才的优劣与升降，掌握着百姓的繁衍生息。
我要赞美圣贤君主们，他们统一管理着国家疆域。
分封诸侯并授予官爵，建立井田制度，颁布法令。
宁烧丹书废除残酷的刑罚，也不乱开释罪的先例。
舜时的皋陶周时的甫侯，作为狱官他们错在哪里？
可惜可叹的是后代人们，把制度规矩统统改变了。
驱使老百姓辛苦劳作去奉君，摊派徭役榨取民力。
虞舜曾经下令漆饰食具，激起各国民众纷纷叛离。
哪里如唐尧时代崇尚俭朴，用柞做椽且不要削齐。
难怪世人都在赞赏伯夷，盼望激励良好世俗风气。
奢侈本来就是最大的罪恶，节俭美德自不用怀疑。
许由自己不肯接受天下，难道需要他辩出道理吗？
只要社会实行兼爱尚同，疏远的人也会和睦亲密。

◎创作背景

东汉末年，天下大乱，群雄割据，战乱连年。曹操亲历了战乱，感受了征战之苦，目睹了战争所造成的土地荒芜，人民流离失所的社会惨象。曹操是富有理想的人，他希望能通过正确的措施实现太平盛世的理想。本诗具体创作时间待考。

◎赏析

这首诗赞美唐尧的节俭、伯夷礼让王位，认为遵守法律与道德、兼爱尚同，就能和睦共处。全诗表达了作者的政治理想，即执政者要勤俭、爱民、守法，依法行事，提倡节俭，共建太平和谐社会。蕴涵着孟子倡导的民本思想。

“天地间，人为贵”，开头就凸显了诗人以人为本、重视百姓的思想观念。

“立君牧民，为之轨则。车辙马迹，经纬四极。黜陟幽明，黎庶繁息。於铄贤圣，总统邦域。封建五爵，井田刑狱，有燔丹书，无普赦赎。皋陶甫侯，何有失职。嗟哉后世，改制易律。劳民为君，役赋其力。舜漆食器，畔者十国，不及唐尧，采椽不斫。世叹伯夷，欲以厉俗”，讲述诗人的政治理想：天下能够统一，有任用德才兼备者的明君，有依照律法行事的贤臣，有功者赏有罪者罚，崇尚俭朴，百姓能够安居乐业，人与人之间，互相谦让，彼此关爱。勾画了一个和谐繁荣的理想社会。

“侈恶之大，俭为共德。许由推让，岂有讼曲。兼爱尚同，疏者为戚”，表达了诗人以“让”与“兼爱”为基础的大同思想。作者为了充分表达这一思想，从两方面着手：一是通过叙述古代君主治民的法则，“黜陟幽明，黎庶繁息”，认为远小人任用德才兼备者是国家繁荣发展的基石；二是通过尧舜之间的对比，提出“侈恶之大，俭为共德”的观点，即国君贤明、君民平等、执法公正、讼狱不兴的大同思想。从中可见诗人渴望国家统一、天下安定的愿望。

这首诗在写作上，采用正面颂扬的形式与对比手法，通过对比，表明作者的观点，肯定了民本思想，提倡节俭，揭示了奢华享乐造成的严重后果。

◎轶闻异物录

曹操静观其变

曹操二十岁时成了洛阳北部尉，负责洛阳县的治安。上任后，他打造了十余根五色大棒，申明法令，谨严法治。在蹇图（汉灵帝最亲信宦官蹇硕的叔叔）违反“禁宵令”被曹操乱棍打死后，“京师敛迹，无敢犯者”。

曹操想做一个严肃法令的治世能臣。他在打死蹇图后，被远调成为顿丘令。在数次调官中，曹操从来都是尽心尽力。他数次上呈奏折，要求严肃法令，却始终如泥牛入海，没有下文。曹操觉得，大厦将倾，独木难支，单凭自己的力量去改变时事，犹如蚍蜉撼树，毫无作用。最终曹操谢绝了朝廷再次任命他为东郡太守的调任，在家乡静心读书，等待时机。黄巾之乱后，曹操重新出仕，平叛黄巾，讨伐董卓，一统北方，为魏国的建立奠定了基础。

蒿里行[1]·关东[2]有义士[3]

关东有义士，兴兵讨群凶[4]。

初期会盟津[5]，乃心[6]在咸阳[7]。

军合力不齐[8]，踌躇而雁行(háng)。

势利使人争，嗣[9]还[10]自相戕[11](qiāng)。

淮南[12]弟称号，刻玺[13]于北方。

铠甲[14]生虮[15]虱，万姓[16]以[17]死亡。

白骨露于野，千里无鸡鸣。

生民[18]百遗[19]一，念之断人肠。

◎注释

① 蒿里行：汉乐府旧题，属《相和歌·相和曲》，本为当时人们送葬所唱的挽歌，曹操借以写时事。蒿里：指坟地。

② 关东：这里指函谷关（今河南灵宝西南）以东。

③ 义士：这里指起兵讨伐董卓的将士。

④ 讨群凶：这里指讨伐董卓及其党羽。

⑤ 盟津：即孟津（今河南孟县南）。相传周武王伐纣时曾在此大会八百诸侯，这里指原本期望起兵的将领也能像武王伐纣会合的八百诸侯那样同心协力。

⑥ 乃心：其心，这里指上文“义士”的心。

⑦ 咸阳：秦朝时的都城，这里指长安，当时汉献帝被挟持到长安。

⑧ 力不齐：指讨伐董卓的诸州郡将领各有打算，力量不集中。

⑨ 嗣：后来。

⑩ 还：同“旋”，不久。

⑪ 自相戕：自相残杀。戕：自杀。

⑫ 淮南：淮南寿春（今安徽寿县）。这里指袁绍的异母弟袁术于

汉献帝建安二年（197 年）在淮南寿春（今安徽寿县）自立为帝。

⑬ 刻玺：这里指汉献帝初平二年（191 年）袁绍谋废献帝，想立幽州牧刘虞为皇帝，并刻制印玺。玺：印章，秦以后专指皇帝用的印章。

⑭ 铠甲：古代的护身战服，金属制成的叫铠，皮革制成的叫甲。

⑮ 虮：虱卵。

⑯ 万姓：百姓。

⑰ 以：因此。

⑱ 生民：百姓。

⑲ 遗：剩下，留下。

◎译文

关东各路仗义之士纷纷起兵，共同讨伐残暴的无道者。
最初约定各路将领制定盟约，同心协力讨伐长安董卓。
各路军队汇合后因利益各有盘算，谁也不肯率先前进。
利欲熏心引起了诸路军争权，随后各军之间自相残杀。
袁绍之弟在淮南称帝，袁绍立傀儡皇帝在北方刻印玺。
残酷的战争让士兵战袍上生满虱子，百姓惨死以万计。
尸骨曝于野地无人收，千里之地没有人烟听不到鸡鸣。
一百个百姓只有一个还活着，想到这里令人极度悲伤。

◎创作背景

这首诗的创作时间应在建安二年(196 年)九月至建安三年(197 年）正月，是曹操大败袁术之后而作。具体创作时间待考。

汉灵帝中平六年（189 年），汉灵帝死，少帝刘辩即位，何进等谋诛宦官，失败被宦官所杀。袁绍、袁术攻杀宦官，朝廷大乱。董卓带兵进京，驱逐袁绍、袁术，废除刘辩，另立刘协为帝（献帝），自己把持了政权。汉献帝初平元年（190 年），袁术、韩馥、孔伷等东方各路军阀同时起兵，推袁绍为盟主，曹操为奋威将军，联兵西向讨董卓。然而这支联军中的众将各怀私心，都想借机扩充自己的力量，故不能齐心合力，一致对付董卓。当董卓领兵留守洛阳以拒关东之师时，各路人马都逡巡不前，唯恐损失了自己的军事力量。

据史载，当时无人敢于率先与董卓交锋，曹操对联军的驻兵不动十分不满，于是独自引领三千人马在荥阳迎战董卓部将徐荣，虽然战事失利,但体现了曹操的胆识与在这历史动荡中的正义立场。不久，讨伐董卓的联军由于各自的争势夺利，四分五裂，互相残杀起来，其中主要的就有袁绍、韩馥、公孙瓒等部，从此开始了汉末长期的军阀混战，造成人民的大量死亡、社会经济的极大破坏。此诗即是对这一历史事件的反映。

◎赏析

这首诗通过描写诸军阀之间的争权夺利，和战争带给人民灾难、酿成丧乱的历史事实，表现出作者对百姓的无限同情怜悯和对国事的关注与担忧,反映了作者的忧国忧民之心。

“关东有义士，兴兵讨群凶。初期会盟津，乃心在咸阳”，四句一气呵成，将关东之师初起时准备兴兵讨伐焚宫毁庙、挟持献帝、荒淫无耻、祸国殃民的逆贼董卓的浩大声势与正义刻画殆尽，并将作者自己的态度也鲜明地表现出来。起首称之为“义士”，并指出“乃心在咸阳”，表明师出之名在恢复汉祚。

“军合力不齐，踌躇而雁行”，道出联军军心不齐和怯懦畏战的弊端。

“势利使人争”，描写联军将领各怀鬼胎、互相观望、逡巡不前的场景，可谓入木三分。

“嗣还自相戕”，当时联军虽然大军云集，但裹足不前，甚至为了争夺霸权、图谋私利，以致到了互相残杀的地步。

“淮南弟称号，刻玺于北方”，诗人对袁绍兄弟阴谋称帝、铸印刻玺，借讨董卓匡扶汉室之名，行争霸天下称孤道寡之实给予了无情的揭露，并对因此造成的战乱，使百姓流离失所而深感悲愤、痛心。最后点明袁绍的称帝野心，对于袁绍

等军阀的讥刺与抨击则是随着事态的发展而逐步表现的，可谓如层层剥笋，步步深入。诗中用极凝练的语言将关东之师从结盟到各自为政的过程细细叙说，成为历史的真实记录。

“铠甲生虮虱，万姓以死亡。白骨露于野，千里无鸡鸣”，诗人将笔墨从军阀纷争的事实记录，转向因连年的征战而饱受战乱苦痛的将士与百姓。以直白陈述其事情的方式说明将士长期不得解甲，导致身上长满了虮子、虱子，在揭露军阀祸国殃民的同时悲叹无辜的百姓受战乱之害而大批死亡，满山遍野堆满了白骨，千里之地寂无人烟，满目疮痍，一片荒凉凄惨的景象，令人目不忍睹。这些惨痛的事实，简直令人肝肠欲裂，悲痛万分。诗人的感情达到高潮。

“生民百遗一，念之断人肠”，直出胸臆，感叹在战乱中幸存的人百不存一，无一丝造作，完全是诗人心声的自然表露。

全诗用简洁明了的白描手法，无意于词句的雕琢粉饰，而以明快有力、直截了当的语言写出来，令人感到诗人按捺不住、喷涌而出的真实感情，同时军阀懦弱而丑恶的嘴脸也跃然纸上。

◎轶闻异物录

诛杀董卓

汉献帝初平三年 (192 年) 四月，汉献帝患病初愈，在未央殿大会朝中百官。董卓身穿朝服，乘车入朝。王允命士孙瑞自己书写诏书交给吕布。吕布让同郡人、骑都尉李肃与勇士秦谊、陈卫等十余人冒充卫士，身穿卫士的服装，埋伏在北掖门等待董卓。董卓一进门，李肃举戟刺去，董卓内穿铁甲，未能刺入，只伤了他的手臂，跌到车下。随后吕布手持铁矛将他刺死，并让士兵砍下他的头颅。

董卓死后，百姓在大街上唱歌跳舞，以示庆祝。董卓的弟弟董璜以及留在郿坞的董氏家族老幼，都被他们的部下用刀砍死，或用箭射死。郿坞中藏有黄金二三万斤，白银八九万斤，绫罗绸缎、奇珍异宝堆积如山。董卓的尸体被拖到市中示众。

董卓之乱造成了东汉末年政局的极度混乱，加速了东汉政权的灭亡，给国家和社会的稳定带来了巨大的破坏。经过这场动乱，关中地区二三年“无复人迹”，社会生产遭到严重摧残。董卓的暴政引发了诸侯讨伐，为群雄割据局势的形成打下了基础，成为东汉末年军阀混战局面的开端。董卓死后，关东联盟解体，群雄混战颠覆、肢解了东汉帝国，衰微的汉献帝朝廷成为曹操统一北方的工具和幌子。此后，汉室更加衰微，最终倾覆。

汉献帝初平三年(192 年)六月，董卓部将李傕、郭汜听从谋士贾诩的建议率兵攻入长安，赶走吕布，杀死王允，大肆报复，吏民死者万余人。随后李傕劫持献帝，郭汜扣留公卿大臣。最后献帝被迫逃出长安，流离失所，最终投靠曹操，汉室从此名存实亡。

苦寒行·北上太行山[1]

北上太行山，艰哉何巍巍[2]！
羊肠坂[3]（bǎn）诘屈[4]，车轮为之摧[5]。
树木何萧瑟，北风声正悲。
熊罴[6]（pí）对我蹲，虎豹夹路啼。
溪谷[7]少人民，雪落何霏霏[8]！
延颈[9]长叹息，远行多所怀[10]。
我心何怫（fú）郁[11]，思欲一东归[12]。
水深桥梁绝，中路[13]正徘徊。
迷惑失故路，薄暮[14]无宿栖。
行行日已远，人马同时饥。
担囊[15]行取薪[16]，斧冰[17]持作糜[18]（mí）。
悲彼《东山》[19]诗，悠悠[20]使我哀。

◎注释

① 太行山：绵延于山西、河北、河南三省交界处的大山脉。

② 巍巍：高耸的样子。

③ 羊肠坂：地名，在壶关（今山西长治县）东南，因坂道盘旋弯曲如羊肠而得名。坂：斜坡。

④ 诘屈：曲折盘旋。

⑤ 摧：毁坏、折断。

⑥ 罴：熊的一种，又叫马熊或人熊。

⑦ 溪谷：山中低洼有水处。山中居民往往聚居溪谷，这里指人烟稀少。

⑧ 霏霏：雪下得很盛的样子。

⑨ 延颈：伸长脖子（远眺）。

⑩ 怀：怀恋，心事。

⑪ 怫郁：愁闷不安。

⑫ 东归：这里指归故乡谯郡。曹操是谯（今安徽亳县）人，在太行之东，故云“东归”。

⑬ 中路：中途。

⑭ 薄暮：黄昏。

⑮ 担囊：挑着行李。

⑯ 行取薪：边走边拾柴。

⑰ 斧冰：以斧凿冰取水。

⑱ 糜：稀粥。

⑲《东山》:《诗经》篇名。据毛序，本篇为周公东征，战士离乡三年，在归途中思念家乡而作。

⑳ 悠悠：忧思绵长的样子。

◎译文

北征途中登上太行山脉，巍巍高山如此险峻难走。
羊肠石坂山路蜿蜒崎岖，一路颠簸导致车轮折断。
风吹树木一派凄凉萧索，北风呼啸发出声声悲鸣。
熊罴就在我的面前蹲坐，虎豹夹道发出嘶吼之声。
溪谷地区荒凉渺无人烟，鹅毛般的大雪纷纷落下。
伸长脖子眺望长长叹息，长途行军心中心事重重。
我心郁郁寡欢非常愁闷，真想东归返回我的故乡。
水深桥断很难前进一步，大军久久徘徊在半路中。
军队一度迷路失去方向，晚上还没有住宿的地方。
一直长途跋涉很长时间，人马都十分疲惫与饥饿。
担着行囊需边走边砍柴，凿开冰面寻找充饥食物。
一想起《东山》那首诗，使我长久感到哀伤忧愁。

◎创作背景

这首诗是汉献帝建安十一年（206 年）春，曹操亲征高干途中于鞍马间所作。高干本是袁绍的外甥，又系其下属，任并州牧。汉献帝建安九年（204 年），因慑于曹操的武力而归降，次年又趁曹操北征乌桓之机，举兵反叛，盘踞壶关口。为了平定北方，彻底铲除袁绍势力，曹操带着连年征战的疲劳，冒着北方冬春凛冽的寒风，翻越巍峨险峻的太行山，率师北上作战。

◎赏析

这首诗描写汉末动乱中军旅生涯征战的生活情景。诗人将自身征途之苦同将士思归之情融为一体，抒发了诗人关怀将士的体恤之情。

“北上太行山，艰哉何巍巍”，写仰望所见之景，引出山势高耸、道路纡曲的太行山区雄奇的地势。“北上”二字，不仅表明了行军路线的走向，而且显示出旆旌招展、锐不可当的浩大声势，以此笼罩全篇，气势逼人。紧接着发出“艰哉”的喟叹，先在心理上造成畏惧的状态，而后围绕“艰”字来写景抒情，这就在布局上避免了平铺直叙，并为下文创造出一个广阔的空间和一种步履维艰的气氛。“北上太行山”，引出行军旅途是这样的艰难不易。“巍巍”与“艰哉”相互呼应，说明军旅之途充满千难万险。

“羊肠坂诘屈，车轮为之摧”，写平视所见之景。“羊肠坂诘屈”，将道路比作“羊肠”，又以“诘屈”来形容，突出了道路的狭窄与崎岖。写山写坡，都是纪实，从正面落笔。“车轮为之摧”则是作者的感慨，是侧面烘托。道路的崎岖导致车轮都折断了。笔法变化而又和谐统一，具体而真实。

“树木何萧瑟，北风声正悲”，描写自然景色与环境的凄苦凶险。“萧瑟”“声正悲”，与下面的“霏霏”都是形容环境的恶劣、战争的艰苦，并通过“声正悲”，将客观的事物和主观的感受融为一体。

“熊罴对我蹲，虎豹夹路啼”，写野兽时常出没，是从形态方面进行描绘。熊“对我”而“蹲”，一群群熊罴，不光是“蹲”在那儿，同时以凶残的目光逼视着行人，让人毛骨悚然，头皮发麻。同时又从声音方面渲染，从树林深处传来阵阵虎豹的长啸，“啼”而“夹路”，让人心中倍感悲凉与恐惧。形与声相互交错，突出行军路途的艰险。

“溪谷少人民，雪落何霏霏”，诗人对阴森可怕的自然环境作了朴实的描写之后，又对荒无人烟的社会环境作了深刻的描述，山中居民原本是居住在溪谷旁的，现在沿着山民聚居的溪谷行军，却很少见到人的踪影，说明战争让百姓流离失所，无家可归。“雪落何霏霏”，写出了景色之阴暗、昏沉、凄凉、寒冷，而战争给人民带来的只有阴暗和凄凉。

“延颈长叹息，远行多所怀。我心何怫郁，思欲一东归。水深桥梁绝，中路正徘徊。迷惑失故路，薄暮无宿栖。行行日已远，人马同时饥。担囊行取薪，斧冰持作糜。悲彼《东山》诗，悠悠使我哀”，天都黑了，还找不到住宿之处，还得担着沉重的行囊上山拾柴，拿着斧子凿冰取水，寻找可以充饥的食物。这情景写得真切动人，深刻表现出行军途中遇到的各种各样的凶险与艰难情况，因而发出了“悠悠使我哀”的感叹，其情感人，真挚而强烈。

这是一首融叙事、写景、抒情为一体的诗篇，在艺术表现方面，结构谨严，章法有致。开篇叙事，继之写景，再作抒情，三者交替有序出现。所叙之事清晰了然，所写之景形象生动，所抒之情深刻感人。全诗不见华彩藻饰之言，只用古朴直率之语，直言悲凉可怕之事，直抒慷慨悲凄之情。这首诗不仅以写景取胜，而且以抒情见长。这情是以真景真事为基础的，因而具有强烈的感染力和巨大的生命力。

◎轶闻异物录

壶关决战

汉献帝建安十年 (205 年) 十月，并州刺史、原袁绍降将高干趁曹操北征乌桓，在并州发动叛乱，扣押上党郡太守，派兵屯守壶关，抗拒曹操。

曹操先派将军乐进、李典讨伐高干，不克。汉献帝建安十一年 (206 年) 春正月，曹操以其子曹丕留守邺城，率领大军亲征高干。曹操下令："城拔，皆坑之。"结果围攻壶关三月未克。曹仁对曹操说："围城必示之活门，所以开其生路也。今公告之必死，将人自为守。且城固而粮多，攻之则士卒伤，守之则引日久。今屯兵坚城之下，以攻必死之虏，非良计也。"曹操乃悟，从其计，壶关遂降。后高干自往匈奴求援，匈奴单于不救。高干与数骑南奔荆州，欲投靠刘表，途中被上洛都尉王琰捕杀。并州之乱遂平定。

龟虽寿[1]

神龟[2]虽寿，犹有竟[3]时。

螣（téng）蛇[4]乘雾，终为土灰。

老骥[5]（jì）伏枥[6]（lì），志在千里。

烈士[7]暮年[8]，壮心不已[9]。

盈缩[10]之期，不但[11]在天；

养怡[12]之福，可得永年。

幸甚至哉，歌以咏志。

◎注释

①龟虽寿：此诗为曹操组诗作品《步出夏门行》中的第四首，诗题是后人从诗歌的开头取三字而来。

②神龟：传说中的通灵神龟，能活几千岁。

③竟：终结，这里指死亡。

④螣蛇：一作“腾蛇”，指会腾云驾雾的蛇，是一种仙兽。又一说为星宿之一，有“勾陈腾蛇”之说。出自《山海经·中山经》。

⑤骥：良马，千里马。

⑥枥：马槽。

⑦烈士：这里指有远大抱负的人。

⑧暮年：晚年。

⑨已：停止。

⑩盈缩：这里指人的寿命长短。盈：满，这里意为长。缩：亏，这里意为短。

⑪但：仅，只。

⑫养怡：指调养身心，保持身心健康。怡：愉快、和乐。

◎译文

神龟虽然寿命很长，但总会有生命终结的那一天；
螣蛇尽管能够腾云驾雾，死后也只是化成那灰土。
年老的千里马病卧马槽旁，仍怀驰骋疆场的志向；
壮志凌云的人即使到了暮年，依然不会停止进取。
人的寿命有长有短，不仅仅是由上天来安排注定；
保持充沛的精力、良好的心态，就能健康而长寿。
真是幸运啊，用这首歌来抒发一下自己的感受吧。

◎创作背景

汉献帝建安十年(205年),曹操摧毁了袁绍在河北的统治根基，袁绍呕血而死，其子袁谭、袁尚逃到乌桓，勾结乌桓贵族多次入塞为害。曹操为摆脱被动局面，采用了谋士郭嘉的意见，于汉献帝建安十二年(207年)夏率师北征，五月至七月皆无果，后接受田畴建议，断然改道，经徐无山，出卢龙塞，直指柳城，一战告捷。九月，胜利回师，途经碣石等地，曹操写了《步出夏门行》这一组诗。此篇为组诗的第四首，写作时间比《观沧海》稍晚，大约在汉献帝建安十二年(207年)年末或汉献帝建安十三年(208年)年初，即在他平定乌桓叛乱、消灭袁绍残余势力之后，南下征讨荆、吴之前。此时曹操已经五十多岁了，回首自己的人生路程，无限感慨，遂作这首诗歌。

◎赏析

这首诗通过描写长寿神龟、螣蛇的艺术形象，表达了诗人对时光易逝的感慨，用老骥表明自己不改初心、奋发进取的积极人生志向。诗中充满诗人对生活真切体验的哲理，因而写得畅快淋漓，有着一种真挚而浓烈的感人力量。

“神龟虽寿，犹有竟时。螣蛇乘雾，终为土灰”，诗人从客观角度出发，表明即使是“神龟”“螣蛇”这一类的神物长寿不凡，也难逃一死，从而得出生老病死是不可违背的自然规律的观点。

“老骥伏枥，志在千里。烈士暮年，壮心不已”，笔锋遒劲，语气转为激昂，使这位“时露霸气”的盖世英豪的形象跃然纸上。“老骥伏枥”，蕴含着一股自强不息的豪迈气概，深刻地表达了作者老当益壮、锐意进取的精神面貌。“壮心不已”，表达了其永不停止的理想追求和积极进取的精神，永远乐观奋发，自强不息，保持思想上的青春。

“盈缩之期，不但在天；养怡之福，可得永年”，表现出深沉委婉的风情，给人亲切温馨之感。诗人显示出我命由我不由天的霸气，认为人寿命的长短不完全决定于天，只要保持身心健康、精神愉悦就能延年益寿。“养怡之福”，不是指坐而静养，而是说一个人的精神状态是最重要的，不应因年暮而消沉，可见诗人的人生观是事在人为！表达出他对自己的人生抱有信心的乐观主义精神，抒发了诗人不甘衰老、不信天命，对伟大理想的追求永不停止的壮志豪情。

“幸甚至哉，歌以咏志”，这是合乐时的套语。

全诗跌宕起伏，机理缜密，闪耀出哲理的智慧之光，迸发出奋进之情，振响着乐观声调。艺术风格朴实无华，格调高远，慷慨激昂，显示出诗人自强不息的进取精神、热爱生活的乐观态度。这首诗歌开辟了一个诗歌的新时代。诗中哲理与诗情又是通过形象化的手法表现出来的，因而述理、明志、抒情在具体的艺术形象中实现了完美的结合。

◎轶闻异物录

袁　绍

汉末，四世三公的袁绍拥有无与伦比的资本，手握超世之杰曹操，乱世枭雄刘备，天下无双吕布，神机妙算郭嘉，王佐之才荀彧，智勇双全张郃，如果再加上沮授、田丰、麴义、颜良、文丑等人，袁绍的这个阵容简直逆天！就算诸葛亮、司马懿、周瑜估计也不是对手。但就是这个逆天阵容，袁绍竟然玩输了！不但输了，而且输得一败涂地。因为曹操离开了他，吕布离开了他，郭嘉、荀彧离开了他，刘备、张郃离开了他，他杀了麴义，关了田丰，许攸背叛，颜良、文丑战死。

董昭所谓“袁曹一家”，只是委婉的说法，实际情况是，曹操当时依附于袁绍。曹操进攻徐州陶谦，被吕布抄袭了老家兖州，当时曹操只有三座残破不堪的县城。曹操之所以后来能挡住吕布的攻势，并将其逐出兖州，是因为袁绍增援了曹操五千兵马以及钱粮。曹操在兖州站稳脚跟后，便开始考虑“反叛”袁绍。直到“挟天子以令诸侯”，取得巨大政治利益，曹操的地位和实力迅速蹿升，终于敢与袁绍抗衡。

在汉末群雄割据的过程中，袁绍先占据冀州，又先后夺青、并二州，并于汉献帝建安四年（199 年）的易京之战中击败了割据幽州的军阀公孙瓒，统一河北，势力达到顶点。但在汉献帝建安五年（200 年）的官渡之战中大败于曹操。汉献帝建安七年（202 年），袁绍在平定冀州叛乱之后病逝。

气出唱（三首）

其一

驾六龙，乘风而行。

行四海，路下之八邦。

历登高山临溪谷，乘云而行。

行四海外，东到泰山。

仙人玉女[1]，下来翱游。

骖 (cān) 驾[2]六龙饮玉浆[3]。

河水尽，不东流。

解愁腹，饮玉浆。

奉持行，东到蓬莱山，上至天之门。

玉阙下，引见得入，赤松相对，

四面顾望，视正焜 (kūn) 煌[4]。

开玉心正兴，其气百道至。

传告无穷闭其口，但当爱气寿万年。

东到海，与天连。

神仙之道，出窈[5]入冥[6]，常当专之。

心恬 (tián) 澹[7](dàn)，无所惕。

欲闭门坐自守，天与期气。

愿得神之人，乘驾云车，骖驾白鹿，

上到天之门，来赐神之药。

跪受之，敬神齐。当如此，道自来。

其二

华阴山[8]，自以为大。高百丈，浮云为之盖。

仙人欲来，出随风，列之雨。

吹我洞箫，鼓瑟琴，何訚(yín)訚[9]！

酒与歌戏，今日相乐诚为乐。

玉女起，起舞移数时。鼓吹一何嘈嘈[10]。

从西北来时，仙道多驾烟，乘云驾龙，郁何务务[11]。

遨游八极，乃到昆仑之山，西王母侧，神仙金止玉亭。

来者为谁？赤松王乔，乃德旋之门。

乐共饮食到黄昏。

多驾合坐，万岁长，宜子孙。

其三

游君山[12]，甚为真。崔嵬砟(zuò)硌[13](luò)，尔自为神。

乃到王母台，金阶玉为堂，芝草生殿旁。

东西厢，客满堂。主人当行觞[14](shāng)，坐者长寿遽何央。

长乐甫始宜孙子。常愿主人增年，与天相守。

◎注释

① 玉女：神话传说中的华山神女。
② 骖驾：三匹马驾的车子，这里指车马。
③ 玉浆：神话传说中仙人的饮品。
④ 焜煌：辉煌。
⑤ 窈：深远。
⑥ 入冥：上青天。
⑦ 恬澹：清静淡泊。
⑧ 华阴山：华阴县南的西岳华山。
⑨ 訚訚：香气浓郁的样子。
⑩ 嘈嘈：热闹的声音。
⑪ 务务：美的样子。
⑫ 君山：古称湘山、洞庭山，是湖南洞庭湖中的一个小岛。
⑬ 砟硌：山石参差不齐的样子。
⑭ 行觞：依次敬酒。

◎译文

其一

驾驶着六龙驾驭的神车，乘长风而行真快乐啊。
行遍了东南西北四大海，踏遍了神州大地八荒。
腾云驾雾穿梭于高山和峡谷中，尽览大好河山。
刚刚巡视完四海之地，又急匆匆登上泰山之巅。
成群的仙人和亭亭的玉女结队而来，与我同游。
妆饰华美的龙车上，六条驾车之龙在饮着玉浆。
滔滔江河之水瞬间变为干涸的河床，不再东流。
为宽解满腹的忧愁，我也学习仙人饮下了玉浆。
遵天命，一路向东，登上蓬莱山，来到天门外。
在玉门之下，被领进辉煌的大厅，面见赤松子。
仔仔细细四面环顾，目之所见，无不气派璀璨。
看到星光闪闪我心情激动，真气涌动流遍全身。

被告知：要受益无穷就闭嘴，为长寿珍爱元气。
来到了东海之滨，就是到了通往上天去的路上。
通往成神升仙的道路需要上天入海，专心修炼。
要剔除心中私心杂念，让心灵宁静淡泊无贪欲。
要闭门静修保住真气，让精气与自然之气融合。
希望成仙者就坐上云车，驾一匹白鹿飞快行驶。
走进天庭的大门，接受神仙所赐予的灵丹妙药。
跪着接受，向神表达敬意，这样仙道才会降临！

其二
巍巍华阴山，真的好大呀。高耸入云，隐蔽在苍穹中。
仙人将要从这里路过，立时狂风大作，暴雨倾盆而下。
吹起我的洞箫，弹起我的琴瑟，好一派欢乐祥和景象。
备上好酒，载歌载舞，今天高兴欢迎不会有一丝假意。
玉女站起来，翩翩起舞很久。鼓乐在热热闹闹地吹打。
仙人从西北乘龙车驾云烟而来，气氛浓烈真是美极了。
游览八方后到达昆仑山脉，西王母身侧全是金屋玉庭。
来的人是谁呢？是王乔和赤松子，他们走进功德之家。
一同吃吃喝喝直到黄昏，神仙们围坐在一起开心交流。
这样的聚会越长久，为子孙后代谋得的福利也会越多。

其三
遨游了仙山，感觉真好。巍峨山岩错落有致各自为神。
就像来到西王母瑶台，金阶玉堂，殿旁长满灵芝仙草。
东西厢房客已坐满，主人劝酒，祈愿在座者健康长寿。
经常笑口常开有益子孙，更祝愿主人长寿，与天齐福。

◎创作背景

气出唱：一作“气出倡”，乐府旧题。宋人郭茂倩将其收入《乐府诗集·相和歌辞·相和曲》。李善注引《歌录》:“古相和歌十八曲,《气出》一,《精列》二。《魏武帝集》有《气出》《精列》二古曲。”该诗共有三首,都是游仙诗。具体创作时间待考。

◎赏析

其一

这首诗通过描写诗人想象自己能自由翱翔四海八荒,得到长生不老的保养方法与灵丹妙药,透露出诗人期望自己能够长寿,实现心中宏愿。

“驾六龙,乘风而行。行四海,路下之八邦。历登高山临溪谷,乘云而行”,诗一开头就隐隐有一种霸气,写出了出游的威仪感。“六龙”是神话传说中太阳神乘驾着六龙车,羲和为御者。古代天子的车驾为六马,诗人幻想着能乘风驾驭龙车,遨游四海八荒,作者的野心与宏愿在这里隐隐显露。“历登”有领起作用,涵盖了下文的泰山、蓬莱、天门。

“行四海外,东到泰山。仙人玉女,下来翱游。骖驾六龙饮玉浆”,先写游历泰山,表达诗人想要一统天下、封禅泰山的雄心壮志。泰山历来被称为“群山之祖,五岳之宗,天地之神,神灵之府”,是历代帝王封禅之地。

“河水尽,不东流”,河水也有干涸的时候,暗喻人的寿命有终结的时候。

“解愁腹,饮玉浆”,即使胸中愁绪万千,可喝着仙人的琼浆愁怨就都消逝了,表示作者对成仙的向往,可以自由自在地遨游,和仙人玉女游玩,即使有忧愁,也有琼浆来忘却烦恼。

“奉持行,东到蓬莱山,上至天之门。玉阙下,引见得入,赤松相对,四面顾望,视正焜煌”,作者遨游的路线:先是“行四海”，接着“下之八邦”“历登高山临溪谷”，然后“东到泰山”“到蓬莱山”，最后到达天宫，看见了仙人赤松子。“蓬莱山”，是古代神话传说中的三座神山之一，是众人心中的圣地，诗人写自己到达了蓬莱，可见他的自负。“焜煌”，感慨天宫的富丽堂皇，灿烂夺目。诗人描述仙人居处的环境让人惊叹而向往。

“开玉心正兴，其气百道至。传告无穷闭其口，但当爱气寿万年。东到海，与天连。神仙之道，出窈入冥，常当专之”，星星发出的光芒照耀着自己，仙人们传授长生不老的方法。作者想象着来到天宫后被礼遇款待，还能得到长生不老的奥秘。说明作者内心期望自己能够得到仙法，长生不老。

“心恬澹，无所惕。欲闭门坐自守，天与期气。愿得神之人，乘驾云车，骖驾白鹿，上到天之门，来赐神之药。跪受之，敬神齐。当如此，道自来”，具体讲述如何做能够很好地保养。心情上：“心恬澹，无所惕”；行为上：“欲闭门坐自守”“跪受之，敬神齐”，从而可得长生不老。

整篇以虚幻的想象透露出作者心中真实的想法，想象绮丽，笔法曲折，构思巧妙。

其二

这首诗通过描写与仙人同饮共舞、鼓瑟和鸣的和乐融洽情景，表现出作者渴望长生、冀求升仙的企盼。

“华阴山，自以为大。高百丈，浮云为之盖。仙人欲来，出随风，列之雨”，“高百丈”正面使用大概的数字使读者对华阴山的高峻有大概的了解；“浮云为之盖”从侧面描写华阴山的巍峨。“出随风，列之雨”表现出仙人即将出场时呼

风唤雨的宏大场面。

“吹我洞箫，鼓瑟琴，何訚訚！酒与歌戏，今日相乐诚为乐。玉女起，起舞移数时。鼓吹一何嘈嘈。从西北来时，仙道多驾烟，乘云驾龙，郁何务务”，描写热情迎接仙人与仙人到场时的热闹场面。“何訚訚”“何嘈嘈”“何务务”三个词层层递进，突出场面的热闹和谐，宾主尽欢。

“遨游八极，乃到昆仑之山，西王母侧，神仙金止玉亭。来者为谁？赤松王乔，乃德旋之门。乐共饮食到黄昏。多驾合坐，万岁长，宜子孙”，遨游到西王母的昆仑山，“金止玉亭”将瑶池的富丽堂皇展现出来。“万岁长，宜子孙”，这样宾主尽欢、其乐融融的场景对子孙后代都是有福泽的。这里作者表达了希望天下能够统一，百姓能够安居乐业，能够开创盛世的美好愿望。

整首诗委婉而含蓄，借仙境的缥缈欢愉，表达出诗人的精神得以解脱的愿望。

其三

这首诗通过写君山的奇山异石，西王母瑶台的光辉灿烂与高朋满座，表达诗人对仙界的无限向往和祈愿能够成仙的殷切之情。

“游君山，甚为真。崔嵬砟硌，尔自为神。乃到王母台，金阶玉为堂，芝草生殿旁”，一个“神”字，突出君山山体的巍峨，岩石的突兀，错落有致。用“金阶”“玉为堂”“芝草”这样象征富贵、美好的事物来烘托西王母瑶台的富丽堂皇，表现出作者对仙界的向往之情。

“东西厢，客满堂。主人当行觞，坐者长寿遽何央。长乐甫始宜孙子。常愿主人增年，与天相守”，描写高朋满座、觥筹交错、宾主尽欢的其乐融融场面，指出保持心情愉悦的重要性，不仅可以为子孙积福积德，还可以使自己延年益寿。

整首诗语言质朴、结构严谨，但对人生有些消极认识。

曹操此三首《气出唱》诗作，自问世后，所得评价并不高，大多认为反映了曹操思想的消极一面。但仔细品读玩味其诗，并结合曹操一生以建立类比周文王的曹氏天下之追求，说明他的思想与远遁尘嚣、避染世务、畏惮宫廷权利倾轧、不忍杀戮而期盼长生的修道者大相径庭。不能仅以涉修仙诸语，就狭隘地认为诗人晚年只求长生。

对于曹操这样一个杰出军事家、政治家而言，他的仙道思想只有一个合理的解释，即意在团结一切可以团结的力量，以裨益于他的政治军事斗争。而在当时仙玄之风甚嚣尘上，社会知名人士及士大夫阶层中喜近仙道者众，故曹操团结道家方士确实是出于政治考虑。所以，作《气出唱》三首诗，真正动机只有一个，即笼络、团结热衷于仙玄之风的这样一个特殊群体，进而服务于他的政治集团的根本利益。

◎轶闻异物录

乐　府

乐府是上古时期的音乐行政机关，是秦代以来朝廷设立的管理音乐的官署，到汉时沿用了秦时的名称，与“太乐”并立，分属内廷掌管（根据《汉书·百官公卿表》及 1977 年始皇陵出土的错银“乐府”钟）。梁刘勰、唐颜师古、宋郭茂倩及郑樵，皆据《汉书·礼乐志》“至武帝定郊祀之礼……乃立乐府，采诗夜诵”之说，把“乃立乐府”解释为始创乐府的建置。宋王应麟、清何焯等曾据汉惠帝二年的史料提出异议。实则《史记·乐书》与贾谊《新书》中早有武帝以前的有关乐府记述。今人以为乐府始创于秦，汉初因袭之。汉武帝立乐府，应解释为乐府机构的大规模扩建。

汉哀帝裁撤乐府官，下诏：“其罢乐府官；郊祭乐及古兵法武乐，在经非郑卫之乐者，条奏，别属他官。”《汉书·礼乐志》记述：当时的乐府员工，经过裁减，余下的并入太乐机构。晋、隋间，有“太乐乐府”之名。可见这一时期乐府与太乐仍为同一机构。唐代在太乐署之外，无乐府之名，另设教坊与梨园。此后就不再有乐府机构的设置。

乐府与雅、俗乐的关系：汉初乐府令夏侯宽为《安世乐》“备其箫管”，属雅乐的礼仪活动，其乐实为当时民间俗乐的“楚声”。武帝时，李延年用大量的民间俗乐从事郊祀礼仪活动。晋、隋间太乐府用“清商音律”。至唐代，太乐署仍然兼管雅、俗乐。这些史实说明，中古以前，太乐或乐府作为音乐机构与它们所管理的音乐之间，并无严格的雅、俗界限。太乐或乐府作为宫廷机构，所掌音乐的种属往往与君主的好恶有关。君主中有为的创业者如汉高帝、汉武帝、唐太宗，都是思想豁达，不拘泥于雅、俗之见的。隋文帝有所偏颇，但他所提倡的“华夏正声”，实为南朝“清商乐”，不过是以前代俗乐为雅乐罢了。

精　列[1]

厥[2]初生，造化[3]之陶物[4]，莫不有终期。

莫不有终期。圣贤不能免，何为[5]怀此忧？

愿螭（chī）龙[6]之驾，思想昆仑[7]居。

思想昆仑居。见期[8]于迂怪[9]，志意在蓬莱[10]。

志意在蓬莱。周孔圣徂（cú）落[11]，会（kuài）稽[12]以坟丘。

会稽以坟丘。陶（yáo）陶[13]谁能度[14]（duó）？君子[15]以弗[16]忧。

年之暮奈何，时过[17]时来微。

◎注释

①精列：乐府旧题。郭茂倩将其收入《乐府诗集·相和歌辞·相和曲》。精：指精神灵气，古人认为这是生命的本原。列：同裂，分解。精列：精气分解。这里指人的衰老或死亡。也有人认为“精列”即鹡鸰，亦即精卫，还有人认为是精要之语的强调重列。

②厥：其，此处指代万物。

③造化：天地自然。

④陶物：即造就万物。陶：制作瓦器，引申为化育、造就、培养等。

⑤何为：为何，为什么。

⑥螭龙：传说中无角的龙。

⑦昆仑：古代神话传说中的西方神山，被称为中国山脉的“太祖山”。有人认为此处昆仑暗指曹操寻得的风水宝地铧尖垴。

⑧见期：期望见到。

⑨迂怪：神灵怪异。

⑩蓬莱：古代传说中的海上仙山名，是仙人居住的三座神山之一，亦常泛指仙境。另一说，汉武帝元光二年（133年），汉武帝东巡至蓬莱，

望神山不遇，筑一座小城命名为“蓬莱”。今山东省烟台市下辖有蓬莱市。有人认为曹操以昆仑、蓬莱之际暗指魏国疆土。

⑪ 徂落：同“殂落”，死亡。徂：《尔雅·释诂》云“往也”；又云“存也”，此处指周公与孔子的陨逝。

⑫ 会稽：此处指会稽山，位于浙江省绍兴市南部，是中国五大镇山之南镇。相传大禹东巡，在会稽山大会诸侯，病死后葬于会稽山。

⑬ 陶陶：漫长的意思。这里指漫长的岁月。一说快乐的样子。

⑭ 度：估计，推测。

⑮ 君子：指心胸宽广，有作为、有见识的人。

⑯ 弗：不。

⑰ 时过：一作“过时”。

◎译文

自然孕育万物，始终这样周而复始，难道就无终结之时？
万物都会终结，圣贤也难避免，为何还要为此而担忧呢？
但愿螭龙能成我的坐骑，将我带到魂牵梦绕的昆仑圣地。
羡慕神仙住的昆仑山。期盼见到神灵，立志去蓬莱仙山。
盼望长生不老。周公和孔圣人已去世，大禹葬在会稽山。
大禹葬在会稽。古今谁能永世长存？人不应为死而担忧。
不知不觉已到垂暮年纪，时间匆匆流逝，有什么办法呢？

◎创作背景

这首诗当是曹操晚年时期的作品，是曹操对生命与神仙的思考。具体创作时间待考。曹操爱好音乐，今存他的诗歌全是乐府诗，有些诗歌可能是即兴唱出的，内容时转时移时断时续，并没有经过严密的构思。

◎赏析

全诗描写了诗人对生命与神仙的思考，真诚地袒露出晚年曹操复杂而微妙的心理世界，表达了诗人希望完成统一大业，而又无法挽留时光的感伤。

“厥初生，造化之陶物，莫不有终期。莫不有终期。圣贤不能免，何为怀此忧”，首先感慨自然造就万物，包括贤能的圣人都难免死亡，肯定了死亡是必然的自然规律，不必为死亡而忧伤。

“愿螭龙之驾，思想昆仑居。思想昆仑居。见期于迂怪，志意在蓬莱”，诗人十分理性地认识到，仙境毕竟是虚幻的，因此接着又转写现实的人间，说明晚年的诗人随着生命的流逝，越发感觉到自己的有生之年要完成统一大业的难度。其实，诗人的内心深处是充满矛盾的，一方面，他幻想着“螭龙之驾”，生活在“昆仑”“蓬莱”之中；另一方面，他却并没有沉湎于自己的幻想中，而是清醒地知晓，神仙世界仅是幻想而已。所以，这几句表明诗人是在一种矛盾的心理之中挣扎着。尽管他不相信人能够长生不老，但由于受长生不死传说的影响，诗人又产生了幻想，由写现实的人间转写幻想的仙境，表现出诗人对长寿的期望。

“志意在蓬莱。周孔圣徂落，会稽以坟丘。会稽以坟丘。陶陶谁能度？君子以弗忧”，诗人再一次回归到理性与清醒的层面之上，劝告人们。“会稽以坟丘”，周公、孔子和大禹这样的圣人都死去了，说明没有人能够长生久存，明智者不必为生命短暂而忧伤。“君子以弗忧”，既然明白神仙世界是虚幻的，生命必然会走向终结，那么就应该乐天知命，不再忧愁了吧？恰恰相反，诗人对此的确明白，但他却忧愁依旧。“忧”在诗中二度出现，“何为怀此忧”“君子以弗忧”，忧愁其实一直伴随着诗人，并不以诗人的理性清醒而逃遁。

“年之暮奈何，时过时来微”，诗人最后发出了“年之暮奈何”的感慨，表现出其对生命的珍惜和对生命短暂的无奈与感慨。晚年的曹操，其心理世界是矛盾的，而人终归有一死，则是其晚年心头永远的痛，说明他的心理世界，复杂而微妙。

此诗是曹操游仙诗中的代表作，诗中从现实转向幻想，又从幻想回归现实，跌宕起伏中将诗人的复杂心理清晰地展现了出来。

◎轶闻异物录

赌命人生

曹操，是一个了不起的赌命天才，他的发家之路充满着坎坷和机遇，不易复制。纵观其一生，若非大胜必是大败，更多的时候他像一个赌徒，压上全部赌注，赢了即是大赚，输了便输个彻底。

曹操出生于官宦世家，汉初丞相曹参的后人，其父曹嵩是宦官曹腾养子，曹腾服侍四代皇帝后被封为费亭侯，曹嵩继承了曹腾侯爵之位，于灵帝时期官拜太尉。汉灵帝熹平三年（174 年），曹操入职洛阳北部尉期间，造五色棒严肃法纪，处死皇帝宠幸的宦官蹇硕的叔父蹇图，这件事初次显露他的赌徒性格，当朝权贵碍于其父的关系，将他明升暗降，调往他处。

汉献帝初平元年（190 年），十八路诸侯讨伐董卓期间，被联军击败的董卓胁迫献帝迁都长安（今陕西西安西北），关东联军惧怕董卓麾下精锐的凉州军战力，无人敢向关西推进。曹操则认为董卓“焚烧宫室，劫迁天子，海内震动”，应与之决战，于是，他压上大半个家底，独自引军西进，结果输了个一干二净。

汉献帝建安四年 (199 年)，官渡之战，曹操赌上了自己的身家，亲自率领大部精锐与袁绍决战于黄河流域，这次他赢了，定鼎北方。

汉献帝建安十三年（208 年），曹操又来一次豪赌，率主力南下欲平定南方。这次，他输了，此生未能再次大规模南下讨伐。

而今我们感叹曹操的雄才大略，也惊异于他的魄力，更感叹在他之前没有一个出身于富贵之家的诸侯会一次又一次把全部的身家拿出来豪赌，在他之后也少有人如此。只有曹操，一个天才赌徒，用自己的身家性命赌他的人生，他无愧于自己，也无愧于那个时代。

却东西门行

鸿雁出塞北，乃在无人乡。

举翅万余里，行止自成行。

冬节食南稻，春日复北翔。

田中有转蓬①，随风远飘扬。

长与故根绝，万岁不相当②。

奈何③此征夫，安得④驱四方。

戎马不解鞍，铠甲不离傍。

冉冉⑤(rǎn) 老将至，何时反故乡。

神龙藏深泉⑥，猛兽⑦步高冈。

狐死归首丘⑧，故乡安可忘。

◎注释

① 转蓬：飞蓬，菊科植物。古诗中常以飞蓬比喻征夫游子背井离乡的漂泊生活。

② 不相当：不相逢，这里指飞蓬与本根而言。

③ 奈何：如何，这里有“可叹”“可怜”的意思。

④ 安得：怎能。

⑤ 冉冉：渐渐。

⑥ 深泉：应作“深渊”，唐人抄写古书时常把“渊”字改为“泉”，以避唐高祖李渊之讳。

⑦ 猛兽：应作“猛虎”，唐人为李渊之祖父李虎避讳，常把“虎”字改写作“兽”。

⑧ 狐死归首丘：屈原《哀郢》中有“鸟飞反故乡兮，狐死必首丘”。首丘，头向着自己的窟穴。狐死首丘是古来的一种说法。

◎译文

大雁生活在遥远的塞外之地，那里是荒无人烟的地方。
振翅一飞就是万里路程，飞行、栖息时自觉排成一行。
冬季在南方觅食稻谷，春天来了又迁徙到遥远的北方。
田野中有一种草叫转蓬，随着风儿飞向远方四处飘扬。
永远离开生命之根，永生永世再难相见唯有天各一方。
远征的将士们该怎么办，怎样才能平定四方回到家乡？
战马永不卸掉征战的鞍座，铠甲也不能离开自己身旁。
岁月慢慢地流失人逐渐老去，什么时候才能返回故乡？
神龙藏身在深不见底的水渊，猛兽悠闲地漫步在山冈。
孤独死去的人还会回到山丘，人生怎能忘记出生之地。

◎创作背景

这首诗作于东汉末年汉献帝建安十三年（208年），曹操于赤壁之战大败之后。曹操当时已五十四岁，年事渐高，面对战乱连连，统一国家的心愿仍未完成，但是，他虽然怀有忧思，却不灰心，仍以统一天下为己任，决心广泛招揽人才，招纳贤士致力于建功立业。这首诗是曹操按旧题所写的一首一吐胸臆的五言新诗。

◎赏析

这首诗通过描写鸿雁、转蓬等迁徙万里的动、植物，表达了诗人对征夫的同情与希望早日结束战乱的美好愿望。

“鸿雁出塞北，乃在无人乡。举翅万余里，行止自成行。冬节食南稻，春日复北翔”，一开头，诗人便勾勒出了鸿雁的境遇及其春来冬去的候鸟特征。“塞北”“无人乡”强调其孤寂寥落，“万余里”则突出路途之遥。鸿雁万里远征，与同类结伴而行，相濡以沫，处于寂寞凄凉的环境中，它们只能服从节令的安排，严冬南飞而食稻，阳春北翔而重回，其辛劳困苦不言而喻。

“田中有转蓬，随风远飘扬。长与故根绝，万岁不相当”，诗人没有像通常诗歌那样在比兴后立刻引入正题，而是再用一比兴手法，写蓬草随风飘荡，无所归止，也永远无法回归故土。“相当”意为与故根相遇。“鸿雁”与“转蓬”这两个艺术形象极不相同，鸿雁有信，依节候岁岁而回；转蓬无节，随轻风飘荡不止。但是，它们本质上是一样的，都不得不转徙千万里之外。诗歌写鸿雁举翅“万里”之外，其空间距离感鲜明突出。转蓬“万岁”不能归于故土，其时间漫长感异常强烈。而两者实是互文见义，路途之遥、时间之长，都是诗人所特别强调的。

“奈何此征夫，安得驱四方。戎马不解鞍，铠甲不离傍。冉冉老将至，何时反故乡”，在完成了连续的铺垫以后，诗歌切入正题，仅以寥寥几句，却道尽征夫们艰难凄苦的生活：一为出征之遥，各自他乡，“安得驱四方”；二为出征之苦，“戎马不解鞍，铠甲不离傍”；三为年岁飞逝，转眼都到了暮年，“冉冉老将至”；四为故乡之思，返还无期，“何时反故乡”。层层递进，而思乡不得归是其关键，其思乡之情也就日益加深。这一层将征夫的深愁苦恨，都在其对现实状况的叙述中宣泄出来。由于在前文中，诗人已经用比兴手法渲染了气氛，故这里所表现的故乡之思显得极为真切和强烈，虽然没有一个愁、苦之类的主观色彩的词语，却更能收到动人心魄的效果。

“神龙藏深泉，猛兽步高冈。狐死归首丘，故乡安可忘”，诗人于描写正题后又将笔墨宕开,连用“神龙”“猛兽”“狐”等数个比喻。它们各有定所，各遂其愿，令有家归不得的征夫羡慕不已。“狐死归首丘”引用典故说明动物至死尚且不忘故土，远离家乡的征夫更不能忘。“故乡安可忘”这极平直的一句话，在全诗的层层衬映、铺垫之下，也具有了震撼人心的力量。

全诗语言朴实真诚，不华丽不浮躁，并通过反复运用比兴的手法，给诗歌带来了从容舒卷、开阖自如的艺术美感，虽然具有悲凉凄切的情调，但结处以神龙、猛兽等作比，悲凉中显得不是那么柔绵，反而回荡着刚健爽朗之气，这正是曹操诗作的特点，也是建安文学慷慨悲凉特色的体现。

◎轶闻异物录

赤壁之战

赤壁之战，是指东汉末年，孙权、刘备联军于汉献帝建安十三年（208 年）在长江赤壁（今湖北省赤壁市西北）一带大破曹操大军的战役。这是中国历史上以少胜多、以弱胜强的著名战役之一，是汉末三国时期“三大战役”中最为著名的一场，也是中国历史上第一次在长江流域进行的大规模江河作战，标志着中国军事政治中心不再限于黄河流域。孙刘联军最后以火攻大破曹军，曹操北回，孙、刘各自夺占荆州的一部分，奠定了三国鼎立的基础。

陌上桑[1]·驾虹霓[2]

驾虹霓，乘赤云，登彼九疑[3]历玉门[4]。

济[5]天汉[6]，至昆仑[7]，见西王母[8]谒东君[9]。

交赤松[10]，及羡门[11]，受要秘道[12]爱精神。

食芝英[13]，饮醴（lǐ）泉[14]，拄杖枝[15]佩秋兰[16]。

绝人事[17]，游浑元[18]，若疾风游欻[19]（xū）翩翩。

景未移[20]，行数千，寿如南山不忘愆[21]（qiān）。

◎注释

①陌上桑：乐府旧题，属《相和歌·相和曲》。曹操只是沿用旧题，内容与古词无关。

②虹霓：雨后或日出、日没之际天空出现的七色圆弧。虹霓常有内外二环，内环称虹，也称正虹、雄虹；外环称霓，也称副虹、雌虹或雌霓。

③九疑：山名，又作“九嶷”，或名苍梧山，在今湖南宁远县南。据司马迁《史记》载：舜南巡，死于苍梧，葬在九疑山。

④玉门：古关隘名，在今甘肃敦煌西，为古代通往西域的要道。玉：一作“王”。

⑤济：渡河。

⑥天汉：银河。

⑦昆仑：昆仑山，西王母的居所。《山海经·大荒西经》：“西海之南，流沙之滨，赤水之后，黑水之前，有大山，名曰昆仑之丘。有神，人面虎身，有文有尾，皆白处之。其下有弱水之渊环之，其外有炎火之山，投物辄然。有人，戴胜，虎齿，有豹尾，穴处，名曰西王母。”

⑧西王母：神话传说中的女神，居昆仑瑶池。

⑨谒东君：道家说东华为男仙居住之处，东王公为男仙之首；西华为女仙居住之处，西王母为女仙之首。谒：见，拜见。东君：东王公，

西王母的配偶神。

⑩ 赤松：赤松子，古代神话传说中的仙人。汉班固《汉书·古今人物表》："赤松子，帝喾师。"

⑪ 羡门：古代传说中的仙人。汉司马迁《史记·秦始皇本纪》："三十二年，始皇之碣石，使燕人卢生求羡门、高誓。"

⑫ 要秘道：指成仙和养生之道。

⑬ 芝英：灵芝的精华。古人认为服食灵芝可以长生不老。

⑭ 醴泉：甘美的泉水。《史记·大宛传》："河出昆仑……上有醴泉瑶池。"

⑮ 杖枝：一作"杖桂枝"。

⑯ 秋兰：香草，属菊科，高三四尺，秋天开淡蓝色小花。

⑰ 人事：指功名利禄、饮食男女等世俗之事。

⑱ 浑元：大气，指大自然。

⑲ 欻：吹动的样子。

⑳ 景未移：形容时间很短。景：日光。

㉑ 諐：过错，过失。

◎译文

驾驭五彩霓虹，乘着红色云朵，经过玉门关登上九疑山。
渡过长长的银河来到了昆仑山，专门拜见西王母东王君。
和赤松子、羡门交流成仙的经验，保住自己的精华灵气。
吸食灵芝的精华，喝甘美泉水，拄桂枝手杖戴百草香囊。
断绝世间功利心，在大自然中遨游，物我两忘精神抖擞。
人在原地，思行千里，即使寿若南山也不忘过去的过错。

◎创作背景

此诗与《气出唱》《精列》等篇一样，都是曹操晚年的游仙诗。具体创作时间待考。曹操自迎献帝于许都，"挟天子以令诸侯"后，屡被政敌谋刺，但曹操仍锐意进取而无所畏惧。但诸侯叛降无常，朝内危机四伏，尤其是尖锐的政治斗争的矛头都集中地指向曹操，当此之际，所谓人在江湖，身不由己。于是赋此诗以明心态：忠心事汉不恋高位，作功成身退之想。

◎赏析

全诗通过描写仙人之事，表现出作者的真实意图在于运用韬晦谋略而瞒天过海，消减社会舆论对自己的误解压力，使政敌不战而屈，同时也作出功成身退的示范，完成运筹谋略、鞭挞宇内、总御皇机、成就宏业的大誓愿。

“驾虹霓，乘赤云，登彼九疑历玉门。济天汉，至昆仑，见西王母谒东君”，诗以“驾虹霓”领起，紧扣游仙的主旨，直叙驾彩虹、乘赤云遨游天地间的幻想。通过层层渲染表达了诗人向往仙界、与神仙交往以求长生不老的心愿。然而，往事历历在目，人毕竟生活在现实世界之中。

“交赤松，及羡门，受要秘道爱精神。食芝英，饮醴泉，拄杖枝佩秋兰。绝人事，游浑元，若疾风游欻翩翩。景未移，行数千，寿如南山不忘愆”，接着描写升天的经历、与众多仙人相见的情景以及在仙境的神仙生活。特别值得注意的是，诗人在写与众多仙人相见以及神仙生活时，指出要断绝人事，但又不忘自己的过失。“寿如南山不忘愆”，当一个人希望寻求解脱又不得不面对冷酷的现实时，自然会意识到自己幻想的理想国是那样的虚无缥缈。为此，就不得不反省过去，对曾经有过的过失与错误进行自责。既流露了对神仙生活的向往，也没有完全割舍掉对现实社会、人生理想的追求。

这首诗虚实结合，以虚景写真实的情感与意图，体现出诗人以浪漫的笔调描写飘飘欲仙的感觉时，仍然不忘检讨自己以往的过失。

张　良

张良（约前 250 年—前 186 年），字子房，新郑（今河南新郑）人。秦末汉初杰出谋臣，与韩信、萧何并称为“汉初三杰”。

张良先辈在韩国首都阳翟（今河南禹州），任过五代韩王之国相。他力劝刘邦在鸿门宴上卑辞言和，保存实力，并疏通项羽季父项伯，帮助刘邦顺利脱身。他凭借出色的智谋，协助汉王刘邦赢得楚汉战争，建立大汉王朝，后又帮助吕后之子刘盈成为皇太子，册封为留侯。

张良精通黄老之道，不恋权位。晚年，跟随赤松子云游四海。张良去世后，谥号文成。《史记·留侯世家》专门记载了张良的生平。汉高帝刘邦在洛阳南宫评价他说：“夫运筹策帷帐之中，决胜于千里之外，吾不如子房。”

薤（xiè）露行[1]·惟汉廿（niàn）二世[2]

惟汉廿二世，所任[3]诚不良。

沐猴[4]而冠（guàn）带[5]，知[6]小而谋强[7]。

犹豫不敢断[8]，因狩[9]执[10]君王。

白虹[11]为贯日[12]，己[13]亦先受殃。

贼臣[14]持国柄[15]，杀主[16]灭宇京[17]。

荡覆帝基业，宗庙[18]以燔（fán）丧[19]。

播越[20]西迁移，号泣而且[21]（cú）行。

瞻彼洛城郭，微子[22]为哀伤。

◎注释

①薤露行：乐府曲调名，属《相和歌·相和曲》，与《蒿里行》都是送葬的挽歌。作者用旧调写时事。薤：为多年生草本植物，细长叶，紫色花，鳞茎长在地下，可以食用，也称作藠头。

②廿二世：二十二世，这里指东汉灵帝，他是汉朝第二十二代皇帝。

③所任：所任用的人。这里指灵帝时大将军何进，他是灵帝何皇后之兄。

④沐猴：猕猴，这里比喻何进。

⑤冠带：作动词用，戴着帽子系着带子。《史记·项羽本纪》里有人曾骂项羽是“沐猴而冠”。

⑥知：同“智”，智慧，智谋。

⑦谋强：意谓谋划干大事。何进曾策划诛杀把持朝政的宦官张让等，结果因犹豫迟疑而失败。

⑧断：决断。

⑨狩：打猎，后借指天子出巡，这里讳称皇帝外逃避祸。

⑩执：捕捉，这里是劫持、挟持的意思。

⑪ 白虹：白色的虹霓。

⑫ 贯日：穿过太阳。古人迷信，认为白虹贯日是天子命绝、大臣为祸的征兆。据《后汉书·献帝纪》描述，汉献帝初平二年（191 年）二月，白虹贯日，这年正月，董卓毒死被废为弘农王的少帝刘辩。

⑬ 己：这里指何进。

⑭ 贼臣：这里指董卓。

⑮ 国柄：国家大权。

⑯ 杀主：这里指董卓杀少帝刘辩。

⑰ 宇京：京城，这里指东汉京城洛阳。

⑱ 宗庙：这里指东汉帝王的祖庙，象征着政权。

⑲ 燔丧：烧毁。

⑳ 播越：颠沛流离。

㉑ 且：通“徂”，往，到。

㉒ 微子：殷纣王的哥哥。据古籍记载，殷灭亡之后，微子路过殷朝故都，看到宫室颓败残破，到处长满禾黍，无限伤心，遂作《麦秀歌》，以抒发亡国之痛。诗人在此自比微子，以表示自己对洛阳的残破亦有无限感慨和哀伤。

◎译文

汉朝第二十二世汉灵帝，所任用之人实在都是不良之才。
何进就像披着人皮的猴，无智谋却谋划杀宦官类的大事。
结果由于他懦夫的优柔寡断，使皇帝被张让等挟持出逃。
天象已现白虹贯日凶相，何进自己反被宦官张让给杀死。
奸贼董卓入京城窃得国家政权，杀死皇帝还毁掉了洛阳。
他彻底颠覆了汉室王朝的国家政权，烧毁刘家祖宗庙堂。
挟持汉献帝和官民向长安迁都，一路尸骨遍野哭声震天。
看着洛阳城郭，我就像微子一样内心感到无比悲哀伤痛。

◎创作背景

汉灵帝中平六年（189 年），汉灵帝死后，太子刘辩即位，何太后临朝，宦官张让、段珪等把持朝政。何太后之兄、大将军何进谋诛宦官，但因何太后的阻止而犹豫不决，只好密召凉州军阀董卓进京，以期铲除宦官势力，收回权柄。然而事情泄露，张让等人杀了何进后，又劫持少帝和陈留王奔小平津。这时董卓率兵进京，带回少帝和陈留王。董卓窃取国家大权，旋废少帝为弘农王，不久又将其杀死，立陈留王刘协为帝，即汉献帝。董卓为了方便自己进行统治，放火烧毁了洛阳，挟持献帝与官民西迁到长安。使得当时哀鸿遍野，民不聊生。诗人目睹这些惨状，哀痛感伤，挥笔创作此诗。

◎赏析

这首诗描述了贼臣董卓放火烧毁洛阳，挟持献帝与官民西迁长安，造成哀鸿遍野、民不聊生这一历史事件，表达了诗人对作乱者的愤恨和对无辜遭受灾祸的百姓的怜悯之情。

"惟汉廿二世，所任诚不良"，开篇亮明了诗人的观点，指出动乱的源头是汉灵帝任用非人，致使宦官当道，把持朝政。

"沐猴而冠带，知小而谋强"，这两句讥刺之意极浓，对何进的不满也溢于言表。诗人认为何进是个徒有其表、外强中干的人，就像猕猴戴帽穿衣，硬充人样，然终不成其为人。深刻讽刺何进没有智谋却图谋大事，最终只会落得身败名裂的下场。

"犹豫不敢断，因狩执君王。白虹为贯日，己亦先受殃"，表明何进做事犹豫不决，致令少帝被劫，成事不足，败事有余。尽管诗人没有详说何进如何谋划失算，如何犹豫不决，如何处事不慎，而仅以四句话来刻画他的无能，其强烈的感情色彩不仅表达了诗人对汉末形势的认识，而且使得诗句不同于史书式的客观叙述，具有强烈的感人力量。"白虹贯日"写出了天降凶兆的情景，何进也落得了个被杀的下场。

"贼臣持国柄，杀主灭宇京。荡覆帝基业，宗庙以燔丧。播越西迁移，号泣而且行"，描述董卓之乱，将汉朝国祚倾覆、洛阳被焚毁、挟帝西迁及百姓受难等悲惨的场面和盘托出。让人不得不佩服诗人笔墨的简练及运用语言的能力，其气魄的沉雄壮阔更是显而易见的。这六句将董卓给国家与人民带来的灾害揭露无遗。

“瞻彼洛城郭，微子为哀伤”，结句中，诗人将自己的百感交集凝聚于十字之内，表达内心对汉室倾覆的悲伤与感叹。这不仅是对历史的记录，而且有作者个人对此的鲜明观点，可以说是一篇优秀的史论。

《薤露行》本是古人出丧时唱的歌，本身也有悲悼王公贵人之死的意思，曹操用此哀叹国家丧乱，君王遭难，百姓遭殃，正有悲悼之意。此诗风格古朴，无细节描写，而能从大处落墨，以高度概括的语言将数年以来的社会变革纳入数十字之中，其诗的艺术价值，可见一斑。

◎轶闻异物录

汉灵帝——刘宏

刘宏，157 年（一说 156 年）生于冀州河间国（今河北深州）。东汉第十一位皇帝（168 年—189 年在位），汉章帝刘炟的玄孙。

刘宏早年世袭解渎亭侯。汉桓帝永康元年（167 年）十二月，汉桓帝刘志逝世，刘宏被外戚窦氏挑选为皇位继承人，于汉灵帝建宁元年（168 年）正月即位。

刘宏在位的大部分时期，施行党锢及宦官政治。他又设置西园，巧立名目搜刮钱财，甚至卖官鬻爵以用于自己享乐。在位晚期，爆发了黄巾起义，而凉州等地也陷入持续动乱之中。汉灵帝中平六年（189 年），刘宏去世，谥号孝灵皇帝，葬于文陵。

刘宏喜好辞赋，作有《皇羲篇》《追德赋》《令仪颂》《招商歌》等。

短歌行·对酒当歌

对酒当歌，人生几何[1]！
譬如朝露，去日苦多[2]。
慨当以慷[3]，忧思难忘。
何以解忧？唯有杜康[4]。
青青子衿[5]（jīn），悠悠[6]我心。
但为君故，沉吟[7]至今。
呦呦[8]（yōu）鹿鸣，食野之苹[9]。
我有嘉宾，鼓瑟吹笙。
明明如月，何时可掇[10]（duō）。
忧从中来，不可断绝。
越陌度阡[11]，枉用相存[12]。
契阔谈讌[13]（yàn），心念旧恩[14]。
月明星稀，乌鹊南飞。
绕树三匝[15]（zā），何枝可依？
山不厌高，海不厌深[16]。
周公[17]吐哺[18]（bǔ），天下归心。

◎注释

① 几何：这里指岁月有多少。

② 去日苦多：可悲的是逝去的日子又已甚多，有慨叹人生短暂之意。苦：患。

③ 慨当以慷：也作“当慨而慷”，应当用激昂慷慨的方式来唱歌。当以：这里是“应当用”的意思。

④ 杜康：相传是最早造酒的人，这里代指美酒。

⑤ 青青子衿：出自《诗经·郑风·子衿》。原写姑娘思念情人，这里用来比喻渴望得到有才学的人。子：对对方的尊称。衿：古式的衣领。青衿：是周代读书人的服装，这里指代有学识的人。

⑥ 悠悠：长久的样子，形容思虑连绵不断。

⑦ 沉吟：原指小声叨念和思索，这里指对贤人的思念和倾慕。

⑧ 呦呦：鹿鸣叫的声音。

⑨ 苹：艾蒿。

⑩ 掇：拾取，摘取。一说掇为通假字，通“辍”，即停止的意思。

⑪ 越陌度阡：穿过纵横交错的小路。陌：东西向田间小路。阡：南北向的小路。

⑫ 枉用相存：屈驾来访。枉：这里是“枉驾”的意思。用：以。存：问候，思念。

⑬ 契阔谈讌：这里指在一起谈心宴饮。契阔：意思是亲近疏远。契：投合；阔：疏远，这里是偏义复词，偏用“契”的意义。讌：通“宴”，有宴饮的意思。

⑭ 心念旧恩：顾念昔日的友情，意思是不要忘记我们过去的友谊。

⑮ 三匝：三周。匝：周，圈。

⑯ 海不厌深：一本作“水不厌深”。这里是借用《管子·形解》中的话，原文是：“海不辞水，故能成其大；山不辞土，故能成其高；明主不厌人，故能成其众；士不厌学，故能成其圣。”意思是希望尽可能多地接纳人才。

⑰ 周公：周文王姬昌的第四个儿子，姓姬名旦，辅佐兄长周武王姬发讨伐纣。

⑱ 哺：口中咀嚼的食物。

◎译文

边喝美酒边唱赞歌，人生太短暂不知余下多少岁月。
似早晨的露水转眼即逝，失去的时日实在太多太多！
酒席上的歌声慷慨激昂，忧国忧民的愁思填满胸膛。
靠什么排解我心中的烦闷？唯有借酒浇愁狂饮杜康。

身着青衣衫的学子们啊，是我日夜渴求的栋梁之材。

只因渴求你们的缘故，让我痛苦呻吟一宿直到天明。

阳光下鹿群呦呦欢快鸣叫，自由自在吃着坡上青草。

四方贤才若来我的宫室，我奏琴瑟吹笙箫待若上宾。

我求贤之心昭昭如明月，何年何月永远也不会停止。

担心没有贤才到来我心忧愁，如长河之水从未断绝。

尊贵的客人请从四面八方来吧，无须担忧不用顾虑。

让我们在一起开怀畅饮谈古论今，叙说往日的旧情。

皎洁的月光下星光点点，归巢的乌鹊纷纷向南而飞。

绕树环飞，一圈又一圈，还是不知栖身之处在哪里。

高山有土石才见巍峨险峻，大海不舍细流汇成浩瀚。

我愿像周公那样礼贤下士，天下的英杰们放心来归。

◎创作背景

关于这首诗的创作时间，学术界大致有五种说法。一是在苏轼《赤壁赋》中“横槊赋诗”基础上，《三国演义》称曹操在赤壁大战前吟诵这首《短歌行·对酒当歌》，时间当在汉献帝建安十三年（208年）末。二是求贤说，出自张可礼《三曹年谱》：“抒发延揽人才之急切愿望，盖与《求贤令》作于同时。”时间在汉献帝建安十五年（210年）。三是宾主唱和说，此说发自万绳楠，他认为此诗作于汉献帝建安元年（196年），曹操迁汉献帝于许都之际，是曹操与手下心腹如荀彧等人的唱和之作。四是及时行乐说。此说由沈德潜发之，《古诗源》卷五：“《短歌行》，言当及时为乐也。”五是王青所谓作于招待乌丸行单于普富卢的宴会上的说法，时间在汉献帝建安二十一年（216年）五月。

◎赏析

这首诗通过描写诗人自己的忧愁与时间稍纵即逝之感，表达了诗人求贤若渴之情，以及愿与有志之士一同建立不朽功业的伟大志向。

“对酒当歌，人生几何！譬如朝露，去日苦多。慨当以慷，忧思难忘。何以解忧？唯有杜康”，开头八句，作者强调了他的忧愁。愁的原因是苦于岁月匆匆，得不到天下贤才的辅佐，还没有完成心中的宏愿。假如庶族之中真有“贤才”的话，看了这些话就不能不大受感动和鼓舞。他们正苦于找不到出路呢，没想到曹操却在那里渴求人才，以至于夜不能寐，只能借酒消愁。于是那些真正有才或自以为有才的人，就很有可能跃跃欲试，向他“归心”了。“人生几何”不是叫人“及时行乐”，而是要及时地建功立业。这里诗人似乎是在抒发自己的情感，发愁时间匆匆而逝，恐怕来不及有所作为，实际上却是在巧妙地感染广大“贤才”，提醒“贤才”们人生就像“朝露”那样易于消失，岁月流逝已经很多，应该赶紧拿定主意，到他那里来施展抱负。因此，诗中浓郁的抒情气氛包含了相当强烈的政治目的。

“青青子衿，悠悠我心。但为君故，沉吟至今。呦呦鹿鸣，食野之苹。我有嘉宾，鼓瑟吹笙”，这八句情味缠绵深长。“青青子衿，悠悠我心”出自《诗经·郑风·子衿》，原诗是写一个姑娘在思念她的爱人。诗人在这里引用这首诗，并且说自己一直在低低地吟诵它，固然是直接比喻了对“贤才”的思念，但更重要的是所省掉的两句话：“纵我不往，子宁不嗣音？”由于事实上诗人不可能一个一个地去找那些“贤才”，所以他便用这种含蓄的方法来提醒他们：“就算我没有去找你们，你们为什么不主动来投奔我呢？”由这一层含而不露的意思可以看出，他那“求才”的用心十分周到，的确具有感人的力量。而这感人力量正体现了文艺创作政治性与艺术性的结合。他这种深细婉转的用心，在《求贤令》之类的文件中当然无法尽情表达；而这首《短歌行》作为一首诗，就能抒发政治文章所不能抒发的感情，起到政治文章所不能起的作用。

“明明如月，何时可掇。忧从中来，不可断绝。越陌度阡，枉用相存。契阔谈讌，心念旧恩”，是对前十六句的强调和照应。前十六句主要讲了两个意思，既为求贤而愁，又表示要待贤以礼。倘若借用音乐来作比，这可以说是全诗中的两个“主旋律”,而“明明如月”八句就是这两个“主旋律”的复现和变奏。前四句讲忧愁,是照应前十六句中的首八句，后四句讲“贤才”到来，是照应前十六句中的后八句。表面看来，意思上是与前十六句重复的，但实际上由于“主旋律”的复现和变奏，因此更有抑扬低昂、反复咏叹之致，加强了抒情的浓度。再从诗歌表达的主题来看，这八句也不是简单重复，而是含有深意的。因为曹操不断地在延揽人才，那么后来者或许会顾虑“人满为患”,所以作者在这里进一步表示，他的求贤之心就像明月常行那样不会终止，人们也就不必有什么顾虑，早来晚来都一样会受到优待。这也是作者用心周到的表现。关于这一点作者在下文还有更加明确的表示，这里不过是承上启下，起到过渡与衬垫的作用。

“月明星稀，乌鹊南飞。绕树三匝，何枝可依？山不厌高，海不厌深。周公吐哺，天下归心”，既是准确而形象的写景笔墨，同时也有比喻的深意。由于那些犹豫不定的人才在军阀混战的局面下一时无所适从，所以诗人以乌鹊绕树“何枝可依”的情景来启发他们，不要三心二意，犹豫不决，要善于择枝而栖，赶紧来辅佐自己。这四句诗生动刻画了那些犹豫彷徨者的处境与心情，然而作者不仅丝毫未加指责，反而在浓郁的诗意中透露着对这些人的关心和同情。这恰恰说明诗人很会做思想工作，完全是以通情达理的姿态来吸引和争取人才。而像这样一种情味，也充分发挥了诗歌所特有的感染作用。最后四句画龙点睛，希望天下的人才都来归顺自己，确切地点明了此诗的主题。“山不厌高，海不厌深”是通过比喻极有说服力地表现了人才越多越好，绝不会有“人满之患”。“周公吐哺”的典故出于《韩诗外传》，说周公为了接待天下之士，有时洗头、吃饭，都中断数次。这种传说当然有些夸张。不过这个典故用在这里却突出地表现了作者求贤若渴的心情与自己像周公那样礼贤下士的心愿。

全诗充分发挥诗歌的特长，准确而巧妙地运用比兴手法，以达到寓理于情、以情感人的目的。曹操在当时强调“唯才是举”有一定的进步意义，所以他对“求贤”这一主题所作的高度艺术化的表现，也应得到历史的肯定。

◎轶闻异物录

周　公

周公姓姬名旦，是周文王姬昌第四子，周武王姬发的弟弟，我国著名的政治家、军事家、思想家、教育家，被尊为“元圣”和儒学先驱，是商末周初儒学奠基人。曾两次辅佐周武王东伐纣王，并制作礼乐，天下大治。因其采邑在周，爵为上公，故称周公。

周文王时，周公就很孝顺、仁爱，辅佐武王伐纣王，封于鲁。周公没有到封国去而是留在王朝，辅佐武王，为周安定社会，建立制度。武王崩，又佐周成王摄政。据《曲阜县志》记载：“武王十三年定天下，封公于少昊之墟曲阜，公不就封，留相武王，成王即位，命世子伯禽就封于鲁。”

新建立的周王朝面临着严重的困难，商朝那些旧贵族们准备复辟，而周公辅政，又有违于王位世袭制中父死子继的原则，引起周室集团内部的矛盾。周公东征平定三叔之乱，灭五十国，奠定东南，归而制礼作乐。

周公无微不至地关怀年幼的成王，摄政七年，提出了涉及各方面的根本性的典章制度，完善了宗法制度、分封制、嫡长子继承制和井田制。周公七年归政成王，正式确立了周王朝的嫡长子继承制，这些制度的最大特色是以宗法血缘为纽带，把家族和国家融合在一起，把政治和伦理融合在一起，这一制度的形成对中国封建社会产生了极大的影响，为周王朝约八百年的统治奠定了基础。

短歌行·周西伯昌[1]

周西伯昌，怀此圣德。

三分天下，而有其二[2]。

修奉贡献，臣节[3]不隆[4]。

崇侯谗之，是以拘系。

后见赦原[5]，赐之斧钺[6]（yuè），得使征伐[7]。

为仲尼[8]所称，达[9]及德行。

犹奉事殷[10]，论叙其美。

齐桓[11]之功，为霸之道。

九合诸侯[12]，一匡天下[13]。

一匡天下，不以兵车。

正而不谲[14]（jué），其德传称。

孔子所叹，并称夷吾，民受其恩。

赐与庙胙[15]（zuò），命无下拜。

小白[16]不敢尔，天威[17]在颜[18]咫尺。

晋文[19]亦霸，躬奉天王。

受赐珪瓒[20]（zàn），秬鬯[21]（chàng）彤弓[22]。

卢弓[23]矢千[24]，虎贲[25]（bēn）三百人。

威服诸侯，师之所尊。

八方闻之，名亚齐桓。

河阳[26]之会，诈称周王，是其名纷葩[27]（pā）。

◎注释

① 周西伯昌：即周文王，名昌，姬姓。殷商时居于岐山之下，被封为西伯侯，即西方诸侯的首领。

② 三分天下，而有其二：相传当时天下分为九州，周文王统辖六州，所以孔子有“三分天下，而有其二”之说。曹操在此亦说“三分天下，而有其二”，是说献帝之世，之所以尚能保持皇室的统治，是他在不遗余力努力维护的结果。

③ 臣节：臣子的礼节、职分。

④ 隆：一作“坠”。

⑤ 赦原：赦免原谅过错。

⑥ 钺：古代兵器，形状像板斧而较大。

⑦ 征伐：一作“专征”，古代帝王授予诸侯、将帅掌握军旅的特权，不待天子之命，得自专征伐。

⑧ 仲尼：孔子的字。

⑨ 达：显贵。

⑩ 殷：即商。商的第十代君王盘庚从奄（今山东曲阜）迁都于殷邑（今河南安阳小屯村），因而商也被称为殷。

⑪ 齐桓：即齐桓公，春秋时齐国国君，在位时任用管仲进行改革，国力富强，并以“尊王攘夷”相号召，帮助燕国打败北戎，营救邢卫两国，制止了戎狄对中原的进攻，联合中原诸侯进攻蔡楚，和楚国会盟于召陵（今河南郾城东北），还安定东周王室的内乱，多次大会诸侯，订立盟约，成为春秋时的第一个霸主。

⑫ 九合诸侯：春秋时齐桓公根据管仲提出的“尊王攘夷”“取信诸侯”的宏图方略，曾采取了八条措施。在此八项措施的基础上围绕团结中原诸侯、与楚争斗、稳定周室等大的政治军事问题，先后组织举行了十五次会盟。其中意义重大的有九次，即“九合诸侯”。

⑬ 一匡天下：周襄王二年（前 650 年），王子带勾结戎狄攻入王城（今河南洛阳），焚东门。齐桓公使管仲会秦、晋伐戎之师并戍守周室。此即“一匡天下”。一说“一匡天下”指定周太子位事。

⑭ 谲：诡诈。

⑮ 庙胙：祭祀用的肉。胙：古代祭祀时供的肉。《左传·僖公四年》：“太子祭于曲沃，归胙于公。”

⑯ 小白：齐桓公的名。

⑰ 天威：天子的威严。《尚书·泰誓上》："肃将天威。"引申指帝王的威严。

⑱ 在颜：即不违颜意，即特别亲切地感受到了天子的威严。

⑲ 晋文：即晋文公，春秋时晋国国君，曾出奔在外十九年，六十二岁时由秦送回即位。即位后整顿内政，增强军队力量，使国力强盛；又平定周的内乱，迎接周襄王复位，以"尊王"相号召。城濮之战中，大胜楚军并在践土（今河南荥阳东北）大会诸侯，成为霸主。

⑳ 珪瓒：古代的一种玉制酒器。

㉑ 鬯：古代祭祀用的酒。

㉒ 彤弓：朱红色的弓。古代诸侯有大功时，天子赏赐弓矢，使"专征伐"，彤弓就是其中之一。

㉓ 卢弓：形似戟的一种弓。

㉔ 矢千：一千支箭。矢：即箭。

㉕ 虎贲：勇士，武士。

㉖ 河阳：古县名，春秋晋邑（今河南孟县西）。

㉗ 纷葩：亦作"芬葩"。葩：花。马融《长笛赋》："纷葩料漫，诚可喜也。"此处用"纷葩"意在形容晋文公河阳之会后，因诸侯召天子，谲而不正，致使舆论哗然，沸沸扬扬，批评其导致的不良社会效应。

◎译文

姬昌受封为西伯侯时，具有聪明的才智和美德。
殷朝土地若分三份的话，他就占有其中的两份。
准备贡品来供奉朝堂，不失为臣子应尽的本分。
只因为崇侯进谏谗言，而蒙受不白之冤受拘禁。
之后因为送礼而赦免，被赐予斧钺征伐的权力。
孔子对他交口称赞，那是有他品德高尚的原因。
自始至终尊奉殷帝，他的美名后世千古永流传。
齐桓公拥护周朝建立伟业，使其成为诸侯之首。
聚合诸侯捍卫国土，匡扶正义成就了千秋功业。
号令诸侯以匡扶周室基业，所依靠的并非武力。
公正磊落又不欺不诈，美好的德行被口口相传。
孔子盛赞齐桓公与管仲，使百姓都受到了恩惠。

天子恩赐鱼肉给齐桓公，让他不用行礼就领受。
桓公称小白卑微不敢，天子威严犹在咫尺之前。
晋文公继承后称霸主，也亲自前来尊奉周天子。
周天子赏赐丰厚的俸禄，仪式举办得十分隆重。
不仅赏赐玉器和美酒，还赏赐大批弓箭和武士。
自此晋文公威镇诸侯，被当作师者榜样受尊重。
他的威名传遍了四海八方，德名仅次于齐桓公。
他佯称周王巡狩，召天子到河阳，成人生污点。

◎创作背景

此诗大致作于汉献帝建安十七年(212年)至二十二年(217年)之间。具体创作时间待考。自汉献帝建安十六年（211年）正月汉献帝命曹操子曹丕为五官中郎将，置官属为丞相副后，又封曹植等诸子为侯。汉献帝建安十七年（212年）献帝特命曹操“赞拜不名，入朝不趋，剑履上殿，如萧何故事”。汉献帝建安十九年（214年）三月献帝七命魏公曹操位在诸王上，改授金玺、赤绂、远游冠。汉献帝建安二十一年（216年）五月献帝又加封曹操为魏王。汉献帝建安二十二年（217年）夏四月，献帝又命魏王曹操“设天子旌旗，出入称警跸……冬十月，天子命王（曹操）冕十有二旒，乘金根本，驾六马，设五时副车，以五官中郎将丕为魏太子”。

◎赏析

这首诗意在借周文王、齐桓公、晋文公的史事向内外臣僚及天下表明诗人只有殚精竭虑辅佐汉室之志，而绝无代汉自立之心。

“周西伯昌，怀此圣德。三分天下，而有其二。修奉贡献，臣节不隆。崇侯谗之，是以拘系。后见赦原，赐之斧钺，得使征伐。为仲尼所称，达及德行。犹奉事殷，论叙其美”，诗人赞颂周文王，在殷朝三分天下有其二的大好形势下，犹能恪守臣节，侍奉周天子，故孔子盛称“周之德，其可谓至德也已矣”。但纣王亲信崇侯虎仍不免在纣王前谗毁文王，使周文王被拘系于羑里。作者举此史实，意在表明自己正在克心效法先圣西伯侯姬昌，恭敬侍奉君王，恪守为臣本分。并肯定自己的所作所为，谨慎惕惧，向来无愧于献帝之所赏。

“齐桓之功，为霸之道。九合诸侯，一匡天下。一匡天下，不以兵车。正而不谲，其德传称。孔子所叹，并称夷吾，民受其恩。赐与庙胙，命无下拜。小白不敢尔，天威在颜咫尺”，盛赞齐桓公，成为首霸，威震诸侯，却依然躬亲侍奉周天子，谨守臣节，美德被传颂至今。这里作者暗示自己所作所为与齐桓公一样，虽然大权在握却依然勤谨奉上。

“晋文亦霸，躬奉天王。受赐珪瓒，秬鬯彤弓。卢弓矢千，虎贲三百人。威服诸侯，师之所尊。八方闻之，名亚齐桓。河阳之会，诈称周王，是其名纷葩”，这里运用对比，称赞晋文公“躬奉天王”“名亚齐桓”。诗人写他们，指出了他们的功业和德行，还特别强调了他们虽然有盖世的功业，但始终尊奉天子的史实。但“诈称周王”，假借周天子的诏令，行为失当，让人议论纷纷。随着曹操权势的不断壮大，地盘的拓展，曹氏集团之外的人多疑曹操有代汉自立之心。当时东吴孙权瞅准时机遣使上表，大说天命而称臣，意在促使曹操代汉室，但曹操警觉到这是孙权的一个阴谋，说：“是儿欲踞吾著炉火上邪！”曹操深知功高震主之危，故赋这首《短歌行·周西伯昌》，向天下万民表明自己忠君的心迹。

这是一首咏史诗，诗中主要用四言句式，但又有变化，如有少量的五言、六言句式，还有不少散文句式。这说明曹操在诗歌形式上，并不拘泥，而能灵活地根据所抒发的思想感情随时变化。诗中咏史，文笔质直，雄深雅健，全面展现了曹操的人格、学养、抱负和理想。

周文王

姬昌（前1152年—前1056年），姬姓，名昌，岐周（今陕西岐山县）人。周朝奠基者，周太王之孙，季历之子。中国历史上的一代明君。

其父死后，继承西伯侯之位，故称西伯昌。在位四十二年后，正式称王，史称周文王。在位期间，明德慎罚，勤于政事，重视农业生产。礼贤下士，广罗人才，拜姜尚为军师，制定军国大计，收服虞国和芮国，攻灭黎国（今山西长治）、邗国（今河南沁阳）等国，使天下三分，其二归周。建都丰京（今陕西西安），为武王伐纣灭商奠定了基础；演绎《周易》，创立周礼，为后世儒家所推崇，孔子称为“三代之英”。

周文王五十年（前1056年），驾崩，享寿九十七岁，葬于毕原（西周王陵位于今陕西岐山县凤凰山南麓）。嫡次子周武王姬发灭商建周，追谥姬昌为文王。武则天天授元年（690年），武则天称制，自称为姬昌后代，追尊周文王为始祖文皇帝。

秋胡行[1]·晨上散关山[2]

晨上散关山，此道当何难！
晨上散关山，此道当何难！
牛顿不起，车堕（duò）谷间。
坐盘石[3]之上，弹五弦之琴[4]。
作清角韵[5]，意中迷烦。
歌以言志，晨上散关山。

有何三老公[6]，卒[7]来在我傍。
有何三老公，卒来在我傍。
负揜[8]（yǎn）被裘，似非恒人[9]。
谓卿云何困苦以自怨？
徨徨[10]所欲，来到此间？
歌以言志，有何三老公！

我居昆仑山[11]，所谓者真人[12]。
我居昆仑山，所谓者真人，
道深有可得。名山历观，
遨游八极[13]，枕石嗽流[14]饮泉。
沉吟[15]不决，遂上升天，
歌以言志。我居昆仑山。

去去[16]不可追，长恨相牵攀[17]，

去去不可追，长恨相牵攀。

夜夜安得寐，惆怅以自怜。

正而不谲[18]（jué），辞赋[19]依因[20]。

经传[21]所过，西来所传[22]。

歌以言志，去去不可追。

◎注释

①秋胡行：乐府旧题，属《相和歌·清调曲》。

②散关山：即大散关，在陕西省宝鸡市西南大散岭上。为秦岭咽喉，扼川陕间交通，历来是兵家必争之地。

③盘石：即大石，这里比喻稳定坚固。盘：通“磐”。

④五弦之琴：五弦琴，古琴。

⑤清角韵：以清角曲的歌辞为韵脚。清角：曲调名。弦急声清，相传是黄帝所作。角：古代五音之一。古人以为角音清，所以称清角。

⑥三老公：即元始天尊、灵宝天尊、道德天尊。这里是对道家三天尊的戏称。

⑦卒：突然，急速。同“猝”。

⑧负揜：背负着遮掩物。揜：遮蔽，掩藏。这里指头顶华盖。

⑨恒人：永恒的人，常人，一般的人。

⑩徨徨：彷徨状。心惊不宁貌。

⑪昆仑山：在新疆西藏之间，西接帕米尔高原，东延入青海境内。势极高峻，多雪峰冰川。最高峰达7719米。古代神话传说中，昆仑山是仙人所居，上有瑶池、阆苑、增城、悬圃等仙境。

⑫者真人：真人者，是倒装句式。

⑬八极：八方极远的地方。

⑭嗽流：用流水漱口。嗽：同“漱”。

⑮沉吟：间断地低声自语，迟疑不决。

⑯去去：去者已去。谓远去。

⑰牵攀：牵扯羁绊。

⑱ 不谲：不诡诈。

⑲ 辞赋：歌辞诗赋。

⑳ 依因：依从因袭，顺应，利用。

㉑ 经传：经典和传记，儒家典籍经与传的统称。经指有权威性的著作，传是阐释经文的著作。

㉒ 西来所传：西方所传来。西：应指西面的周朝或西方的乐曲，如乐府里的西方曲子。

◎译文

清晨行进在大散关山上，道路是这样的崎岖！
清晨行进在大散关山上，道路是这样的崎岖！
牛因困顿而倒下，顷刻间，车辆就坠进深谷。
坐在大石头上，弹起五弦琴，心中感慨良多。
那音调凄怨的清角古曲，让我感到迷乱烦忧。
清晨我终于登上散关山，以这首诗来表志愿。

有三位不知名的老翁，突然来到了我的身旁。
有三位不知名的老翁，突然来到了我的身旁。
他们身穿狐裘外披罩衣，瞧其不像是平常人。
问我为什么会这样地困顿凄苦和自我怨恨呢？
为何心神不安地来到这里，心中有什么欲求？
三位不知名的老翁啊，我要用诗歌聊表心意。

我居住昆仑山上，就是人们所说的神仙净地。
我居住昆仑山上，就是人们所说的神仙净地，
成仙路途虽遥远，但只要诚心追求就会得到。
我遍览名山，遨游八方，枕石而眠饮漱清泉。
我正唠唠叨叨不停时，三位老翁已飞升上天。
我用诗歌表达心意，我喜欢那高高的昆仑山。

仙人走了无法追随而去，恨自己为世事牵绊。

仙人走了无法追随而去，恨自己为世事牵绊。

自仙人走后，我每夜都不能安睡，惆怅哀怨。

齐桓公德行高尚从不欺诈，辞赋流传皆因此。

权威经籍记载齐桓公伐大夏经过，千古流传。

仙人已离去不可追啊，用诗歌表达我的心意。

◎创作背景

根据《三国志·魏书·武帝纪》载：汉献帝建安二十年（215年）三月，“公（曹操）西征张鲁，至陈仓，将自武都入氐……夏四月，公自陈仓以出散关，至河池”。曹操时年六十一岁，一生功业，大体成就。这首诗当作于出散关以后，具体创作时间待考。

◎赏析

诗人通过描写登山途中遇仙，言说内心的愿望，感觉到个人本质上的渺小，更深刻地体会到生命的孤独。表达了诗人对生命本身的留恋和迷惘。

“晨上散关山，此道当何难！晨上散关山，此道当何难”，开头二句重复咏唱，是为了适应曲调的需要而有意拉长的。世人眼中的曹操要么是一个奸诈险恶的野心家，要么是一个叱咤风云、不可一世的枭雄。但从曹操自己来说，他从汉末的动乱中突拔而起时，并没有预料到后来的成功。在与各支政治和军事力量的激烈较量中，只能向前无法后退，不击溃敌手便无以自存，才渐渐成为北方的实际统治者。在这个过程中，艰辛、凶险、刀光剑影自是不必说。

“牛顿不起……来到此间”，写清晨在散关山遇仙。正当虚构的主人公身处困顿之中，只能弹琴抒发内心烦苦之际，忽然有三位老人来到他的身旁。“负揜被裘”这句照应下文，突出表现三位老人看上去不像是平常人。他们问主人公：你为何如此困苦，自怨自艾？你惶惶然来到这里，是想寻求什么？这个情节，增添了神秘色彩，形成幻想性的趣味，且便于展开象征性的抒情。“三老公”的发问，从旁观者的眼光，进一步强化前一节所说“意中迷烦”的困苦气氛。从抒情的需要来说，作者正是要表达一种试图摆脱现实矛盾、探求某种新的人生出路的欲望。

“歌以言志，有何三老公……惆怅以自怜”，这里是仙人的自述。有各种资料可以证明，诗人实际是不相信神仙的。那么，这一节虚构就有较深的意味。从大处说，即使一个不相信神仙的人，也并不能摆脱人生短暂所带来的烦忧，和对永恒存在的向往，而神仙的形象，正是永恒的象征。从小处说，神仙也可以比喻为从世俗矛盾中解脱的境界。权势名位，财物欲望，是导致人类相互倾轧、引发无数冲突与烦恼的根本原因。倘能舍弃这一切，也就超越了现实生活的痛苦。“枕石嗽流饮泉”，与世无争，就不会有这许多的烦恼和苦闷。“去去不可追，长恨相牵攀”，作者反复吟唱，强调了心中所要追求的理想、抱负……太多的东西让他无法恬淡自在，所以“夜夜安得寐，惆怅以自怜”。

“正而不谲，辞赋依因。经传所过，西来所传。歌以言志，去去不可追”，这里写作者的人生感触，应该就是人对完美的人生理想的追逐。这种理想是人们自己创造出来的，却永远高于人们的生活现实。人们想要追上它，却永远也追不上。就是在永无止境的追逐中，人们走完了自己的人生之途。对于安于现状、容易满足的人说来，未必会感觉到人生有这一种痛苦。但任何一个具有强烈的人生欲望的人，最终都将明白：无论他走过多长的路，有过多少成功，终究要被绊倒在追逐名利的路途上。

这首诗语言虽粗略，境界却相当优美，显示了作者个性中不常展露的一面。

◎轶闻异物录

散　关

大散关，亦称“散关”。位于陕西省宝鸡市南郊川陕公路 19.5 公里处的清姜河岸，因置关于大散岭而得名（一说因散谷水而得名）。为陕西省重点文物保护单位。其遗址范围为南起秦岭梁，北至二里关。

大散关因重要的战略地位，自古以来是关中四大门户之一：东有函谷关、南有武关、西有大散关、北有萧关。不仅如此，因它特殊的地理位置，从古到今，又是文人墨客、达官贵人及普通老百姓游览之地。据传“老子西游遇关令尹喜于散关”，授《道德经》一卷。曹操过大散关留下了《晨上散关山》的诗。唐代王勃、王维、岑参、杜甫、李商隐等，对大散关均有吟咏。特别是宋代陆游、苏东坡有关大散关的诗最多，影响也最大。如陆游的“楼船夜雪瓜洲渡，铁马秋风大散关”等等。伫立关址，纵目远眺，但见群山叠嶂，古木蓊郁，两侧的山峰如卧牛，如奔马，又像密不透风的天然屏障。大散岭下，清姜河激湍奔流。这里的自然风光美不胜收。

求贤令[1]

自古受命[2]及中兴[3]之君，曷（hé）尝[4]不得贤人君子与之共治天下者乎？及其得贤也，曾不出闾（lǘ）巷[5]，岂幸相遇哉？上之人求取之耳。今天下尚未定，此特求贤之急时也。

“孟公绰[6]（chuò）为赵、魏[7]老[8]则优，不可以为滕、薛[9]大夫。”若必廉士而后可用，则齐桓[10]其何以霸世！今天下得无有被褐（hè）怀玉[11]而钓于渭滨者乎？又得无有盗嫂受金[12]而未遇无知者乎？

二三子[13]其佐[14]我明扬仄（zè）陋[15]，唯才是举[16]，吾得而用之。

◎注释

① 令：是一种文体名称，是皇帝或大官向文武官员、民众发布的一种告谕文章。

② 受命：古代把开国即帝位说成是受天命。这里指开国。

③ 中兴：由衰败而重新复兴。

④ 曷尝：何曾，哪有。

⑤ 闾巷：里巷。

⑥ 孟公绰：鲁国人，性寡欲，廉洁有德。

⑦ 赵、魏：晋国赵氏与魏氏两家，世为晋卿，封邑比小国还大得多，后与韩三家分晋。

⑧ 老：家老，家臣，私家奴仆的领头人。

⑨ 滕、薛：两个小诸侯国，均在今山东境内。

⑩ 齐桓：齐桓公，姓姜，名小白，任用管仲，使齐国强大，成为

春秋五霸之首。

⑪ 被褐怀玉：比喻怀才不遇，流于困顿。被褐：穿着粗麻的黑色短衣。

⑫ 盗嫂受金：指陈平。汉高帝的谋臣陈平曾经和嫂子私通，又曾接受贿赂。

⑬ 二三子：诸位，这里指臣僚下属。

⑭ 佐：辅佐、帮助。

⑮ 明扬仄陋：发现推举那些被埋没在下层贱业中的人才。

⑯ 唯才是举：只要有才能，就举荐上来。

◎译文

自古以来开国君主和中兴的君主，哪个不是依靠贤德有才干的人和他一起治理国家的呢？在他们得到人才的时候，往往不出里巷，难道是偶然的际遇吗？是领导者派人寻求的呀。这是求贤若渴的时刻。

“孟公绰做大贵族的家臣是好的，但却当不了滕、薛这样小国的大官。”假如非得是廉洁的人，才可以被任用，那么齐桓公怎么能称霸于世呢！当今天下有没有像姜尚那样身穿粗衣怀有真才在渭水岸边钓鱼的呢？又有没有像陈平那样被指斥为和嫂子私通，又曾接受贿赂而没有遇到魏无知推荐的呢？

诸位要帮助我发现那些埋没在下层的人才，只要是有才能的就举荐出来，使我能得到并任用他们。

◎创作背景

赤壁之战后，刘备占有了荆州和附近诸郡，孙权的力量也日益壮大，三国鼎立局面已基本形成。曹操要实现统一天下的理想，局面更加艰难。于是他在汉献帝建安十五年(210 年),以迫切的心情，写了这道求贤令,希望有更多的“贤人君子”和他一起“共治天下”。

◎赏析

这篇文章于细细评说、反诘疑问中隐含着作者对贤才的一片诚挚渴求之心，也透露出作者想要一统天下的宏愿。

第一段，从大处着眼，纵谈自古以来，“受命及中兴之君”成功之道莫不都是得力于“贤人君子”的“共治”。但因“上之人”往往不善于识别贤才，以致“贤人君子”有时就在身边，也没有发现。这就提出了一个根本性的问题：要得贤，首先必须识贤。

文章第二段转入有针对性的叙述，并提出“唯才是举”的用人方针。为了阐明提出这个方针的思想依据，他先原文照引了孔夫子的一段话，用孟公绰来说明尺有所短寸有所长的道理，反映出作者用人的基本原则是扬长避短。接着又列举了三桩历史事实来证明“唯才是举”方针的正确性：齐桓公善于用人，成了春秋第一霸主；周文王赏识姜尚，完成了灭纣兴周大事业；陈平得魏无知推荐，为刘邦干出一番大事。层层递进，笔墨精简而传神。对于人所共知的历史人物、事件，并不作细枝末节的阐述，而是简明扼要地勾勒点染，并有机地融进了自己的观点。

第三段以“吾得而用之”结语，点出举贤的目的，照应开头，开国国君与中兴国君的雄心壮志跃然纸上。“用世”的目的，对怀才不遇之士更具吸引力。作者暗示自己将任用贤能，让来辅助他的人都能发挥自己的智慧，成就自己的抱负，君圣臣贤。

这篇令文写得洒脱清峻，不加雕琢，文章虽短，但条理清晰，事理完备。虽不注重辞采藻饰，却饶有趣味，因为这篇文章用词形象贴切，比喻生动恰当。运用姜尚、陈平典故，没有更多的铺叙，而是以事出论，巧妙地将历史事实与人才标准统一起来，借史证己，以己说史。这种写法，既增强了令文的说服力，又使应用文平添了一种文学意味；既容易使臣僚从历史中来体悟现实，又使自己提出的求贤标准有着坚实的历史基础，可谓小中有大，实中有虚。

◎轶闻异物录

求贤若渴

在古代政治家中，曹操是深谋远虑、气魄宏大、很有作为的一位。曹操的不同凡响之处，突出地表现在他的求贤若渴思想上。为了统一天下，治理国家，曹操提出了“明扬仄陋、唯才是举”的方针。“为国失贤则亡”，这是曹操的深刻认识。为此，他在掌握朝政大权后，曾三次下令求贤。这种对人才的思贤若渴，在历史上并不多见。

曹操重视人才，表现在他对人才有个辩证的看法。他深知金无足赤，人无完人，如果对人才求全责备，就无人可用了。他在第一次求贤令中说：“今天下得无有被褐怀玉而钓于渭滨者乎？又得无有盗嫂受金而未遇无知者乎？”他在第二次求贤令中又说：“士有偏短，庸可废乎！有司明思此义，则士无遗滞，官无废业矣。”在第三次求贤令中，曹操说得更加明白无误了。此令名为《举贤无拘品行令》，令中直截了当地提出，即使“不仁不孝而有治国用兵之术”，也要大胆地选拔使用。

曹操主张打破传统观念，废除固有做法，到民间去直接选拔人才。在他看来，对人才“不出闾巷，岂幸相遇哉”？他反对当时的“任子”廉士制度，首先排除了征辟察举制。他说到做到，在自己的实践活动中，坚定不移地照这个方针去做。他“知人善察，难眩以伪，拔于禁、乐进于行阵之间，取张辽、徐晃于亡虏之内，皆佐命立功，列为名将；其余拔出细微，登于牧守者，不可胜数”。当然，对世族门阀出身的人，只要有才，曹操也并不排斥。重视人才、全面地看待人才、以宽阔的胸怀对待人才、不拘一格地选拔人才，这就是曹操的人才观。

求言令

夫治世御众，建立辅弼[①]（bì），戒在面从[②]，《诗》称“听用我谋，庶无大悔”[③]。斯[④]实君臣恳恳[⑤]之求也！吾充重任，每惧失中[⑥]，频年以来，不闻嘉谋，岂吾开延[⑦]不勤之咎[⑧]（jiù）邪？

自今以后，诸椽、属[⑨]、治中[⑩]、别驾[⑪]，常以月旦[⑫]，各言其失，吾将览焉。

◎注释

① 辅弼：原指辅佐天子治理天下的大臣，后专指宰相。这里用以指帮助谋划、办事的谋士。

② 面从：当面听从、随顺，背后又自行其是。

③ 听用我谋，庶无大悔：出自《诗经·大雅·抑》：“听用我谋，庶无大悔。天方艰难，曰丧厥国。”意思是：听信我的谋划，可望没有大失误产生的悔恨。

④ 斯：这。

⑤ 恳恳：诚恳、恳切。

⑥ 失中：不能适中，出偏差。

⑦ 开延：开诚相请。

⑧ 咎：错误，过错。

⑨ 椽、属：当时三公府分曹办事，各曹的主管官员叫“椽”，副职叫“属”，曹操是丞相，椽、属指相府官员。

⑩ 治中：州、郡行政长官的助理，掌管府内文书，所以叫“治中”。

⑪ 别驾：州郡行政长官的佐吏，长官巡视，他乘别的车子随行，所以叫“别驾”。当时曹操兼领冀州牧，治中、别驾指冀州牧的属官。

⑫ 月旦：出自《后汉书评邵传》：“邵与靖俱有高名；好共核论乡党人物。每月辄更其品题。故汝南俗有月旦评焉。”

◎译文

治理国家、统领管理军民，所有设置的辅佐匡正的官吏，一定要戒绝当面事事顺从。《诗经》说的“听从我的谋划，可望没有大的纰漏”,这实在是君臣之间坦诚相见的要求啊！我自承担重任后，常常怕出差错，连年以来，没有听到好的谋略建议之言，难道不是我征求不够的过错吗?

从今以后，所属的各部官吏，要常常互相交流，各人提出所见到的过错失误，我将要亲自检查。

◎创作背景

这篇《求言令》写于汉献帝建安十一年(206 年)，曹操要求广开言路，革除那只知顺从或阳奉阴违的恶习。虽然在专制社会中这种要求广开言路的想法只能是一种不切实际的幻想，但曹操的这篇《求言令》却写得冠冕堂皇、措辞得体。

◎赏析

这篇文章，作者强调要戒掉对长官唯命是从的陋习，表达了作者真心实意的诚恳求言之情。

“夫治世御众，建立辅弼，戒在面从，《诗》称‘听用我谋，庶无大悔’。斯实君臣恳恳之求也”，作者从治世御众的角度讲辅佐之臣不可对长官一味顺从的道理，引用《诗经》的话恰到好处，加强所论证观点。

“吾充重任，每惧失中，频年以来，不闻嘉谋，岂吾开延不勤之咎邪”，作者引咎自责，将多年来听不到不同意见的责任归结到自己身上，并突出了“不闻嘉谋”问题的严重性。

“自今以后，诸椽、属、治中、别驾，常以月旦，各言其失，吾将览焉”，为解决“不闻嘉谋”，作者在这里提出要求：官员之间要“各言其失”，互相批评，使评论优、缺点成为一种经常性行动，并说自己将要检查，要广开言路，并要落到实处。

曹操写的这篇令文，不足百字，却有说理分析，有情况分析，又有具体的要求。措辞寓刚于柔，没有一般公文的呆板,通过引咎自责来督促部下进忠言。这种潇洒、通脱的写法，不仅使命令具有严肃性，而且使部下诚服而欣然执行。全文词句简洁明了，要言不烦，绝无繁文缛节。

◎轶闻异物录

冀州牧

冀州牧，冀州的最高官员。古代以九州之长为“牧”，“牧”是管理人民的意思。汉武帝时设十三州部，每部设一刺史。汉成帝时，改刺史为州牧。后废置无常。东汉灵帝时，为镇压农民起义，再设州牧，并提高其地位，居郡守之上，掌一州之军政大权。如汉末刘表为荆州牧，袁绍为冀州牧，都等于割据政权。以后历代设都督、总管、节度使等，州牧之名即废。唐宋时唯京师或陪都地方最高长官以亲王充任者，尚称为“牧”，其他州牧之名均废。清代往往借用于知州的别称，实际上远非东汉州牧可比了。

曹丕

临高台[1]·临台行高

临台行高，高以轩[2]。

下有水，清且寒；

中有黄鹄[3]往且翻[4]。

行为臣[5]，当尽忠，

愿令皇帝陛下三千岁，宜居此宫。

鹄欲南游，雌不能随，

我欲躬衔汝[6]，口噤不能开。

我欲负之，毛衣摧颓[7]，

五里一顾，六里徘徊。

◎注释

①临高台：乐府旧题，为《汉铙歌》十八曲中的第十六曲。
②高以轩：高台上有宽宽的平台。
③黄鹄：一种大的水鸟。
④往且翻：来往翻飞。
⑤行为臣：作为臣子。
⑥躬衔汝：亲自衔你（指雌鹄）。
⑦毛衣摧颓：羽毛摧残，以示无力承负。

◎译文

看着眼前这高高的台阁，既高大庄严又器宇轩昂。阁下有缓缓的流水，清澈的湖水透出彻骨的冰凉。黄鹄鸟儿在空中翩翩起舞，它们迎着风盘旋飞翔。既然身为朝中的臣子，就应向朝廷尽自己的忠诚。

祈愿皇帝陛下三千岁，幸福安康地居住在宫殿里。
黄鹄鸟双双向南方飞去，雌鸟不能紧紧相随身旁。
想弯下腰用嘴衔着你，无奈嘴巴被锁住无法张开。
我想要背着你离去，可惜羽毛已经遭受到了损伤。
每行五里就回头张望，行六里频频徘徊犹豫不前。

◎创作背景

这是一首为入乐演唱而作的诗歌。具体创作时间待考。

◎赏析

这首诗通过写登高的所见所想，抒发了诗人心中的忧伤与无奈之感，同时也表明了作者自己为人臣的忠君爱国思想。

“临台行高，高以轩。下有水，清且寒；中有黄鹄往且翻”，写登台所见之景，诗人仰望着庄严的高台，俯视着高台下清澈寒冽的流水，平视着翻飞的黄鹄，一俯一仰间，思绪万千，为下文的抒情作铺垫。

“行为臣，当尽忠，愿令皇帝陛下三千岁，宜居此宫”，诗人袒露心中所思所想，一个“忠”字，胜过千言万语，也将诗人想要告诉世人的话高度概括而出，表达了自己祈愿皇上千岁永在，稳居宫中。层层递进，情感真挚，言辞恳切。

“鹄欲南游，雌不能随，我欲躬衔汝，口噤不能开。我欲负之，毛衣摧颓，五里一顾，六里徘徊”，“不能随”“不能开”，想要背负它前行可是自己的羽翼损伤而不能，流露出诗人一种无法言说的无可奈何和难以排解的忧愁。“五里一顾，六里徘徊”，无形中加深了这种无奈忧伤的情感。

此诗写景抒情，语言朴素，却能明显感到诗人的情感、思想流动于字里行间，情味隽永。

鼓吹曲辞

乐府的一种，又称为短箫铙歌、“铁歌”，有人认为是“杂曲”的异称，其中一部分是军营中采用的乐曲。它使用一些由北方羌胡等少数民族传入的乐器演奏，富有塞外音乐的特点。有的采用民间的歌谣，另有一些是文人的制作，内容较为庞杂，主要流行于汉至唐代，作品如《战城南》《君马黄》《有所思》《上邪》等。《上邪》：“上邪！我欲与君相知，长命无绝衰。山无陵，江水为竭，冬雷震震，夏雨雪，天地合，乃敢与君绝！”

钓竿行·东越河济[1]水

东越河济水，遥望大海涯[2]。

钓竿何珊珊[3]（shān），鱼尾何簁簁[4]（xǐ）。

行路之好[5]者，芳饵[6]欲何为？

◎注释

①河济：这里指黄河和济水。

②海涯：海滨。

③珊珊：同“姗姗”，缓慢的样子。

④簁簁：鱼跃甩尾声。

⑤好：喜好，喜欢。

⑥芳饵：香饵，用于引鱼上钩的食物。

◎译文

向东渡黄河和济水，举目远眺一望无际的海面。

钓竿随着波涛移动，鱼尾拍打着水面哗哗作响。

喜欢钓鱼的行人，投下芳香的诱饵想要干什么？

◎创作背景

这首乐府诗的主旨有两种说法：其一说这首诗是爱情诗；其二说这首诗是寓言诗。具体创作时间待考。

◎赏析

这首诗以象征性的隐喻，描写了一个女子不为芳饵所动，从而赞美了她的纯贞爱情和高尚情操，表达了诗人坚贞美好的情感，很有寓言诗的幽默风味。

“东越河济水，遥望大海涯”，塑造了一个东海垂钓者的形象，读者可以想象这个垂钓者，渡过浩浩荡荡的黄河，又蹚过波涛汹涌的济水，向着东方千里奔赴，不畏路途遥遥，终于到达东海之滨，举目眺望无边无际的大海，表现出这个垂钓者对目的的执着和无畏精神。

“钓竿何珊珊，鱼尾何簁簁”，垂钓者在蓝天下碧海边，悠闲地擎起了长长的钓竿，颤颤悠悠地垂钓于烟水之中。可是，那些狡猾的游鱼，甩着尾巴，溅起水花，便悠然远游了。

“行路之好者，芳饵欲何为”，诗人似乎有一种不便明说的话隐藏在其中。“芳饵”，在中国古代的政治和军事舞台上，一直有“安排香饵钓鳌鱼”的说法，反映了谋划者的一种心理欲望，芳饵在这里有异曲同工之处。

全诗构思精巧，语言生动形象，风格淡雅，用语平浅，却很有寓意。

◎轶闻异物录

庄　子

庄周是宋国公室后代，出生于宋国蒙，其先祖可追溯到宋国第十一代国君宋戴公，宋戴公是庄姓始祖。庄子曾做过宋国地方的漆园吏，与梁惠王、齐宣王是同时期人。关于蒙的现代地理位置有多种说法，包括河南商丘说、安徽蒙城说、山东东明说等。

庄周是先秦道家学派代表人物之一。当时诸侯混战，争霸天下，庄子不愿与统治者同流合污，不应楚威王之聘，辞官隐居，潜心研究道学，继承和发展老聃的思想，著书十余万字，大多是寓言，把“贵生”“为我”引向“达生”“忘我”，归结为天然的“道”“我”合一。庄子与老子并称“道家之祖”，被尊为南华真人（道教四大真人之一）。

陌上桑·弃故乡

弃故乡，离室宅[1]，远从军旅万里客。

披荆棘，求阡陌[2]，侧足[3]独[4]窘步[5]，路局笮[6](zé)。

虎豹嗥动[7]，鸡惊禽失，群鸣相索[8]。

登南山，奈何蹈[9]盘石，树木丛生郁[10]差错[11]。

寝蒿草[12]，荫松柏，涕泣雨面[13]沾枕席[14]。

伴旅单，稍稍日零落，惆怅窃[15]自怜，相痛惜。

◎注释

①室宅：家室住宅。

②阡陌：田野，垄亩。

③侧足：侧转脚，形容周围拥挤。

④独：特，特别地。

⑤窘步：步履艰难。

⑥局笮：局促狭窄。

⑦嗥动：嗥叫躁动。

⑧相索：互相索寻。

⑨蹈：舞蹈般践踏，踩。

⑩郁：郁郁葱葱。

⑪差错：交错，纷杂。

⑫蒿草：草名。有青蒿、白蒿等数种。

⑬雨面：泪流满面。

⑭枕席：枕头睡席。

⑮窃：暗中，偷偷地。

◎译文

离开了自己的故乡和家宅，从军旅居万里的他乡。

劈开荆棘寻找田间小路，侧着脚行走，步履维艰。
虎豹嚎叫道路又崎岖，鸡禽四处逃窜，相互追逐。
爬南山踩着巨大的石头，树木生长得茂密而杂乱。
露宿野草上卧睡树下，以泪洗面打湿枕头和席子。
无人陪伴，太阳将要落山，内心觉得自己太可怜。

◎创作背景

这首《陌上桑》大约作于汉献帝建安十六年（211 年），曹丕任五官中郎将、副丞相时期。这是汉乐府民歌中的名篇，是一首富有喜剧色彩的汉族民间叙事诗，也是曹丕自己亲身经历的军旅生活中的一个个场景，反映出曹丕身居要位之时，依然能够关注并同情下层人民的命运。

◎赏析

这首诗通过描写行军旅途中的艰难险阻，表达了远征将士强烈的思乡之情和诗人对远征将士的同情与怜悯之情。

“弃故乡，离室宅，远从军旅万里客”，首三句开门见山，将笔墨集中在“弃故乡，离室宅”的出征战士身上，为描述远征战士的思乡之情奠定基础。

“披荆棘，求阡陌，侧足独窘步，路局笮。虎豹嗥动，鸡惊禽失，群鸣相索。登南山，奈何蹈盘石，树木丛生郁差错”，描绘奔赴战场路途中的艰辛：前进的道路不仅崎岖难行，更艰难的是“披”“求”，已经无路可走了，只能自己动手去开辟道路。“侧足”形象生动地表现出将士所行之路的狭窄，充满危险。荒野上荆棘丛生，怪石嶙峋，要自己开辟道路，到处是野兽的嗥叫，自然环境十分艰苦危险。诗人细细描绘这些让人心悸的景象，将征夫思乡之情烘托得更加强烈。

“寝蒿草，荫松柏，涕泣雨面沾枕席。伴旅单，稍稍日零落，惆怅窃自怜，相痛惜”，因为行军路途中荒无人烟，找不到投宿的人家，只能被迫露宿在草地上。此外，还要随时遭受死亡的威胁，承受情感上孤独的侵蚀。“窃”，表明面对这些却只能默默流泪，所有的痛，只能藏在自己的心里。“涕泣”，表达出征夫的思乡之情是和着血和泪的情愫，不是亲身经历的人，是难以理解并表达得如此细腻而真挚的。

诗中借景抒情，对出征的行军环境描写真实而细腻，让读者的脑中浮现出一幅幅行军艰难的画面。

◎轶闻异物录

蒿 草

蒿草，一年生草本植物，可食用，常用于配料。蒿草有很多种类，包括细竹蒿草、萎蒿、小艾蒿、小叶艾草、白背蒿草等。按照传统，每逢端午节，家家户户的门楣上都要插上艾蒿，据说能避邪驱瘟。艾蒿要用红布扎起来，有的人家还特意加上一根桃枝，微风吹来，空气里清香四溢。

蒿草植株一般高达 1.5m，全株黄绿色，有臭气。青蒿分布较广，常野生于旷野、山坡、路边、河岸、宅旁。青蒿为菊科艾属植物黄花蒿，株高 40—150 厘米以上，全生育期 120 天左右。喜湿润、忌干旱，怕渍水，光照要求充足。青蒿药用价值很高，青蒿素的衍生物可生产很多药品。青蒿素主治疟疾、结核病潮热，治中暑、皮肤瘙痒、荨麻疹、脂溢性皮炎和灭蚊等。全草入药，洗净鲜用或晒干制药。

短歌行[1]·仰瞻[2]帷幕

仰瞻帷幕，俯察[3]几筵。
其物如故，其人不存。
神灵倏忽[4]，弃我遐迁[5]。
靡瞻靡恃[6]，泣涕连连[7]。
呦呦[8]游鹿，草草[9]鸣麑。
翩翩飞鸟，挟子巢枝[10]。
我独孤茕[11](qióng)，怀此百离[12]。
忧心孔疚[13]，莫我能知。
人亦有言，忧令人老。
嗟我白发，生一何蚤[14]。
长吟永叹，怀我圣考[15]。
曰仁者寿[16]，胡不是保。

◎注释

①短歌行：乐府诗旧题，属《相和歌·平调曲》。乐府诗里尚有《长歌行》，长短之分别，当作乐律而不在篇幅。

②仰瞻：抬起头来谦恭地观看。意思同“瞻仰”。

③俯察：低下头来仔细地看。

④倏忽：疾速。

⑤遐迁：远离。此指去世。

⑥靡瞻靡恃：没有企望与依靠了。靡：没有。恃：依靠。

⑦泣涕连连：泪流不止的样子。

⑧呦呦：鹿的叫声。

⑨ 草草：心不能安定。

⑩ 挟子巢枝：鸟携带着幼雏栖息在巢里。枝：筑巢之物。

⑪ 孤茕：孤独。茕：指孑身一人。

⑫ 百离：种种痛苦。离：同“罹”，忧苦。

⑬ 忧心孔疚：内心忧愁，十分痛苦。孔：甚，很。疚：病痛。

⑭ 蚤：同“早”。

⑮ 圣考：这里指曹操。父死称“考”。圣：对先父的敬辞。

⑯ 仁者寿：语出《论语·雍也》：“知者乐水，仁者乐山；知者动，仁者静；知者乐，仁者寿。”

◎译文

恭敬地瞻仰着灵堂，低头仔细看着灵位。
东西还和原来一样，父亲却已不在人间。
像神灵突然地远逝，他的魂魄匆忙离开。
想到从此我失去依靠，忍不住泪如泉涌。
游走的母鹿不停鸣叫，衔着草呼唤小鹿。
翩翩飞舞的鸟儿，携着幼鸟飞回到巢穴。
失去父亲我孤独无依，心中有无尽忧愁。
因此忧伤大病一场，谁明白我内心苦痛。
古人曾说过这样的话：忧愁会使人衰老。
令人叹息啊，可怜我的白发生得多么早！
长久地低吟叹息，只为把父亲深深怀念。
都说仁善的人会长寿，父亲却没能长寿！

◎创作背景

汉献帝建安二十五年（220年）正月，曹操病卒，曹丕作了这首诗追念父亲曹操。

◎赏析

诗人追思一代雄杰、叱咤风云、不可一世的父亲，不禁顿生人生短暂的慨叹，也抒发了生命有限的焦虑之情。

“仰瞻帷幕，俯察几筵。其物如故，其人不存。神灵倏忽，弃我遐迁。靡瞻靡恃，泣涕连连”，诗人触物伤情，引出怀念父亲的悲情，为全诗定下悲怆的感情基调。

“呦呦游鹿，草草鸣麑。翩翩飞鸟，挟子巢枝。我独孤茕，怀此百离。忧心孔疚，莫我能知”，母鹿“呦呦”呼唤着小鹿，飞鸟“挟子”归巢，而作者自己却“孤茕”失去了父亲，孤独无依，黯然神伤，直抒父亲去世后心中的绵绵伤痛之情。

“人亦有言，忧令人老。嗟我白发，生一何蚤。长吟永叹，怀我圣考。曰仁者寿，胡不是保”，借用《诗经》中的诗句，真切地抒发了失去父亲后孤独无依与内心无尽的哀痛。然而，诗人意犹未尽，又以早生白发的意象进一步表达失去父亲的悲痛，可谓是催人泪下。

诗中采用比兴的手法，语言凄婉哀伤、沉郁顿挫，刻画出失去父亲后孤独、茫然、悲伤的孝子形象。

◎轶闻异物录

曹操立储

在曹丕被立为太子的过程中，名士吴质起了很大的作用。传说，曹丕与曹植在争夺太子宝座的时候，曹操的主要谋士杨修一直在曹操身边为曹植说好话，帮助曹植谋取太子之位。曹丕对杨修又恨又怕，于是就与自己的朋友名士吴质商量怎么对付杨修。但是，杨修的耳目众多，一直监视着曹丕的举动。

一天，曹丕派亲信侍卫用马车装了很多大竹篓，把吴质藏在其中，接入自己的府内商量对策。尽管这件事做得很隐蔽，但还是被杨修的耳目发现了。杨修立即报告曹操说：“曹丕以车藏人进入府中，可能有不良之谋。”曹丕听说杨修向父亲告密，揭露了自己与吴质的密谋，内心非常恐惧，赶忙在当晚派人告诉吴质。吴质听了情况介绍后，让来者转告曹丕，不要害怕，按计行事即可。第二天，曹丕按照吴质的计谋，再次派侍卫用马车装运一车大竹篓回府。杨修的耳目向杨修汇报后，杨修立即报告曹操，曹操马上派人前往检查车上装运的货物。但是，车上的竹篓中，装的全是丝绸黄绢，并无人藏于车中。曹操知道后，就认为杨修有意诬陷曹丕。

从此以后，曹操开始对杨修产生怀疑，认为杨修不除，必然使曹丕、曹植兄弟相残，因此就找借口杀了杨修，并最终立曹丕为太子。被立为太子的曹丕，一直念念不忘吴质的功劳。后来，吴质被外放出任元城县令后，曹丕给吴质写了一封信，信中说："我经常回忆起我们的交往，对那一段美好时光，一直难以忘怀。我希望再一次相见。"后来，曹丕与吴质交友的故事被称为"魏储南馆"而流传下来。

燕（yān）歌行[①]·秋风萧瑟[②]天气凉

秋风萧瑟天气凉，草木摇落[③]露为霜。

群燕辞归鹄[④]南翔，念君客游[⑤]思断肠。

慊慊[⑥]（qiàn qiàn）思归恋故乡，君何淹留[⑦]寄他方？

贱妾茕茕[⑧]（qióng qióng）守空房，忧来思君不敢[⑨]忘，不觉泪下沾衣裳。

援[⑩]琴鸣弦发清商[⑪]，短歌[⑫]微吟不能长。

明月皎皎[⑬]照我床，星汉西流夜未央[⑭]。

牵牛织女[⑮]遥相望，尔独何辜限河梁[⑯]。

◎注释

① 燕歌行：乐府题目，属于《相和歌》中的《平调曲》。

② 萧瑟：冷落，凄凉。《楚辞·九辩》："悲哉！秋之为气也。萧瑟兮，草木摇落而变衰。"

③ 摇落：凋残，零落。

④ 鹄：天鹅。朱东润在《历代文学作品选》中作"雁"。

⑤ 客游：在外寄居或游历。

⑥ 慊慊：空虚之感。一说失意不平的样子。

⑦ 淹留：久留，长久滞留。

⑧ 茕茕：孤单，孤独寂寞的样子。出自《楚辞·九章·思美人》："独茕茕而南行兮，思彭咸之故也。"

⑨ 不敢：这里是谦虚客气的说法，实指不能、不会。

⑩ 援：引，拿过来。

⑪ 清商：乐名。东汉以来在民间曲调基础上形成的一种新乐调。琴弦仅七，而有四调，宫、角、羽、商。清商音节短促细微。

⑫ 短歌：调类名，汉乐府有长歌行、短歌行，是根据"歌声有长

短”（《乐府诗集》语）来区分的，大概是长歌多表现慷慨激昂的情怀，短歌多表现低回哀伤的思绪。

⑬皎皎：洁白的样子。《诗经·小雅·白驹》：“皎皎白驹，在彼空谷。”

⑭夜未央：夜已深而未尽的时候。

⑮牵牛织女：指牵牛星、织女星。亦指古代神话中的牛郎、织女。

⑯河梁：河上的桥。传说牵牛和织女隔着天河，只能在每年七月七日相见，喜鹊为他们搭桥。

◎译文

秋风凄凉天气清冷，草木枯萎衰落，白露成霜。
燕群离去鹄鸟南飞，思念远游的人我肝肠寸断。
忧心忡忡怀念着故乡，不知你为什么久留他乡？
奴家独守空闺愁思君子难忘，不觉间泪湿衣裳。
拿来琴拨琴弦发出哀怨之声，弹短歌断断续续。
皎洁的月光照着我的空床，星河西沉，夜已深。
牵牛织女远远地相望，是什么罪会被天河阻挡。

◎创作背景

这首诗是现存最早的一首完整的七言诗。燕是西周以至春秋战国时期的诸侯国名，辖地约当今北京市以及河北北部、辽宁西南部等地区。这里是汉族和北方少数民族接界的地带，秦汉以来经常发生战争，因此历代统治者都要派重兵到这里戍守。汉献帝建安十二年（207年）曹操北伐乌桓的战争，就发生在古燕国的北部今辽宁兴城一带。

反映这个地区战争徭役之苦的作品，早在秦朝就有“生男慎勿举，生女哺用脯。不见长城下，尸骨相撑拄”的民歌，到汉代更有著名的《饮马长城窟》。曹丕的《燕歌行》从思想内容上说就是对这种文学作品的继承与发展。《燕歌行》不见古辞，这个曲调可能创始于曹丕。作品反映的是秦汉以来四百年间的历史现象，同时也是作者所亲处的建安时期的社会现实。具体创作时间待考。

◎赏析

作者通过描写女主人公思念远方丈夫，说明战争和徭役无穷无尽，表达了作者对无数像女主人公这样的等待者的同情与怜悯之心。

“秋风萧瑟天气凉，草木摇落露为霜。群燕辞归鹄南翔”，描绘出深秋一片萧瑟肃杀的情景，给人一种空旷、寂寞、衰落的感受，也为全诗的抒情烘托氛围，此景和即将出场的女主人公的内心之情是一致的。这三句虽然还只是写景，还没有正面言情，可是读者已经感觉到情满于纸了。这种借写秋景以抒离别与怀远之情的方法，是有传统的。宋玉《九辩》中有:“悲哉,秋之为气也！萧瑟兮,草木摇落而变衰。憭栗兮,若在远行,登高临水兮送将归。”汉武帝的《秋风辞》说:“秋风起兮白云飞，草木黄落兮雁南归。兰有秀兮菊有芳，怀佳人兮不能忘。”而到了曹丕的笔下，这一切又都具有他个人独特的思想面貌和独特的艺术风格。

“念君客游思断肠。慊慊思归恋故乡，君何淹留寄他方”，在这肃杀的秋风秋夜的场景中，女主人公愁云满面，孤寂而又深情地凝望着远方。“慊慊思归恋故乡”是女主人公在脑海中想象她的丈夫在外面思念故乡的情景。这种写法是巧妙的，也是具体、细致的。一个人思念另一个人，其思想活动总有具体内容，或者回忆往日在一起的美好时光，或者憧憬日后见面的欣喜，或者关心牵挂对方在外边的生活，想象他此刻正在做什么等等。这种借写被思念人的活动以突出思念者感情急切深沉的方法，使人更加感到曲折、细致、具体。“君何淹留寄他方”，这里有期待，有疑虑，同时也包含着无限的牵挂。是什么原因使你至今还不能回来呢？是因为战事紧急？是因为你生病了？受伤了？女主人公的心思多么沉重啊！

“贱妾茕茕守空房，忧来思君不敢忘，不觉泪下沾衣裳”，这三句描写了女主人公在家中独守空房、以泪洗面的生活情景。一方面表现了她生活上的孤苦无依和精神上的寂寞无聊，另一方面又表现了女主人公对她丈夫的无限忠诚与热爱。她的生活尽管这样凄凉孤苦，但是她除了想念丈夫，除了盼望丈夫早日回归外，别无任何要求。

“援琴鸣弦发清商，短歌微吟不能长”，描写女主人公在这秋月秋风的秋夜，愁怀难释，她取过瑶琴想弹一支清商曲，以遥寄自己难以言表的衷情，但是口中吟出的都是急促哀怨的短调，总也唱不成一曲柔曼动听的长歌，说明女主人公的寂寞忧伤到了极点，即使她想弹别样的曲调，无奈曲难成调，更添一重哀愁。

“明月皎皎照我床，星汉西流夜未央。牵牛织女遥相望，尔独何辜限河梁”，女主人公独倚望月，伤心凄苦，临风哀叹。“夜未央”表明夜色已沉，女主人公独自惆怅至深夜，何时才能与心上人共同挨过这凄凉的漫漫长夜啊！面对着这沉沉的夜空，仰望着这漫天的星河，品味着这孤独的人生，女主人公除了哀叹哀伤外找不到解决的办法。“牵牛织女”分别是天鹰和天琴星座的主星，这两颗星很久以前就被传说成一对受迫害、不能团聚的夫妻，这是家喻户晓的事情。女主人公对牵牛织女所说的这两句如愤如怨、如惑如痴的话，既是对天上双星说的，也是对自己说的，同时也是对和自己命运相同的千百万被迫分离、不能团聚的夫妻的诉说。这个声音是一种强烈的呼吁，是一种悲凉的控诉，是一种愤怒的抗议。这种语涉双关，言有尽而余味无穷，低回而又响亮的结尾，是十分精彩的。

全诗语言清丽，情致委婉，缠绵悱恻，凄婉动人，把女主人公的感情、心理描绘得淋漓尽致，艺术上十分成功，诗人把写景抒情、写人叙事，以及女主人公那种自言自语，巧妙地融为一体，构成了一种千回百转、凄凉哀怨的风格，而这一切又像是完全出自无心，不带任何雕琢的痕迹。

◎轶闻异物录

陶翰《燕歌行》

请君留楚调，听我吟燕歌。家在辽水头，边风意气多。
出身为汉将，正值戎未和。雪中凌天山，冰上渡交河。
大小百余战，封侯竟蹉跎。归来灞陵下，故旧无相过。
雄剑委尘匣，空门垂雀罗。玉簪还赵女，宝瑟付齐娥。
昔日不为乐，时哉今奈何。

陶翰，唐代诗人，字号不详，生卒年不详，润州丹阳（今属江苏）人，出身于官宦之家，唐玄宗开元十八年（730年）进士及第，连登博学宏词、拔萃二科，授华阴丞。天宝年间，升任大理评事、太常博士，官终礼部员外郎。

燕歌行·别日何易会日[1]难

别日何易会日难，山川悠远路漫漫。

郁陶[2]（yáo）思君未敢言，寄声浮云往不还。

涕零雨面[3]毁容颜，谁能怀忧独不叹？

展诗[4]清歌聊自宽，乐往哀来摧肺肝。

耿耿[5]伏枕不能眠，披衣出户步东西，仰看星月观云间。

飞鸧[6]（cāng）晨鸣声可怜，留连顾怀[7]不能存。

◎注释

①会日：相聚的日子。

②郁陶：忧思聚集。

③雨面：这里指泪流满面。

④展诗：赋呈或吟唱诗歌。

⑤耿耿：又作"炯炯"，耿耿不寐的意思。

⑥飞鸧：即鸧鹒，是中国常见的黑枕黄鹂。

⑦顾怀：眷顾怀念。

◎译文

分别很容易，相见却艰难，山长路远天各一方。

想念他却不敢说出口，托浮云寄书一去无踪影。

整日以泪洗面容颜已老去，满怀愁思谁不感叹。

浅吟怀人的歌自我安慰，欢愉短暂，忧愁裂肺。

辗转反侧难入眠，披衣在庭院抬头看星云绕月。

清晨鸧鹒发出阵阵哀鸣，留恋徘徊不能慰藉我。

◎创作背景

这首诗与上一首基本上属于同期作品。

◎赏析

这首诗通过写思妇与丈夫天各一方，无法相见，因此满腹愁怨哀思，抒发了作者心中压抑的无法排解的哀怨之情。

“别日何易会日难，山川悠远路漫漫。郁陶思君未敢言，寄声浮云往不还”，开门见山，直抒胸臆，脱口而出。“别日何易会日难”，其中浸透着思念之意，好像不加斟酌而发的困惑和感慨，把女子的忧思与期望、失望与懊悔、哀怨与怅惘融为了一体。

“山川悠远路漫漫”，化用《古诗十九首》中“道路阻且长，会面安可知”句意。这是从空间的遥远叙说“会日何难”之意。

“郁陶思君未敢言”，描写出思妇的真实心理：相见不得，相诉不能，满腹的忧愁，却“未敢言”，欲吐还吞不能倾诉，只能长吁短叹，其情之哀、忧之切、虑之深可见一斑。

“寄声浮云往不还”，有人以为是所寄问讯书信犹如飘荡之浮云，一去而不见踪影，回音杳然。

“涕零雨面毁容颜，谁能怀忧独不叹？展诗清歌聊自宽，乐往哀来摧肺肝”，这种无休止的巨大心理负荷不断加重，枯寂、失望，甚或绝望时而袭来，顿感青春消失，容颜不再。“涕零雨面毁容颜”就是抑郁忧伤心理的外现。“独不叹”照应前文“未敢言”，明知忧思最伤人，却仍怀忧不减，情思波折，跌宕反衬而加倍写忧。从首句至此，从心理展现的角度，刻画出一个“贱妾茕茕守空房，忧来思君不敢忘”的哀思衷肠无所倾诉的怨妇形象。人如果遇到困扰，忧虑不安，理智上就需消除情绪的动荡，寻求心理平衡，苦闷才会消散。“展诗清歌”是写思妇浅吟低唱怀人幽思的《燕歌行》，这是主人公聊自宽解之法。可是，欢愉难久，忧思绵绵。清商琴音凄苦不堪，无丝竹相伴的清唱也格外凄冷，忧上加忧，有“举杯消愁愁更愁”之意。

“耿耿伏枕不能眠，披衣出户步东西，仰看星月观云间。飞鸧晨鸣声可怜，留连顾怀不能存”，心怀深忧，却找不到排解的出口，以至于辗转反侧而愁怀难释。“耿耿伏枕”是说备受忧思失眠的煎熬。这句不仅是上句“摧肺肝”的纷扰，也是“涕零雨面”的继续，是化用《诗经·邶风·柏舟》“耿耿不寐,如有隐忧”。“不能眠”者,是因“怀忧”而又“哀来”。“披衣出户”，漫步中庭，是思妇“聊自宽”的又一无可奈何的行动。漫步溶溶月光中,思飞远方。“不眠”“出户”“看月”层层递进，表明长夜时间流逝可思妇依然难眠。“仰看星月观云间”，平静不露声息，但结合下句“飞鸧晨鸣”，读者似乎可以想见,从思妇“仰看”的倩影,断续传来深深的吁叹声,因为那“谁能怀忧独不叹”的句子给人印象太深了。不仅如此,从她“仰看”明月，自然也可想到她会低头苦思，星绕月明，可人却独自徘徊。“飞鸧晨鸣”，长夜破晓，飞动于晨雾中鸧鸟的阵阵鸣叫，那声音于彻夜未眠徘徊中庭的思妇逗起可感可叹的自怜之情。“展诗清歌”而吟唱难续，“仰望”星月增悲，终是不能慰藉。种种行为不能抚慰苦苦之哀思，反倒加重了孤栖自伤之情。

整首诗在顿挫波折间见思念之熬煎，于流动递进中加深情感，形成了忧思之情欲排解而不能，再求排解依然不能的情感起伏的波浪线，曲折流动，往复生姿，溅起了情感上的层层涟漪。这种层次感和流动感有机融合，散发出“随风潜入夜，润物细无声”的渗透力，可谓不假以外物，却直抒胸臆；既跌宕起伏又丰神婉约、含蕴无穷。是诗歌艺术中的奇花异卉。

◎轶闻异物录

燕 国（国都）

燕国在八百年的历史中，曾建有五座都城，西周初年封召公于燕地（今北京房山琉璃河镇东北），燕地为燕国始封地。燕桓侯时山戎不断南下侵扰，燕国被迫迁都临易。齐桓公打败山戎之后，燕庄公逐渐营建上都蓟，并迁都于此，至燕襄公时上都蓟就成为燕国的国都。春秋晚期，北方的戎狄各部逐渐强大，迫使燕国又一次徙都到易。

子之之乱后，燕昭王在易水高筑武阳城，是为燕下都。太子丹刺秦事败，秦将王翦、辛胜兵临易水，燕王喜与逃到代地的赵公子嘉联兵与秦在易水西决战，失败后，燕军主帅太子丹逃匿于衍水，被秦将李信追斩，燕王喜不得不弃蓟城，率兵退到了辽阳。五年后秦将王贲俘燕王喜，燕国亡。

由于商业、手工业的发展，燕国的城市也空前繁荣起来。燕昭王时期，燕国的都城形成了“三都”体制，即蓟城、中都（今北京市房山区窦店以西）和下都武阳城。

秋胡行·朝[1]与佳人期[2]

朝与佳人期，日夕殊[3]不来。
嘉肴[4]不尝，旨酒[5]停杯。
寄言飞鸟，告余不能[6]（nài）。
俯折兰英[7]，仰结[8]桂枝。
佳人不在，结之何为？
从尔[9]何所之？乃在[10]大海隅。
灵若[11]道言，贻[12]（yí）尔明珠[13]。
企[14]予望之，步立[15]踟蹰[16]。
佳人不来，何得斯须[17]。

◎注释

①朝：早晨。

②期：约会。

③殊：超过。

④嘉肴：味美的酒菜。

⑤旨酒：美酒。旨：味美。

⑥能：耐。古时“能”与“耐”通。

⑦兰英：兰花。

⑧结：同“撷”，属于同音假借字，摘取的意思，也可以理解为扎结的结。

⑨尔：此处指佳人。

⑩乃在：《艺文类聚》又作“乃至”。

⑪灵若：海若，海神名。

⑫贻：赠送。

⑬明珠：宝珠，珍珠。

⑭ 企：踮起脚跟。

⑮ 步立：一会儿走，一会儿站住。

⑯ 踟蹰：徘徊不定。踟蹰，一作“踌躇”。

⑰ 何得斯须：意为等待不来，片刻难挨。斯须：顷刻，《艺文类聚》又作“何须”。

◎译文

清晨与佳人约见，过了约定的时间佳人没有来。
美味佳肴全无心品尝，玉液琼浆也停杯不想喝。
请飞鸟捎个口信，就说我无着无落，无可奈何。
俯身折下美丽的兰花，举头用桂枝结成了花环。
一想到佳人又不在身边，我做这些有什么用呢？
佳人呀，你现在在哪里呢？在那遥远的大海边。
我托海神告诉你，我要送给你名贵的珍珠宝石。
我翘首企盼，徘徊不定，看不见佳人坐立难安。
等不来佳人，我片刻难挨，到底我该怎么办呢？

◎创作背景

《秋胡行》属乐府《相和歌·清调曲》。古辞原意是歌颂秋胡妻的贞烈。诗人以古题写新事，表现怀人之思，抒发等待所盼望的人那种坐立不安的急切心情。写作时间在魏文帝黄初四年（224 年）。

◎赏析

这首诗通过塑造久等佳人未到因而焦急渴望、失落神伤的等待者的形象，表现出诗人始终求而不得的焦灼失望之感。

“朝与佳人期，日夕殊不来”，点明了整个事情的原委和结果：早晨即与佳人相约会面，但等到“日夕”时分，佳人都没有来赴约。其痛苦的语调、浓重的失落感顿时笼罩全篇。至此，读者也许会产生许多疑问：诗中的“佳人”是谁？真是容冶貌美，为魏文帝曹丕所倾心的女神？还是他为成就大事业所渴求的贤人？佳人为何失约未至？是关山迢迢，路途遥远？还是另有曲折，中途变卦？有趣的是：这些读者关心的问题，不知是作者以为不重要，还是另有隐衷，在诗中只字未提。

“嘉肴不尝，旨酒停杯”，心中挂念佳人，茶饭不思，连美酒佳肴都懒得动箸一碰，箸在半空，酒碰到唇边，忽然像电影来了一个停格。心中涌起的，是追求不能实现的深层的失落感。

“寄言飞鸟，告余不能。俯折兰英，仰结桂枝”，尽管追求不能实现，但自己并不停止这种追求，这里化用屈原《离骚》和《九歌》中“结幽兰而延伫”，以示自己贮芬芳而待远人。为此，诗人什么办法都想尽了，为诉说自己的情怀，“飞鸟”也托了，“兰英”也折了，“桂枝”也结了，渴慕焦急之情片刻都难忍耐，但“佳人”始终没有来。此句与首句照应，以种种努力，表明这是一个永恒的绝望。

“佳人不在，结之何为？从尔何所之？乃在大海隅。灵若道言，贻尔明珠。企予望之，步立踟蹰。佳人不来，何得斯须”，诗人立下誓言，表示愿意跟佳人到天涯海角，并让海神把最宝贵的“明珠”送给她。跂足眺远，踌躇徘徊，渴念之情，几乎急不可耐。诗人反反复复，絮絮叨叨，倾诉着一个主题，这就是——因佳人失约未至而引起的浓重的失落感。光从字面看，这种失落感和佳人不至的焦灼感，似乎是指从早晨与佳人相约开始，到日夕佳人未至这段时间。其实，朝夕，仅仅是一种光阴的比喻，时间的象征，由朝至夕，也指从青少年至垂暮之年的整个人生。在自己的一生中，始终有一种不能实现的追求，以及因不能实现而产生的巨大又无法弥补的缺憾感。明白了这一点，“佳人”是男是女，为何失约未至这些问题，确实无关紧要，可以略去。重要的是，诗人是如何表达这一焦急心情的。

整首诗，语言质朴，娓娓道来，反复倾诉自己彻夜难眠的衷肠，故作热烈、主观而又偏执的个人内心独白，具有移人情魄的魅力。意味隽永，以舒缓的笔致，缠绵婉约的风格，咏叹调般的形式特点，抒发诗人失落的惆怅与不解的“情结”。

◎轶闻异物录

永始台

永始台原是汉魏故都丞府建筑群的一部分，曹操安置曹丕在此修文习武。曹丕纳郭女王后，便将她安置在此处，时刻伴于身边。郭女王与曹丕情义相投，恩爱异常。可是时间一长，郭女王愁容渐生，曹丕不知何故。郭女王说：“妾出身寒微，自知不配伴君，今虽乐，恐难长久。”

曹丕听后向郭女王立誓：“吾爱卿出自诚心，今生生死与共，永远如初，此台以为证。”这座殿台遂被人称作永始台。

杂诗二首

其一　漫漫秋夜长

漫漫秋夜长，烈烈[①]北风凉。

展转[②]不能寐，披衣起彷徨[③]。

彷徨忽已久，白露沾我裳。

俯视清水波，仰看明月光。

天汉[④]回西流[⑤]，三五[⑥]正纵横。

草虫鸣何悲，孤雁独南翔。

郁郁[⑦]多悲思，绵绵思故乡。

愿飞安得翼，欲济[⑧]河无梁。

向风长叹息，断绝我中肠[⑨]。

其二　西北有浮云

西北有浮云，亭亭[⑩]如车盖。

惜我时不遇[⑪]，适[⑫]与飘风会。

吹我东南行，行行[⑬]至吴会[⑭]。

吴会非吾乡，安能久留滞。

弃置勿复陈[⑮]，客子常畏人。

◎注释

①烈烈：风吹过之声。

② 展转：指睡觉时翻来覆去睡不着。展：同“辗”，旋转、翻转。
③ 彷徨：徘徊，犹豫不决，心神不定。
④ 天汉：指银河。
⑤ 西流：指银河由西南转而向正西流转，表示已是夜深时分。
⑥ 三五：这里指星星。三指心星，五指噣星。
⑦ 郁郁：苦闷忧伤的样子。
⑧ 济：渡过。
⑨ 中肠：腹中之肠，这里比喻十分愁苦。中：同“衷”。
⑩ 亭亭：耸立而无所依靠的样子。
⑪ 时不遇：没遇到好时机。
⑫ 适：正值，恰巧。
⑬ 行行：走了又走，这里是极言漂泊之远。
⑭ 吴会：指吴郡与会稽郡，今江、浙一带。
⑮ 弃置勿复陈：此为乐府诗套语。弃置：放在一边。陈：叙说。

◎译文

其一

凄清的秋夜是那么的漫长，凛冽的北风透骨凉。
辗转反侧难以入眠，披衣起床独自彷徨于前堂。
彷徨又彷徨，不知不觉露水已浸湿了我的衣裳。
低头望见一波清水，昂首仰望空中皎洁的月光。
银河星光灿烂，三三两两的流星极速飞向西方。
虫儿在凄惶地鸣叫，一只大雁孤独地飞向南方。
心情烦闷郁郁寡欢，只因在深深地思念着故乡。
想要飞翔可惜没长翅膀，想要过河却没有桥梁。
面对长风悠悠长叹，愁思入愁肠，愁断我中肠。

其二

西北方向有朵浮云，亭亭玉立像华美的车篷一样。
可惜呀那朵浮云未遇好时机，遇到了突起的飓风。
一路狂吹吹到了东南方，不知不觉来到吴郡会稽。

吴会吴会不是我的家乡，怎么能在这里停留久长。
罢了罢了，不说不说，客居他乡的游子内心凄惶。

◎创作背景

这两首诗的创作时间历来众说纷纭。有人说是写于汉献帝建安十九年（214 年），曹操东征孙权，留曹植在邺城，大有培养曹植、立曹植为世子之意的时候。但是，没有足够的证据可以证明这一点，从内容上看，像是曹丕在极度苦闷的情况下所写。本书编者认为：这是曹丕写的一组五言古诗中的两首游子诗，写游子客中思归之情，具体创作时间待考。

◎赏析

第一首诗着意描写主人公夜不安席、徙倚彷徨的情态，抒发了他乡游子缠绵深挚的思乡之情。第二首诗描写"时不遇"的浮云飘浮于他乡，表达了身处异乡的游子的不安之感和对故乡的思念之情。

其一

"漫漫秋夜长，烈烈北风凉"，诗人从季节、时间发端，写思心愁绪满怀的人最不耐长夜的煎熬，而飒飒秋风自又分外增一层凄凉之感。古诗云："愁多知夜长。"首二句表面看来纯系景语，实际其中隐含有一个满腹愁怨的主人公，与下文相互照应，这是作者行笔入神的地方。人未见而神已出，全在诗句中酝酿的一种气氛，妙在虽不明言，却真切可感。

"展转不能寐，披衣起彷徨。彷徨忽已久，白露沾我裳。俯视清水波，仰看明月光。天汉回西流，三五正纵横"，接着描写主人公心神不定，辗转难眠。两个"彷徨"写主人公思怀深沉，以至于竟然感觉不到时光的流逝，不知已徘徊了许久，露水都把衣衫沾湿了。诗人低头目视，只有清澄的池水在月色下滚动粼粼的波光；仰头纵观，也无非明月当头，夜色深沉，银河已向西倾，寥廓的夜空中镶嵌一天星斗。

“草虫鸣何悲，孤雁独南翔。郁郁多悲思，绵绵思故乡。愿飞安得翼，欲济河无梁。向风长叹息，断绝我中肠”，笔笔写景，却笔笔含情。诗人那种百无聊赖、寂寞孤独之感，直从字里行间泛溢出来，与开端两句同样具有以景传情之妙。“草虫鸣何悲，孤雁独南翔”，恰在此时此境，又有秋虫的阵阵悲鸣送入耳鼓，失群的南飞孤雁闯入眼帘，无不触物伤情，频增思怀愁绪。侧面展拓一笔：“愿飞安得翼，欲济河无梁。”强烈的归乡愿望，更反衬出乡思的深浓。整个这一段，以悠然的笔调一笔笔描来，情景如见，气氛愈酿愈浓。

“郁郁多悲思，绵绵思故乡”，经过上面这一段高妙笔墨的描述，主人公思深忧重的情态已如在眼前。这时诗人才将笔头轻轻转入思乡主题。上文精彩的铺垫描写，那深愁难遣、寝食不安、孤寂无聊的形象，已把乡思推到了极点，因而使这二句平淡的叙语有了画龙点睛的妙用，与前面的情景相映成趣，由此也可以悟出古诗章法的奥妙。还乡无望，把主人公推入更深的悲哀，因而只有向风长叹、肝肠寸断了。这个结尾余味悠然，余情袅袅，颇有余音绕梁之妙。

这首诗运用白描的手法写情，先不点明主题，将主人公置于秋夜的大背景中，用环境的丰富拓开一个广阔的描写空间，从容落笔，淋漓写情，使整个画面情景相生，气氛浓郁。

其二

“西北有浮云，亭亭如车盖”，车是古人主要的交通工具之一，浮云形似车盖，分外增加了一层流移飘荡之感，把游子的遭际和感受写得酣畅淋漓。

“惜我时不遇，适与飘风会”，浮云本难有安定的居所，却又命运多舛，恰与突起的狂风遭遇，被吹散他乡。以浮云遭遇狂风表现游子为情势所迫不得不背井离乡，可谓形景切合，情理自然。因受狂风鼓荡，一去便千里迢迢，不知何时是归期。

“吹我东南行，行行至吴会”，句中没有一个感叹字眼，却有千回百转无限伤怀之味，“行行至吴会”，无字不含深深的怨尤之意。笔在浮云，意在游子，形象鲜明，意蕴沉深，耐人玩味。古人说诗写得好，要“意象俱足”，这几笔足以当之。

“吴会非吾乡，安能久留滞”，这两句诗饱含对命运多舛的哀怨。这哀怨固然来自游子漂泊之感，更来自他乡难以驻足的怨愤。吴郡、会稽这两个地方不是我的家乡，怎么能长久待在这里！虽只是一种态度决绝的声音，这声音的背后却不知含有多少怨苦与愤懑。妙在千言万语已经涌到嘴边，却没有倾泻而出，只是化为一句决绝的语言，表现出极其复杂的感情，饶有余味。

“弃置勿复陈，客子常畏人”，游子驻足他乡，人地两生，孤立无援，落脚与谋生都不能不向人乞求，看人眼色。这极为复杂的感受只用“畏人”二字表现出来，有含蕴无穷之感。

这首诗在艺术表现上，用比兴的手法突出了游子身不由己而流落他乡的情势。诗人将一朵漂浮不定的浮云与游子的处境有机切合在一起，将比兴运用到了出神入化的地步，把游子流落他乡的遭际写得笔酣墨饱，贴切而传神，韵味浓郁而绵长，给人以流移飘荡的美感。

◎轶闻异物录

会稽郡

会稽，即现在的绍兴，是古代越人的势力范围，而且直到春秋时期，越国都是这一方霸主。据史学家考证，大禹是越人祖先，大禹家乡在晋南，大禹治水主要活动区域在黄河与长江之间，禹势力集团逼“舜”禅位。有一种说法，大禹安葬的会稽山并不在越地会稽（绍兴）。

秦王政二十四年（前223年），秦灭楚。秦王政二十五年（前222年），秦将王翦“定荆江南地，降越君，置会稽郡”。此为会稽郡首见于史籍。会稽郡为战国时期越国故地，而吴（今苏州）为吴国及勾践灭吴后越国的都城，秦以吴县为治所。秦王政三十七年（前210年），秦始皇巡游至会稽郡南部属地，今绍兴的“大越”，将其改名为山阴。秦王政二十六年（前221年），分天下为三十六郡，分会稽郡西部置故鄣郡，其辖境略同于汉代之丹阳郡，大致相当于今南京市、浙江西北一隅及安徽东南之地。

汉初会稽郡又称吴郡。汉高帝五年（前202年）正月，刘邦徙齐王韩信为楚王，以秦之东海郡、会稽郡、泗水郡、薛郡、陈郡置楚国。汉高帝十二年（前195年），立刘濞为吴王，置吴国，领刘贾荆国故地。汉景帝三年（前154年），平七国之乱，吴王刘濞兵败身死，吴国除。汉景帝徙汝南王刘非为江都王，分吴国之东阳郡、鄣郡置江都国。会稽郡属中央直辖。汉成帝元延、绥和之际（约前8年），会稽郡领二十六县，其辖境大致相当于今江苏省长江以南的苏州、无锡、常州、镇江四市，上海市西部，浙江省除安吉县、临安市西部、淳安县的其余地区，以及福建省中部沿海一带。谭其骧主编的《中国历史地图集》将今福建省全境划入会稽郡。

芙蓉池[①]作

乘辇[②]（niǎn）夜行游，逍遥步西园。

双渠相溉灌，嘉木[③]绕通川[④]。

卑枝[⑤]拂羽盖[⑥]，修条摩苍天。

惊风[⑦]扶轮毂[⑧]（gǔ），飞鸟翔我前。

丹霞[⑨]夹明月，华星[⑩]出云间。

上天[⑪]垂光彩，五色[⑫]一何鲜。

寿命非松乔[⑬]，谁能得神仙。

遨游快心意，保己终百年。

◎注释

① 芙蓉池：邺城（今河北临漳）铜雀园中之一景。铜雀园在邺城之西，因建有铜雀台而得名，为曹操的王家园林。芙蓉：即荷花。

② 辇：帝王后妃乘坐的车驾。

③ 嘉木：指茂盛的林木。

④ 通川：园中水流。

⑤ 卑枝：低垂的树木枝条。

⑥ 羽盖：用羽毛装饰的车篷。

⑦ 惊风：车疾驰引起的急风。

⑧ 毂：车轮中心的圆木，周围与车辐的一端相接。中间有圆孔，用来插轴。这里指车轮的轴头。

⑨ 丹霞：晚霞，呈红色。

⑩ 华星：闪耀着光华的星星。

⑪ 上天：自天而下。

⑫ 五色：青、赤、黄、白、黑。这里指彩虹的颜色。

⑬ 松乔：传说中的两位仙人赤松子和王子乔。赤松子相传是神农

时的雨师，后为道教所尊奉。王子乔，原为周灵王太子，好吹箫，道士浮丘公把他接到嵩山，二十年后修炼成仙，乘白鹤而去。

◎译文

夜晚乘坐着辇车出行，来到西园中漫步游玩。
两条渠水灌溉着西园，茂盛的树木围绕渠边。
低垂的枝条拂过羽盖，修长的树枝伸向蓝天。
疾风从车后助推前行，飞鸟在车前愉快翻飞。
红霞中升起一轮明月，星光点点在云中闪现。
天空洒下美丽的光彩，五光十色有多么光鲜！
谁又能够像赤松子、王子乔那样寿比神仙呢？
自在游玩使人舒心快意，可以保我活上百年。

◎创作背景

汉献帝建安十六年(211 年)，曹丕为五官中郎将，置官署，为副丞相。天下向慕，宾客如云。当时在曹魏的大本营邺城聚集了一批文士,形成了以曹丕为核心的邺下文人集团。曹丕为领袖人物，曹植为重要成员,“建安七子”多数参与。闲常之日,他们饮宴游赏，唱和诗赋。此诗当作于曹丕任五官中郎将时期。

◎赏析

这首诗通过写夜游西园的自在惬意与无法寿比神仙的慨叹，表达了诗人及时行乐以求长寿的殷切期盼。

“乘辇夜行游，逍遥步西园”，开篇点明出游的时间和地点，写乘车夜游西园的愉悦心情。“夜行游”，突出了诗人的浓厚游兴，也是后文写景的大背景。“逍遥”表现了诗人当时轻松愉快的心情，正因为作此逍遥之游，所以下文所描绘的景物才是那样赏心悦目，令人陶醉。“西园”，是芙蓉池的所在，诗人们经常聚会之处，曹植《公宴》诗中“公子敬爱客，终宴不知疲。清夜游西园，飞盖相追随”，即写他们在这里夜以继日尽兴欢游的情景。

“双渠相溉灌，嘉木绕通川。卑枝拂羽盖，修条摩苍天。惊风扶轮毂，飞鸟翔我前。丹霞夹明月，华星出云间。上天垂光彩，五色一何鲜”，写行游所见，紧扣上文的“夜行”与“逍遥”，着力描绘芙蓉池优美动人的夜景。“嘉木”环渠而生，相互掩映衬托，低垂的枝叶横生，遮途塞路，向上遮天蔽日，直达云霄。“惊风”“飞鸟”写行游所见和内心愉悦的感觉，一切有生命和无生命的物体似乎都在为诗人的到来而争献殷勤。惊风吹拂，似乎在为诗人扶辇，飞鸟翔跃，又似乎在为诗人引路。诗人悠闲自得的心情，跃然纸上。因为是夜游，所以没有具体细致地描绘芙蓉池的优美景物，而是通过粗线条的勾勒，运用动静结合的手法，表现了一种优美的意境，显示了芙蓉池无限勃发的生机。“丹霞”“明月”“华星”突出夜空之美，万紫千红的晚霞之中，镶嵌着一轮皎洁的明月，满天晶莹的繁星在云层间时隐时现，闪烁发光，展现出色彩绚丽、流光溢彩的画面。在这绚烂如画般的景色之中，诗人犹如身临仙境，不自觉地发出了“上天垂光彩，五色一何鲜”的感慨。此数句运用鲜明的色彩，把芙蓉池的夜景描绘得光怪陆离、五彩缤纷，显示了诗人创作上华丽壮大的一大艺术特色。

“寿命非松乔，谁能得神仙。遨游快心意，保己终百年”，笔锋一转，写行游的内心感受。曹丕向来不相信神仙方士之事，他的《折杨柳行》中就有“王乔假虚辞，赤松垂空言”的句子，在《典论·论方术》中更通过具体事实，指出神仙方士之不可信。所以他在这里联想起现实世界中并没有人能真正成为神仙的事实，表示了要在这如画的景色之中，适性游乐，身心愉悦，以求长寿。“遨游快心意，保己终百年”，是一种平实而又乐观的态度。这一联想进一步反衬了使诗人沉醉以至流连忘返的芙蓉池景色的优美和游园的无穷乐趣。

在建安时期的众多游宴诗中，这一首可以说是写得最为出色的，辞藻华丽，景象壮观。诗中用了主要篇幅描绘园林景物，对后代园林诗和山水诗也有影响。

◎轶闻异物录

五官中郎将

五官中郎将，古代官职名。东汉以后，中郎将的名号被各割据势力广泛加于武官，不再限于禁卫统领等职，成了一个大致介于将军和校尉之间的阶层，其职位、品秩、权力差异很大，统兵将领亦多用此名，其上再加称号，如使匈奴中郎将、北中郎将等。东汉建安中，曹操嗣子曹丕就领五官中郎将，为丞相的副职。

三国时，各中郎将中比较著名的有建威中郎将周瑜、军师中郎将诸葛亮等。此后出现的东南西北等中郎将，其地位一般被认为高于杂号将军。

与吴质书[1]

二月三日，丕白[2]。岁月易得[3]，别来行复四年。三年不见，《东山》犹叹其远[4]，况乃过之，思何可支[5]！虽书疏[6]往返，未足解其劳结[7]。

昔年疾疫[8]，亲故多离[9]其灾，徐、陈、应、刘[10]，一时俱逝，痛可言邪？昔日游处，行则连舆[11]，止则接席[12]，何曾须臾相失[13]！每至觞酌(shāng zhuó)流行[14]，丝[15]竹[16]并奏，酒酣耳热，仰而赋诗，当此之时，忽然不自知乐也。谓百年己分[17](fèn)，可长共相保[18]，何图[19]数年之间，零落略尽[20]，言之伤心。顷撰其遗文，都为一集，观其姓名，已为鬼录[21]。追思昔游，犹在心目，而此诸子，化为粪壤[22]，可复道哉？

观古今文人，类不护细行[23]，鲜[24]能以名节自立。而伟长[25]独怀文抱质[26]，恬淡寡欲，有箕(jī)山之志[27]，可谓彬彬[28]君子者矣。著《中论》[29]二十余篇，成一家之言，词义典雅，足传于后，此子为不朽矣。德琏[30]常斐然[31]有述作之意，其才学足以著书，美志不遂，良[32]可痛惜。间(jiàn)者[33]历览诸子之文，对之抆[34](wěn)泪，既痛逝者，行自念也。孔璋[35]章表殊健[36]，微为繁富[37]。公干[38]有逸气[39]，但未遒[40](qiú)耳；其五言诗之善者，妙绝时人。元瑜[41]书记[42]翩翩[43]，致足乐也[44]。仲宣[45]独自善于辞赋，惜其体弱[46]，不足起其文[47]，至于所善，古人无以远过。昔伯牙绝弦于钟期[48]，仲尼覆醢[49]（hǎi）于子路，痛知音之难遇，伤门人[50]之莫逮[51]。诸子但为未及古人，自一时之儁也，今之存者，已不逮矣。后生可畏[52]，来者难诬[53]，然恐吾与足下[54]不及见也。

行年[55]已长大，所怀万端，时有所虑，至通夜不瞑[56]（míng），志意何时复类昔日？已成老翁，但未白头耳。光武[57]言："年三十余，在兵中十岁，所更非一。"吾德不及之，而年与之齐矣。以犬羊之质，服虎豹之文[58]，无众星之明，假日月[59]之光，动见瞻观，何时易乎？恐永不复得为昔日游也。少壮真当努力，年一过往，何可攀（pān）援[60]，古人思炳烛夜游[61]，良有以也[62]。

顷何以自娱？颇复有所述造[63]不[64]？东望於邑[65]（wū yè），裁书[66]叙心。丕白。

◎注释

①与吴质书：据四库影印本《汉魏六朝百三家集》卷二四改。《三国志·魏志·吴质传》注引《魏略》："（建安）二十三年（218年），太子又与吴质书。"吴质：字季重，博学多智，官至振威将军，封列侯，与曹丕友善。

②白：说。

③岁月易得：指时间过得很快。

④三年不见，《东山》犹叹其远：出自《诗经·豳风·东山》："自我不见，于今三年。"写士兵的思乡之情。远：这里指时间久远。

⑤支：承受。

⑥书疏：书信。

⑦劳结：因忧思而生的郁结。

⑧ 昔年疾疫：这里指建安二十二年（217 年）发生的疾疫。

⑨ 离：通“罹”，遭遇。

⑩ 徐、陈、应、刘：这里指建安七子中的徐幹、陈琳、应玚、刘桢。

⑪ 连舆：车与车相连。舆：车。

⑫ 接席：座位相互挨着。

⑬ 相失：相离。

⑭ 觞酌流行：传杯接盏，饮酒不停。觞：酒杯。酌：斟酒，这里代指酒。

⑮ 丝：指琴类弦乐器。

⑯ 竹：指箫笙类管乐器。

⑰ 谓百年己分：以为长命百岁是自己的当然之事。分：本应有的。

⑱ 相保：相互保有同处的欢娱。

⑲ 图：料想。

⑳ 零落略尽：大多已经死去。零落：本指草木凋落，比喻人的死亡。略：差不多。

㉑ 鬼录：死人的名录。

㉒ 化为粪壤：人死归葬，久而朽为泥土。这里指死亡。

㉓ 细行：小节，细小的行为。

㉔ 鲜：少。

㉕ 伟长：徐幹的字。

㉖ 怀文抱质：文质兼备。文：文采。质：质朴。

㉗ 箕山之志：鄙弃利禄的高尚之志。箕山：相传为尧时许由、巢父隐居之地，后常用以代指隐逸的人或地方。

㉘ 彬彬：文质兼备貌。

㉙《中论》：徐幹著，是一部政论性著作，系属子书，其意旨：“大都阐发义理，原本经训，而归之于圣贤之道。”

㉚ 德琏：应玚的字。

㉛ 斐然：有文采貌。

㉜ 良：确实。

㉝ 间者：近来。

㉞ 抆：擦拭。

㉟ 孔璋：陈琳的字。

㊱ 殊健：言其文气十分刚健。

㊲ 繁富：这里指辞采繁多，不够简洁。

㊳ 公干：刘桢的字。

㊴ 逸气：超脱流俗的气质。

㊵ 遒：刚劲有力。

㊶ 元瑜：阮瑀的字。

㊷ 书记：指军国书檄等官方文字。

㊸ 翩翩：形容词采飞扬。

㊹ 致足乐也：十分令人快乐。致：至，极。

㊺ 仲宣：王粲的字。

㊻ 体弱：《三国志·魏志·王粲传》说王粲“容状短小”“体弱通脱”。体：体质、气质。

㊼ 起其文：勃起他的文气。

㊽ 钟期：即钟子期。

㊾ 醢：肉酱。

㊿ 门人：门生，弟子。

51 莫逮：没有人能赶上。

52 后生可畏：年轻人值得敬畏。《论语·子罕》：“后生可畏，焉知来者之不如今也！”

53 诬：妄言，乱说。

54 足下：对吴质的敬称。

55 行年：已度过的年龄。

56 瞑：合眼入睡。

57 光武：东汉开国皇帝刘秀的谥号。

58 以犬羊之质，服虎豹之文：这里谦称自己并无特出德能，登上太子之位，全凭父亲指定。扬雄《法言·吾子》：“羊质虎皮，见草而悦，见豺而战，忘其皮之虎也。”服：披，穿。

59 日月：比喻帝后、天地。《文子》：“百星之明，不如一月之光。”这里指曹操。

60 攀援：挽留。

61 炳烛夜游：点着烛火，夜以继日地游乐。《古诗十九首》：“昼短苦夜长，何不秉烛游？”炳：燃。一作“秉”，持，拿着。

62 良有以也：确有原因。

63 述造：即“述作”。

㊹ 不：同“否”。

㊺ 於邑：“呜咽”，低声哭泣。

㊻ 裁书：写信。古人写字用的帛、纸往往卷成轴，写字时要先剪裁下来。

◎译文

二月三日，曹丕言。时间匆匆而过，我们分别又将近四年。三年不见，《东山》诗里的士兵尚且感叹离别时间太长，何况我们分别都已经超过三年，思念之情怎么能够忍受呢！虽然有书信来往，但是也无法解除郁结在心头的思念。

前一年流行疫病，亲戚朋友多数遭受不幸，徐幹、陈琳、应玚、刘桢，很快都相继去世，我内心的悲痛怎么能用言语表达啊？过去在一起游玩相处，出行时车子连着车子，休息时座位相连，从没有片刻的分离！每当我们互相传杯饮酒的时候，弦乐管乐一齐伴奏，酒喝得尽兴，满面红光，仰头吟诵自己刚作出的诗，那时候，却未觉得这是难得的欢乐。我以为百年长寿是每人都有的，可以长久地在一起，没想到几年之间，这些好朋友差不多都离世了，说到这里非常痛心。近来编定他们的遗著，合起来成为一本文集，看他们的姓名，已经是在阴间死者的名册上。追想过去交往相好的日子，还历历在目，而这些好友，都死去化为粪土，怎么忍心再说呢？

纵观古今文人，大多都不拘小节，很少能在名誉和节操上立身的。但徐幹既有文才，又有好的品德，宁静淡泊，少有欲望，有不贪图权位隐退的高尚志向，可以说是文雅而又朴实的君子。他著有《中论》二十多篇，自成一家的论著，文辞典雅，足以流传后世，他的精神成就永远存在。应玚文采出众常常有著述之意，他的才能学识足以著书，但他美好的愿望没有实现，实在应该痛惜。近来遍阅他们的文章，看后不禁拭泪，既痛念逝去的好友，又想到自己生命短暂。陈琳的章表文笔雄健有力，但稍微有些冗长。刘桢的文风洒脱奔放，只是还不够有力罢了，他的五言诗很完美，在同代人中最妙。阮瑀的书札文辞美丽，使人感到十分快乐。王粲擅长辞赋，可惜风格纤弱，不能够振起文章气势，至于他擅长的，古人也不会超过他多少。过去伯牙在钟子期死后破琴绝弦，终身不再鼓琴，痛惜知音难遇；孔子听说子路被卫人杀害，剁成肉酱，命人将家里的肉酱倒掉，悲伤弟子当中没有能比得上子路的。这些人只是有些还不及古人，也算一代优秀人才，现在活着的人，已没有人能比得上的了。将来定有优秀人才出现，后来之人难以轻视，但是恐怕我与您不能赶上见到了。

年龄已经增大，心中所想的千头万绪，时常有所思虑，以致整夜不眠，志向和意趣什么时候能再像过去那样高远呢？已经变成老翁，只不过没有白头发罢了。东汉光武帝说："三十多岁，在军队中十年，所经历的事不止一件。"我的才能赶不上他，但是年龄和他一样大了，凭低下的才能却处在很高地位，德才不足，只是凭借父亲曹操之力而有高位，一举一动都有人注意，什么时候才能改变这种情况呢？恐怕永远不能再像过去那样游玩了。年轻人的确应当努力，时光一旦过去，怎么能留得住，古人想秉烛夜游，确实很有道理啊。

近来您用什么自我娱乐？还有什么新著作没有？向东望去非常悲伤，写信来叙述内心情感。曹丕言。

◎创作背景

曹丕与建安七子中的陈琳、王粲、徐幹、阮瑀、应玚、刘桢都是过从甚密的好友。他们经常一起游乐欢宴，诗赋歌酬。此书是曹丕在孟津所作，一本题作《与朝歌会吴质书》。《吴质传》引《魏略》："……质出为朝歌长，后迁元城令。其后大军西征，太子南在孟津小城，与质书曰……"作于汉献帝建安二十年（215年）。

◎赏析

这篇文章通过叙述对昔日友人相继离世的悲痛和对友人才华的欣赏与评析，表达了作者对时间短暂的感叹、对德才兼备者陨落的痛心惋惜和知音难觅的哀伤。

第一段总写与友人分别的时间已经太长。这里引用《诗经·东山》句：“自我不见，于今三年。”三年不见就已经满腹思念，何况与朋友分别已经有四年之久了。通过对比，鲜明地表现出自己心中无法排解的对友人深深的思念之情。

第二段回忆昔日与朋友们在一起觥筹交错、流觞赋诗的美好时光。昔日作者与朋友们在一起时“行则连舆，止则接席，何曾须臾相失”！出入相随，没有片刻的分离。一起玩乐时“每至觞酌流行，丝竹并奏，酒酣耳热，仰而赋诗”，是多么热闹快乐。可现在朋友们都“零落略尽”，独留作者一人“言之伤心”。这里再次采用对比，将昔日与朋友在一起的欢乐与如今孑然一身的悲伤形成鲜明对比，更加衬托出作者心中对友人的思念与悲痛之情。

第三段不仅评价了建安诸子的文学成就，同时也感伤朋友早逝和知音难遇。一伤朋友早逝，志向未遂。在七子中，只有徐幹一人“成一家之言”“足传于后”，可以不朽；其他人的才学虽然“足以著书”，但不幸早早逝去，才华未尽，“美志不遂”，令人十分悲痛惋惜。二伤知音难遇，文坛零落。早逝诸人都是建安时期的“一时之儁”，与曹丕声气相通，他们亡故后，曹丕再也难以找到像他们那样的知音了。“今之存者”，又不及他们，邺下的文学活动顿时冷落下来，建安风流，零落殆尽。因而一边整理他们的文章，一边“对之抆泪”，睹物思人，悲不自胜，伤悼亡友的早逝。

第四段是总结和评价自己。作者先说明知音难求，并表示在建安诸子去世之后，再也难觅此般知音了，情感真诚、态度坦白，表现出了帝王与常人一样的喜怒哀乐和忧愁苦思。最后作者告诉吴质，近来自己年长才退，德薄位尊，并以“少壮真当努力，年一过往，何可攀援”的话来激励自己奋发努力，真诚而感人。

第五段是作者对朋友的问候。关切地询问吴质最近的生活和著述情况，并再次表达对吴质的思念之情，可谓情真意切，句句牵挂，字字贴心，读来如沐春风、暖人心怀。

为了增强表现力，作者明征暗引的成语和典故很多，既文采斐然又妥帖巧妙。作者多用对比来表达心中的感情，用字不多就传达出丰富的内涵，但从中可体味到作者隐含着的惋惜之情。另外，文章的音韵节奏也非常和谐。作者对于句子的抑扬顿挫和段落的承转连接都十分讲究，全文犹如一沟溪水，汩汩流出，了无滞碍。

◎轶闻异物录

伯牙子期

春秋时期，楚国有一位著名的音乐家——俞伯牙。俞伯牙在音乐方面天赋极高，他拜当时很有名气的琴师成连为师。可俞伯牙小有成就后便感到自己很难突破，常常为此苦恼。于是成连将其带至蓬莱山，让其在大自然中寻求突破。后来，俞伯牙成了杰出琴师，但真能听懂他曲子的人却不多。

一次，俞伯牙乘船沿江旅游。船行到一座高山旁时，突然下起大雨，俞伯牙停船在山边避雨。伯牙耳听淅沥的雨声，眼望雨打江面的生动景象，琴兴大发，正弹到兴头上，突然感到琴弦上有异样的颤抖，这是琴师的心灵感应，说明附近有人在听琴。伯牙走出船外，果然看见一个打柴人，他叫钟子期。伯牙把子期请到船上，两人互通了姓名，伯牙表示愿奏曲相庆，子期立即表示洗耳恭听。伯牙即兴弹了一曲《高山》，子期立即领会到曲意；伯牙又弹了一曲《流水》，子期又通琴音。伯牙内心激动，将子期引为知己，两个人结拜为生死之交。后来伯牙游历期间闻听子期不幸因病去世的消息，悲痛欲绝，奔到子期墓前为他弹奏了一首充满怀念和悲伤的曲子，然后将自己珍贵的琴砸碎于子期的墓前。从此，伯牙与琴绝缘，再也没有弹过琴。

曹 植

七步诗

煮豆持[1]作羹[2]（gēng），漉[3]（lù）豉[4]（chǐ）以为汁。

萁[5]（qí）在釜[6]（fǔ）下燃[7]，豆在釜中泣。

本自[8]同根生，相煎[9]何太急？

◎注释

①持：用来、用作。
②羹：用肉或菜做成的糊状食物。
③漉：过滤。
④豉：煮熟后发酵过的豆。一作"菽"。
⑤萁：豆茎，晒干后可以当柴火烧。
⑥釜：古代的一种锅。
⑦燃：一作"然"。
⑧自：一作"是"。
⑨煎：煎熬，这里指迫害。

◎译文

煮豆子用来做豆羹，过滤后可以做成豆汁。
豆秸在锅下燃烧，豆子在锅里悲哀地哭泣。
豆秸和豆子都是从同一根茎上生长出来的，
你为什么要把我伤害、逼迫得那么狠绝呢？

◎创作背景

汉献帝建安二十五年（220年）正月，六十六岁的曹操病死，曹丕由太子荣升魏王；同年十月，汉献帝被迫禅让帝位，曹丕上位为魏文帝。由于争封太子这段经历让曹丕无法释怀，他在称帝后，仍对曹植耿耿于怀，担心这个有学识又有政治志向的弟弟会威胁自

己的皇位，就想着法子要除掉他。曹植知道哥哥存心陷害自己，可自己又无法开脱，只好在极度悲愤中七步之内应声成诗。

◎赏析

这首诗诗人以萁豆相煎为比喻，控诉了曹丕对自己和其他众兄弟的残酷迫害。口吻委婉深沉，讥讽之中有提醒规劝。这一方面反映了曹植的才思敏捷，另一方面也反衬了曹丕迫害手足的残忍。

“煮豆持作羹，漉豉以为汁。萁在釜下燃，豆在釜中泣”，描述了燃萁煮豆这一日常生活现象，但是，诗人却以“豆”自喻，用一个“泣”字充分表达了一个受害者的悲伤与痛苦。“萁”本是豆茎，晒干后用来作为柴火燃烧，而煮的却正是与自己同根而生的豆子。诗人以这种方式比喻兄弟逼迫太紧，自相残害，实有违天理，为常情所不容，为下文的抒情作铺垫。诗人取譬之妙，用语之巧，令人叹为观止。

“本自同根生，相煎何太急”，笔锋一转，抒发了作者内心的悲愤，这是作者在含着血泪质问曹丕：我与你本是同胞兄弟，为什么要如此苦苦相逼？这一句质问千百年来已成为人们劝诫兄弟阋墙、自相残杀的经典用语，广为流传。

这首诗用比兴的手法，语言浅显，寓意明畅。这首诗之妙，在于巧妙设喻，豆和豆秸是同一个根上长出来的，就好比同胞兄弟，豆秸燃烧起来却把锅内的豆煮得翻转“哭泣”，以此来比喻兄弟相残。以其贴切而生动的比喻，明白而深刻的寓意，千百年来赢得了读者的称赏。

七步诗的故事

曹丕和曹植都是曹操的儿子。曹植很聪明，很用功，诗歌文章写得又多又好。当时，大家都很钦佩曹植，称赞他是个大文学家。曹操自然也很宠爱他。只有曹丕很嫉妒曹植。

曹操死后，曹丕做了皇帝。有一天曹植来拜见哥哥。曹丕一见他就没好气地说：“我和你虽然是亲兄弟，但是从礼义上来说，是君臣。以后可不许你仗着自己的才学，不讲君臣的礼节啊！” 曹植低着头，小心地回答：“是！”曹丕又说：“父亲在世的时候，你常常拿诗歌文章，在别人面前夸耀。我问你，那些诗歌文章是不是请别人代作的？”曹植回答说：“我从来没有请人代作过，都是我自己作的。”

曹丕板着面孔说：“好！现在我叫你作一首诗。你在殿上走七步，七步走完了，就必须把诗作出来。如果走了七步，诗还没有作成，我要重重治你的罪！”曹植明知道曹丕想借故害他，可是凭着自己的才学，有把握走七步作成一首诗，就不慌不忙地回答道：“请出个题目吧！”曹丕想了想，就对曹植道：“我和你是兄弟，就用‘兄弟’二字做题目。可是，诗里面不许带有‘兄弟’这两个字儿！”曹植略加思索，回了一声：“是。”就在金銮殿上走起步来，走一步，念一句，七步还没走完，诗就作出来了。

公　宴[1]

公子[2]敬爱客，终宴不知疲。

清夜游西园[3]，飞盖[4]相追随。

明月澄清景[5]，列宿[6]（xiù）正参（cēn）差（cī）。

秋兰被长坂[7]，朱华[8]冒[9]绿池。

潜鱼跃清波，好鸟鸣高枝。

神飚[10]（biāo）接丹毂[11]（gǔ），轻辇[12]随风移。

飘飖[13]（yáo）放志意，千秋[14]长若斯[15]。

◎注释

①公宴：群臣受公家邀请而侍宴。
②公子：这里指曹丕。
③西园：在邺城（今河北临漳）西。一说指玄武苑。
④飞盖：轻便行进速度飞快的车。
⑤景：这里指月光。
⑥列宿：众星。
⑦长坂：斜坡。
⑧朱华：这里指芙蓉，即荷花。
⑨冒：覆盖。
⑩飚：回风。
⑪丹毂：用红色涂饰的毂。毂：车轮中心的圆木。
⑫辇：古代人拉的车，后多指皇室和贵族所用的车。
⑬飘飖：随风飘动。这里用来形容逍遥、游乐。
⑭千秋：千年，意思是一辈子。
⑮若斯：如此。

◎译文

子桓公子敬爱各位宾客，终日宴饮却感觉不到疲惫。
静谧的夜晚去西园游玩，豪华的车马飞快地追随着。
皎洁的月亮洒下清辉，漫天繁星错落有致相互辉映。
秋兰生长在倾斜的土坡上，芙蓉遮盖着碧绿的池水。
鱼儿从清澈的水底跳出，林间传来鸟儿清脆的鸣声。
狂风吹动着那红色的车轮，轻快的马车在风中飞奔。
我们纵情地玩耍着逍遥快乐，希望能这样相伴千年。

◎创作背景

此诗描述铜雀台和宴会的景象，以及夜间游览西园的所见所感。诗中情感与景物的交融、人与自然的结合，组合成一种爽朗欢快的基调，各种意象呈现出欣欣向荣、明快活泼的气象。全诗描写生动传神，文风清丽，语言精工，用字别致，历来为人所称道。此诗作于汉献帝建安中期。

◎赏析

在这首诗中，作者通过描写人与自然的结合，情感与景物的交融，组合成一种爽朗欢快的基调，“明月”“列宿”“秋兰”“朱华”“潜鱼”“好鸟”都呈现出欣欣向荣、明快活泼的气象，丝毫没有半点秋气萧索的意绪，表达了作者心中欢乐高亢的情感和逍遥恣意的心绪。

“公子敬爱客，终宴不知疲”，诗开头就说公子曹丕敬爱宾客，设宴款待，客人们也都兴致勃勃，直到宴会终了还不知疲倦，领起全诗。

“清夜游西园，飞盖相追随”，详述了清幽的夜晚去游览西园，轻捷如飞的车辆络绎不绝，一辆随着一辆。曹丕《芙蓉池作》中说“逍遥步西园”，王粲《杂诗》中也说“日暮游西园”，可见“西园”是邺下文人常去聚会的地方。

“明月澄清景，列宿正参差”，此夜明月皎洁，在清澈如水的月光下一切景物都显得朗然无滓，天上繁星密布，似乎由于诗人们的聚会而更添光彩。

“秋兰被长坂，朱华冒绿池。潜鱼跃清波，好鸟鸣高枝”，秋日的兰花覆盖着长而隆起的坡地，红色的荷花星星点点地在碧绿的池水上探出头来，池中的游鱼时而跃出清波，高高的树枝上也不时传来悦耳的鸟声，自然界的一切事物都似乎进入了一种美妙完善的境界。这四句由于写景状物的明快而具有典型意义，成为后人广为传诵的名句。

“神飚接丹毂，轻辇随风移。飘飖放志意，千秋长若斯”，如此情调高昂而欢畅，分明是曹植少年得志、纵马驰骋的真实写照，其中充满着积极向上、高亢振奋的精神。显然，自然景观也都受到了诗人内心欢欣的感染。这就是古人所谓的“移情”。曹植在此诗中的叙事写景无不带有主观的欢畅情绪，正是“移情”作用的体现。

此诗对仗严密而工整，不仅词性的虚实两两相偶，而且语意也自然工俪，这种形式对后代格律诗的出现起了先导作用，在诗歌史上是一个值得重视的现象。

◎轶闻异物录

铜雀台

铜雀台与建安文学有着不解之缘。东汉末年，北方一大批文学家，如曹操、曹丕、曹植、王粲、刘桢、陈琳、徐幹、蔡文姬、邯郸淳等，他们聚集在铜雀台，用自己的笔直抒胸襟，慷慨任气，抒发渴望建功立业的雄心壮志，反映社会现实和人民群众的悲惨生活，掀起了我国诗歌史上文人创作的第一个高潮。由于其时正是汉献帝建安年代，故后世称为建安文学。

曹操既是一个伟大的政治家、军事家，又是开一代文风的文学家，聚集在他身边的这些文学家被称为“邺下文人集团”。由于曹操对文学的热爱，于是曹丕、曹植大都以这一名义将建安七子等众多文人网罗门下，形成集团。其活动方式主要有游铜雀台欢宴时的赋诗，如建安七子大量的《公宴》诗；命题创作，始自铜雀台新成时“太祖悉将诸子登台，使各为赋”，后成为习惯；同一题目大家同时作，如《柳赋》即曹丕、王粲等同时所作；文学家之间赠答、品评之作，如大量的赠诗及曹丕的《与吴质书》《典论》《与杨德祖书》等中国最早的文学评论。这种组织起来的文学活动极大地促进了当时的文学繁荣，并为后世的文学活动提供了范例。这个“邺下文人集团”随着曹操的去世、曹植的被逐以及一场莫名其妙流行于邺城的瘟疫而风吹云散，死者大部分葬于邺城铜雀台西二十里的曹操墓周围。唐代诗人温庭筠拜谒陈琳墓时写了一首极有感情的诗作，曰:“曾于青史见遗文，今日飘蓬过此坟，词客有灵应识我，霸才无主始怜君。石麟埋没藏春草，铜雀荒凉对暮云。莫怪临风共惆怅，欲将书剑学从军。”

怨歌行[1]·为君既不易

为君既不易，为臣良[2]独难。

忠信事不显[3]，乃有见疑患。

周公佐成王[4]，金縢[5]（téng）功不刊[6]。

推心辅王室，二叔[7]反流言[8]。

待罪居东国[9]，泫涕[10]常流连[11]。

皇灵[12]大动变[13]，震[14]雷风且寒。

拔树偃[15]（yǎn）秋稼，天威不可干[16]。

素服[17]开金縢，感悟求其端[18]。

公旦事既显[19]，成王乃哀叹。

吾欲竟[20]此曲，此曲悲且长。

今日乐相乐，别后莫相忘。

◎注释

①怨歌行：属于乐府的《相和歌·楚调曲》。

②良：实在。《论语·子路》："为君难，为臣不易。"

③显：明白，懂得。

④"周公佐成王"：周公，即姬旦，周武王之弟，周成王之叔。曾辅佐武王建立周朝，制礼定乐。武王死，成王继位，年幼，以周公辅政。

⑤金縢：指用金属捆封起来的柜子。

⑥刊：削除，磨灭。指周公请求代武王死之功不可磨灭。

⑦二叔：这里指管叔姬鲜和蔡叔姬度，是成王的二位叔叔。

⑧流言：这里指管、蔡二叔散布的周公要篡位的谣言。

⑨东国：东都洛阳，周公在流言起来的时候，到东都洛阳避居。当时曹植的封地在东方，东国一语也有隐喻诗人自己之意。

⑩ 泫涕：流泪。泫：水珠下滴。

⑪ 流连：接连不断。

⑫ 皇灵：上天之灵。

⑬ 动变：感动而生变。古人认为天人之间有感应，这是说周公的遭遇感动了上天。据《尚书·金縢》载，周公避居洛阳的第二年秋天，镐京暴风大作，雷电交加，把田禾刮倒了，把大树拔起来。

⑭ 震：打雷。

⑮ 偃：倒下。

⑯ 干：触犯，抗拒。

⑰ 素服：指没有文绣的衣服，古时祭天时所穿。

⑱ 端：原委。

⑲ 事既显：这里指发现了周公愿以身代武王死的策文。

⑳ 竟：终。

◎译文

做一国之君很不容易，做臣子就更加艰难了。
当忠诚信守不被理解时，就会产生猜疑灾祸。
周公辅佐成王时，金属捆封的柜子功不可没。
忠心辅助周王室，管叔、蔡叔反而造谣生事。
周公待罪避居洛阳之地，常常都是老泪纵横。
他的遭遇感动上天，雷鸣电闪刮起凛冽寒风。
拔起了大树吹倒庄稼，上天的威严不可触犯。
身穿礼服打开柜子，寻求上天降灾难的根源。
发现周公愿代成王死的策文，成王哀叹不已。
我想奏完这支乐曲，可这首乐曲悲伤而惆怅。
今日大家一起共欢乐，希望分别后不要忘记。

◎创作背景

魏明帝太和二年（228 年），魏明帝巡幸长安，洛阳谣传皇帝死于长安，从驾欲立曹植，因此明帝对曹植产生疑忌，曹植处境险恶，因作此诗以明志。

◎赏析

诗人用周公赤心为国、竭忠尽智辅佐周武王和周成王，结果仍遭流言毁谤，并被周成王所疑的历史故事，感叹自己忠心王室，意欲为国立功，不但心愿未遂，反而遭受种种打击迫害的不幸与无奈，表达了自己的一腔忠君爱国之情。

“为君既不易，为臣良独难。忠信事不显，乃有见疑患”，该诗起句由《论语·子路》中的“为君难，为臣不易”化用而出，引出诗人“怨”的真实原因是“忠信事不显，乃有见疑患”，这也是全篇诗眼所在，是诗人的满腹委屈和怨愤所在。

“周公佐成王，金縢功不刊。推心辅王室，二叔反流言。待罪居东国，泫涕常流连。皇灵大动变，震雷风且寒。拔树偃秋稼，天威不可干。素服开金縢，感悟求其端。公旦事既显，成王乃哀叹”，通过具体的历史事实来证明自己的论点。“天威不可干”，是诗人对“皇灵大动变”一事直抒胸臆的评论。本来，“天行有常，不为尧存，不为桀亡”（见《荀子·天论》），成王所疑，周公见毁与皇灵动变，其间并无必然的联系，然而人事与天道的偶然巧合，却引出了深刻的哲理：易识浮生理，难教一物违。成王昏庸固然可恶，然而“公旦事既显，成王乃哀叹”，他能知错认错仍有可取之处，暗讽当政者竟不及成王。

“吾欲竟此曲，此曲悲且长。今日乐相乐，别后莫相忘”，这四句本是乐府歌辞中的套语，与诗的题旨没有关系，是为了合乐而加。特别是“今日乐相乐”一句，汉乐府《艳歌何尝行》也有，诗人在写作此诗结篇时，正遇魏明帝曹叡召见，君臣宴享时即景所见，而“别后莫相忘”既似恳求又似讽刺，希望明帝不要在分手之后又把诗人撇在脑后。在貌似轻松的字句中蕴涵着深沉痛楚的矛盾心理，从而使这首咏史诗明显地注入了诗人主观的爱和怨，具有“其人虽已没，千载有余情”的韵味，成为这首诗的精彩之句。

该诗运用典故，借古讽今，万千感慨充溢其间。声调和谐，韵节响亮，曹植对于五言诗发展所作出的重大贡献，从此诗中可见一斑。

◎轶闻异物录

镐 京

丰京和镐京一起并称为“丰镐”，是西周王朝的国都，是历史上最早称为“京”的城市，作为西周首都沿用近三百年，又称宗周，位于陕西省西安市。

周文王灭崇（位于陕西关中，夏禹之父鲧所封之地）后，在沣水西岸营建丰京（今西安西南），将都城从岐周迁至丰京；周武王时在沣水东岸建立了镐京，即《诗经·大雅·文王有声》篇载：“考卜维王，宅是镐京。”丰京是宗庙和园囿所在地，镐京为周王居住和理政的中心，合称丰镐。

丰镐是中国历史上第一座规模宏大、布局整齐的城市，开创了中国城市平面布局方整、宽畅、宏伟的先河，建构了中国城市平面布局的总规制，成为后来城市总体布局的典范。丰镐两京是中国真正意义上的第一座城市，也是周礼的诞生地。丰镐遗址位于西安市长安区马王镇、斗门镇一带的沣河两岸，丰在河西，镐在河东。如今考古科学家已经基本确定了丰镐的城址和遗址面积，初步认定丰镐两京的遗址面积总计近十七平方公里，是一个巨型都城遗址。

箜（kōng）篌（hóu）引[①]·置酒高殿[②]上

置酒高殿上，亲交[③]从我游。

中厨[④]办丰膳[⑤]（shàn），烹羊宰肥牛。

秦筝[⑥]何慷慨[⑦]，齐瑟[⑧]和[⑨]且柔[⑩]。

阳阿[⑪]奏奇舞，京洛[⑫]出名讴[⑬]（ōu）。

乐饮过三爵[⑭]，缓带[⑮]倾庶（shù）羞[⑯]。

主称千金寿[⑰]，宾奉万年酬。

久要[⑱]（yāo）不可忘，薄终义所尤[⑲]。

谦谦[⑳]君子德，磬（pán）折[㉑]欲何求！

惊风[㉒]飘白日，光景[㉓]驰西流。

盛时[㉔]不再来，百年[㉕]忽我遒[㉖]（qiú）。

生存华屋[㉗]处，零落[㉘]归山丘。

先民[㉙]谁不死，知命[㉚]复何忧？

◎注释

①箜篌引：乐府诗题名，属《相和歌·瑟调曲》。曹植在此借用题目。箜篌：乐器名，古代拨弦乐器，体曲而长似古瑟，共二十三弦，出自西域，抱于怀中双手拨弄。引：乐府诗体的一种。

②高殿：曹植自己所居的侯王宫殿。

③亲交：亲近的朋友。

④中厨：厨中，厨房内。

⑤丰膳：丰盛的饭菜。膳，一作“馔”。

⑥秦筝：筝原是五弦乐器，后来秦人蒙恬将之改变成十二弦，故称秦筝。

⑦ 慷慨：指秦筝声调的激昂。

⑧ 齐瑟：瑟是古代弦乐器，种类繁多，其弦多者五十根，少者十几根。《战国策·齐策》载，苏秦曾云："临淄其民无不鼓瑟也。"因为这种弦乐器为临淄人普遍使用，所以称为齐瑟。

⑨ 和：这里指瑟声的和谐。

⑩ 柔：这里指瑟声的轻柔。

⑪ 阳阿：地名，在今山西凤台北。《汉书·外戚传》记载汉成帝皇后赵飞燕早年"属阳阿主家，学歌舞"。这里指妙舞者。

⑫ 京洛：这里指京都洛阳。

⑬ 名讴：名曲。讴：歌曲。

⑭ 爵：古代的一种酒器。

⑮ 缓带：缓解放松衣带，比较随便而不受拘束的样子。

⑯ 倾庶羞：把各种美味吃个精光。倾：用尽。庶：众多。羞：同"馐（xiū）"，美味的佳肴。

⑰ 寿：以金帛赠人表示敬意叫寿。《史记·鲁仲连邹阳列传》："平原君乃置酒，酒酣以千金为连寿。"

⑱ 久要：旧约，以前的誓约。语出《论语·宪问》："久要不忘平生之言，亦可以为成人矣。"要：通"邀"。

⑲ 尤：责备。

⑳ 谦谦：谦恭、谦逊的样子。

㉑ 磬折：弯腰鞠躬的样子，表示恭敬。

㉒ 惊风：疾风。

㉓ 光景：白日，即太阳，这里特指时光。

㉔ 盛时：盛壮年华。

㉕ 百年：指人的一生。

㉖ 遒：迫近。

㉗ 华屋：华丽的房屋。

㉘ 零落：指人事凋零衰落，这里指死亡。古诗《董逃行》："年命冉冉我遒，零落下归山丘。"

㉙ 先民：过去的人。

㉚ 知命：想通了生死的道理。《易经·系辞》："乐天知命故不忧。"命：这里指生死的自然规律。

◎译文

置酒备菜在高高的殿堂上，亲朋好友都来欢聚一堂。
厨房里置办了丰盛的美味佳肴，杀牛宰羊一片繁忙。
奏响那高亢嘹亮的秦筝，弹起那悠扬的齐瑟好热闹。
阳阿名妓轻歌曼舞，清亮的歌喉唱起了洛阳的名曲。
开开心心地喝过了三巡酒，松开腰带尽情地吃起来。
主人宣布今日是千岁金寿，众宾客献上祝寿的贺礼。
千万不要忘记往日的交情啊，始厚终薄有悖于道义。
主人乃谦谦君子道德高尚，频频弯腰鞠躬无所祈求！
时光如梭岁月飞逝，红日西坠光阴似箭人生好短暂。
少年不再来青春不长驻，转眼间已经接近人生终点。
自幼长在富贵人家，老死时却凄凉地葬在荒丘之上。
想想前辈们哪有谁不死的道理，命里注定何必忧伤。

◎创作背景

这首诗大约作于汉献帝建安十六年到汉献帝建安二十一年（211 年—216 年）间，诗人被封为平原侯或临淄侯时期，此时，诗人生活处境正在得意自适之中。当时曹操的嗣位未定，曹植颇有被立为世子的希望，故多招引宾客追随，可谓意气正盛，在一次遨游宴饮中，写下此诗。

◎赏析

这首诗通过描写与亲友宴乐的盛大热闹场面，表达了诗人位列王侯，正春风得意时，对时光飞逝的慨叹和对前途一片光明的憧憬与豪情。

“置酒高殿上”，点明了诗中的主人是位王侯。

“亲交从我游”，暗示了主人的领袖气派。前两句看似措辞平平，其实已经气象不凡，暗暗道出主人的不凡身份。

“中厨办丰膳，烹羊宰肥牛”，殿上既有美酒盈樽，厨下又操办了丰盛的膳食，烹羊宰牛，这宴席已极诱人。

“秦筝何慷慨，齐瑟和且柔。阳阿奏奇舞，京洛出名讴”，席前的音乐歌舞，更让人沉醉。秦地的筝、齐国的瑟，其音或高亢慷慨，或平和温柔，听得人或神情激昂，或怡然微笑。那舞女个个如赵飞燕转世，非但舞姿妙曼令人称奇，且其樱口所发清歌，亦无非往日洛城帝都的殿堂名曲，令人遥想昔盛，感叹良久。

“乐饮过三爵，缓带倾庶羞”，美酒佳肴、轻歌曼舞，琴瑟和鸣，使席上至亲好友欣然意动，胃脾大开，酒过三巡，他们便一个个宽松了腰带，也不去计较是否有失体面，放开肚子尽情地吃喝起来。于是，在歌舞伴随之下，在酒酣耳热之余，盛宴达到了高潮顶点。“倾庶羞”，席面上的美味佳肴倾数一扫而光，可以想见，客人吃得是多么尽兴，主人看得是多么欢悦。

“主称千金寿，宾奉万年酬。久要不可忘，薄终义所尤。谦谦君子德，磬折欲何求”，描写盛宴还未结束，还有更令宾客们惊喜万分的助兴节目。主人捧出黄金千两，说是为众位祝寿的一点小小礼物。宾客们却之不恭，只有拜受之后奉献上他们的衷心答词：愿君侯万寿无疆。终于要分手了，众宾临行前再三致意主人：决不忘记往日的友谊誓约，那种对朋友始厚终薄的事，是要受道义谴责的，我们可决不会干。客人是知恩不报非君子，主人却认定施恩图报非君子，他连连谦让：区区薄礼，何足挂齿。我只知保持君子的谦谦之德，舍此别无所求。宴会以宾主间推心置腹的对答结束，足见主是贤主，宾是嘉宾，他们都是至诚之人。

“惊风飘白日，光景驰西流。盛时不再来，百年忽我遒。生存华屋处，零落归山丘”，欢聚的时光总是十分短暂的，到了席罢人散，悄然独处，这才惊觉绚丽朝阳变成了惨淡白日，煦煦暖风变成了逼人寒气。“惊风”这一惊，非但惊醒了诗人,也惊起了全诗,惊动了读者。“惊”之下又继以“飘”，继以“驰”，继以“流”，这些奔涌的字词，令人但觉日色微薄、日影西斜，岁月飞驰如轮、飞逝如水，休说沉酣歌舞，迟暮已在眼前，这一切，是那样的惊心动魄。而诗歌写到这里，其悲凉之气掩住了氤氲酒气，瑟瑟风声吹散了歌声乐声，生命短暂的至愁至哀压倒了万寿无疆的善祷善颂，使全诗的格调，陡然间大变，变得面目全非。这一转折，极突兀生硬；然而，在穷欢极乐之下，诗人猛然痛感美好时光实在短促，就算有百年之寿，也终有尽头，刚才还是高殿华屋竞豪斗奢，转瞬已与草木一起零落，在荒山野墓里化作尘埃——这又是极正常、极自然、极合乎情理的感情。是以“盛时不再来，百年忽我遒。生存华屋处，零落归山丘”，愈转愈悲，悲凉之气，让人不由得为之窒息。

“先民谁不死,知命复何忧”,由“悲凉”而转入“慷慨”，说明“建安风骨”除“悲凉”之外，还有“慷慨”，即这种慷慨意气的体现。“先民”都不免一死，我的命运也将如此，忧与不忧，这个归宿总是注定了的。既然如此，那就乐观起来，让生命充实起来。这二句是卒章显志，虽然短小，也可自成一段落。由此读者才能领悟，上文中的悲凉，并不是诗人的消沉，而是他在开朗地说清楚痛苦，以便坦然面对；读者更能领悟，前十六句的欢宴，并非是反衬，正是“复何忧”的具体写照，唯其无忧无戚，故能纵情作乐、纵笔描绘。这两句使得全诗成为有机的整体，而不是意义相反的两部分的黏合，而诗人对人生的思考，他的乐观精神、坦荡胸襟，都在这二句里得到了充分展露。

这首诗以乐景透出哀情，之后又归于豁达，是一首既有豪阔场面，又有深厚情意的游宴诗，辞藻华丽而韵味深长。

◎轶闻异物录

箜　篌

箜篌是中国古代传统弹弦乐器，又称拨弦乐器。最初称“坎侯”或“空侯”，除宫廷雅乐使用外，在民间也广泛流传，有卧箜篌、竖箜篌、凤首箜篌三种形制。从十四世纪后期不再流行，以致慢慢消失，现在人们只能在以前的壁画和浮雕上看到一些箜篌的图样。

从古代大量演奏图像中所绘的竖箜篌和日本奈良正仓院保存的我国唐代漆箜篌和螺箜篌残件看，它的音箱设在向上弯曲的曲木上。凤首箜篌形制似与竖箜篌相近，又常以凤首为装饰而得名，其音箱设在下方横木的部位，向上的曲木则设有轸或起轸的作用，用以紧弦。

在技法方面，箜篌是以竖琴为根本，以古筝等民族乐器为辅助，再加以发展的。箜篌与竖琴在技术上的区别主要是：箜篌多了压颤技法（古筝），带来更多的韵味变化；有左右同度的双排弦，在演奏快速旋律和泛音上更方便，可以左右手同时奏出旋律与伴奏而不相互妨碍，增强了和声与复调。

美女篇[①]·美女妖[②]且闲[③]

美女妖且闲，采桑歧路间。
柔条[④]纷冉冉，落叶何翩翩。
攘袖[⑤]见素手[⑥]，皓腕[⑦]约[⑧]金环[⑨]。
头上金爵钗[⑩]，腰佩翠琅玕[⑪]（láng gān）。
明珠交玉体[⑫]，珊瑚间木难[⑬]。
罗衣[⑭]何飘飘，轻裾随风还。
顾盼遗光彩，长啸[⑮]气若兰。
行徒用息驾，休者以忘餐。
借问女安居，乃在城南端[⑯]。
青楼[⑰]临大路，高门结重关[⑱]。
容华耀朝日，谁不希令颜[⑲]？
媒氏[⑳]何所营？玉帛[㉑]不时安。
佳人慕高义，求贤良独难。
众人徒嗷嗷[㉒]（áo），安知彼所观？
盛年处房室，中夜起长叹。

◎注释

①美女篇：本篇是《杂曲歌·齐瑟行》歌辞，以美女“盛年处房室”比喻自己虽有才具，而无可施展。

②妖：妖娆。

③闲：同“娴”，娴雅，举止优雅。

④ 柔条：桑树的枝条。

⑤ 攘袖：捋起袖子。

⑥ 素手：洁白的手。多形容女子的手。

⑦ 皓腕：洁白的手腕。韦庄诗《菩萨蛮·人人尽说江南好》："垆边人似月，皓腕凝霜雪。"

⑧ 约：缠束。

⑨ 金环：金制的环。

⑩ 金爵钗：雀形的金钗。爵，同"雀"。

⑪ 琅玕：形状像珠子的美玉或石头。

⑫ 玉体：指美女美妙的身体。

⑬ 木难：碧色珠，传说是金翅鸟沫所成。

⑭ 罗衣：轻软丝织品制成的衣服。

⑮ 啸：蹙口出声，今指吹口哨。

⑯ 城南端：城的正南门。

⑰ 青楼：涂饰青漆的楼，指显贵之家。

⑱ 重关：两道闭门的横木。

⑲ 希令颜：爱慕其美貌。

⑳ 媒氏：说合男女婚姻的人。

㉑ 玉帛：指珪璋和束帛，古代用来订婚行聘。

㉒ 嗷嗷：形容众声喧杂。

◎译文

有个妖娆又娴雅的佳人，正在乡间岔路口忙着采桑。
桑树嫩绿的枝条轻柔垂摆，桑叶从她手中翩翩飘落。
挽起衣袖现出她洁白的手，手腕上戴着金色的手镯。
头上插着雀形的精巧金钗，腰上佩戴翠绿色的玉石。
身上镶嵌的明珠闪闪发光，珊瑚和碧珠点缀于其间。
丝罗衣襟在风里摇摆飘舞，轻薄的裙纱随风在旋转。
回眸流露着迷人的光彩，吹口哨时溢出兰花的芳香。
赶路人停下车驾不肯走开，休息的人看着忘记用餐。
有人打听这个佳人住哪里，她家就在城的正南门处。
青漆楼阁紧临大路，高大的宅门用了两道门栓紧闭。

佳人的容色像早晨的太阳，谁不爱慕她美丽的容颜？
媒人干什么去了呢？为什么还不送来聘礼订下婚约。
佳人爱慕品德高尚的人，寻求个贤德的丈夫很困难。
众人徒劳地议论纷纷，不知道她到底看中哪位郎君？
美好的青春年华在闺房里流逝，半夜传来她的叹息。

◎创作背景

这首诗以绝代美人比喻有理想有抱负的志士，以美女不嫁，比喻志士的怀才不遇。应是创作于魏文帝时期，即黄初元年至黄初七年（220 年—226 年）间，具体创作时间待考。

曹植是一个有政治理想的人，他渴望在政治上有所作为，但是，他的才能得不到施展，这首诗即为忧郁中所作。

◎赏析

这首诗通过写“美女”容色不俗却盛年未嫁，以“美女”自喻，表达了诗人怀才不遇的苦闷与哀愁之情。

“美女妖且闲，采桑歧路间。柔条纷冉冉，落叶何翩翩”，交代人物、地点、活动。一个美丽姑娘，她的容貌艳丽，性格娴静。地点是“歧路间”，即岔路口，她在采桑。“歧路间”是来往行人较多的地方，这就为下文“行徒”“休者”为之倾倒预做铺垫。紧接着“采桑”，写柔嫩的桑枝轻轻摇动，采下的桑叶翩翩飘落。这里明写桑树，暗写美女采桑的优美动作。景物的描写对表现人物起了烘托作用。

“攘袖见素手，皓腕约金环。头上金爵钗，腰佩翠琅玕。明珠交玉体，珊瑚间木难”，写美人的服饰，“攘袖”承接“柔条”，美女采桑必然挽袖。挽袖方能见到洁白的手。为了采桑，素手必须高举，这样又可见到戴着金手镯的洁白而光泽的手腕。用词精当，次第井然。因为是采桑，所以先写美女的手和腕，然后再写头和腰，头上插着雀形的金钗，腰上挂着翠绿色的玉石。身上佩着明珠，还点缀着碧色宝珠和红色珊瑚。以上几句写美女身上的装饰品，多为静态的描写。

“罗衣何飘飘，轻裾随风还”，写美女轻薄的丝罗上衣，衣襟随风飘动，是动态的描写。动静结合描写美女的服饰，写出美女婀娜的身姿和轻盈的步态，形象十分鲜明。

“顾盼遗光彩，长啸气若兰”，以精妙的字句，勾勒美女的神情。美女的一顾一盼都留下迷人的光彩，长啸时呼出的气息，芬芳如幽兰，使人不由为之倾倒。

“行徒用息驾，休者以忘餐”，所以，行路的人见到美女停车不走了，休息的人见到美女忘了吃饭，从侧面描写美女的美貌。诗人这段描写，是受汉乐府《陌上桑》影响，并不直接描写美人的容貌，而是描写“行徒”“休者”等人见到她时的反应，从侧面来烘托美女的美丽。

“借问女安居，乃在城南端。青楼临大路，高门结重关。容华耀朝日，谁不希令颜”，先交代美女的住处，点明她的高贵门第，出身不凡。“青楼”“高门”“重关”，说明她不是普通人家的女儿，而是大家闺秀。“耀朝日”“希令颜”表现出美女的容貌如同早晨的阳光，无人不倾倒爱慕。“容华耀朝日”写美女容貌之美，可与前半首合观；“谁不希令颜”说无人不为之倾倒，引起下文。这里写美女高贵的门第和美丽的容颜，隐喻诗人自己的身份和才能。出身高贵却被排挤逼迫，有才能而没有施展的机会，所为他不能不慨叹英雄无用武之地。

“媒氏何所营？玉帛不时安。佳人慕高义，求贤良独难。众人徒嗷嗷，安知彼所观？盛年处房室，中夜起长叹”，媒人都干什么去了呢？为什么不及时送来聘礼，订下婚约呢？乍看是诗人对媒人的责怪，其实反映了诗人内心的不平。媒人不来行聘，这是客观上的原因。而美女爱慕的是品德高尚的人，要想寻求一个贤德的丈夫实在很困难。这是美女主观上的原因。比喻志士有理想，但难以实现。美女的理想不是一般人所能理解的，可世人吵吵嚷嚷，议论纷纷，哪里知道她看得上的是怎样的人。美女正当青春盛年，而独居闺中，忧愁怨恨，深夜不眠，发出长长的叹息。这是比喻志士怀才不遇的苦闷。

这首诗通篇用比，含蓄委婉，意味深长。比是中国古代诗歌的传统创作手法，《诗经》《楚辞》多用此手法表达作者的内心情感。

◎轶闻异物录

“玉帛”释义

玉字从王，域声，本意为美石制作的雕刻有王室图案（即所谓“饕餮纹”“兽面纹”“羊头”“飞廉”）的器物（典型如琮、璜之类）。帛字从白从巾，白声。“白”本意为“虚空”，在此指“空前”，又指“白色”；“巾”指具有一定幅度的丝质布料。“白”与“巾”联合起来表示“顶级的白色的丝布”，也有恭维被赠送者为“大伯”的意思（帛指顶级丝布，伯指兄弟排行老大，二字发音相同，构字原理也相同）。所以，“玉帛”本意指在王者领有的地域内（用“玉”表示这一点），诸侯都是兄弟，彼此尊对方为大伯（用“帛”表示这一点）。故“玉帛”本意为“兄弟亲如一家，共尊家长——天子”，引申义为“和平共处”。今日藏族同胞献给贵客的“哈达”，应即古代互赠玉帛习俗的遗风。“哈达”就是“帛”，不但形制相同，功能也相同。藏汉之为兄弟，久矣。

白马篇[1]·白马饰金羁[2]（jī）

白马饰金羁，连翩[3]（piān）西北驰。
借问谁家子？幽并[4]游侠儿。
少小去乡邑[5]，扬声沙漠垂[6]。
宿昔[7]秉良弓，楛（hù）矢[8]何参差（cēn cī）！
控弦[9]破左的，右发摧月支[10]。
仰手接飞猱[11]（náo），俯身散[12]马蹄[13]。
狡捷[14]过猴猿，勇剽[15]（piāo）若豹螭[16]（chī）。
边城多警急，虏骑[17]（jì）数（shuò）迁移。
羽檄[18]（xí）从北来，厉马[19]登高堤。
长驱[20]蹈[21]匈奴，左顾凌[22]鲜卑[23]。
弃身[24]锋刃端，性命安可怀？
父母且不顾，何言子与妻？
名编壮士籍，不得中顾私[25]。
捐躯[26]赴国难，视死忽如归。

◎注释

① 白马篇：又名“游侠篇”，乐府新题，属《杂曲歌·齐瑟行》，以开头二字命名篇名。

② 金羁：金饰的马笼头。

③ 连翩：连续不断，原指鸟飞的样子，这里用来形容白马奔驰的俊逸形象。

④ 幽并：幽州和并州。在今河北、山西、陕西一带。

⑤ 去乡邑：离开家乡。

⑥ 垂：同“陲”，边境。

⑦ 宿昔：早晚。

⑧ 楛矢：用楛木做成的箭。

⑨ 控弦：开弓。

⑩ 月支：箭靶的名称。

⑪ 飞猱：飞奔的猿猴。猱：猿的一种，行动轻捷，攀缘树木，上下如飞。

⑫ 散：射碎。

⑬ 马蹄：箭靶的名称。

⑭ 狡捷：灵活敏捷。

⑮ 勇剽：勇敢剽悍。

⑯ 螭：传说中形状如龙的黄色猛兽。

⑰ 虏骑：指匈奴、鲜卑的骑兵。

⑱ 羽檄：军事文书，插鸟羽以示紧急，必须迅速传递。

⑲ 厉马：扬鞭策马。

⑳ 长驱：向前奔驰不止。

㉑ 蹈：践踏。

㉒ 凌：压制。

㉓ 鲜卑：中国东北方的少数民族，东汉末成为北方强族。

㉔ 弃身：舍身。

㉕ 中顾私：心里想着个人的私事。中：内心。

㉖ 捐躯：献身。

◎译文

骑着身上佩戴着金色马具的白马，向西北疾驰而去。
有人问他是谁家的孩子，原来是幽州和并州的游侠。
年纪轻轻就告别了家乡，到边塞大显身手建立功勋。
时时刻刻持握着那好弓，箭筒中的楛木箭参差不齐。
拉开像满月一样的弓射击，一箭射中靶心不差毫厘。
开弓射裂箭靶“月支”，转身射碎箭靶的“马蹄”。
身手非常敏捷赛过猿猴，勇猛轻巧疾飞就好像豹螭。

听说国家边境军情紧急，侵略者多次进犯侵袭内地。
军情告急信从北方频频传来，他扬鞭策马跃上高山。
随大军平匈奴直捣敌人老巢，回师扫鲜卑驱逐敌骑。
舍身面对着战场上的刀光剑影，从不爱惜个人安危。
父母都不能孝顺体贴照顾，更别说照顾孩子与妻子。
姓名编列于壮士花名册上，早已经忘掉个人的私利。
奋勇献身奔赴国家危难，看待死亡就像回故乡一样。

◎创作背景

这首五言古体诗，又名《游侠篇》，乐府歌辞，大约创作于汉献帝延康元年（220年），即曹丕称帝之前，是诗人前期代表作。

◎赏析

这首诗通过塑造一个身手不凡，奔赴国难，不顾个人安危与利益的英雄形象，表达了诗人愿为国家舍生取义的坚强决心和一心一意为国建功立业的积极人生态度。

“白马饰金羁，连翩西北驰”，以动之笔，描绘出驰马奔赴西北战场的英雄形象，显示出军情紧急。扣动读者心弦，给人以气势不凡之感。“白马”“金羁”，色彩鲜明。从表面看，只见马，不见人，其实这里写马，正是为了写人，用的是烘云托月的手法。不仅写出了壮士骑术娴熟，而且表现了边关军情的紧急。壮士豪迈的气概喷薄而出，笼罩全篇。

“借问谁家子？幽并游侠儿。少小去乡邑，扬声沙漠垂”，以“借问”领起，诗人故设问答，以铺陈的笔墨补叙英雄的来历，说明他是一个什么样的英雄。紧承上文，诗人没有继续写骑白马的壮士在边塞如何冲锋陷阵，为国立功，而是一笔宕开，补叙壮士的来历，使诗歌气势变化，富于波澜。

“宿昔秉良弓，楛矢何参差！控弦破左的，右发摧月支。

仰手接飞猱，俯身散马蹄。狡捷过猴猿，勇剽若豹螭”，诗人使用了一连串的对偶句使诗歌语言显得铿锵有力，富于气势，刻意铺陈出“游侠儿”身手不凡、武艺超群的英雄形象。诗人选用“破”“摧”“接”“散”四个动词，从左、右、上、下不同方位表现游侠儿的高超武艺。“狡捷过猴猿，勇剽若豹螭”，以形象的比喻，生动描写出游侠儿的敏捷灵巧，勇猛轻疾，而这些描写说明了游侠儿“扬声沙漠垂”的重要原因，也为后面展示游侠儿为国效力的英勇行为做好铺垫。

“边城多警急，虏骑数迁移。羽檄从北来，厉马登高堤。长驱蹈匈奴，左顾凌鲜卑”，遥接篇首，具体说明“西北驰”的原因和英勇赴敌的气概。这里是写游侠儿驰骋沙场，英勇杀敌的情景。因为游侠儿的武艺高超，前面已详写，这里只用“长驱蹈匈奴，左顾凌鲜卑”二句，就十分精练地把游侠儿的英雄业绩表现了出来。这种有详有略的写法，不仅节省了笔墨，而且突出了重点。

“弃身锋刃端，性命安可怀？父母且不顾，何言子与妻？名编壮士籍，不得中顾私。捐躯赴国难，视死忽如归”，表现“游侠儿”捐躯为国、视死如归的崇高精神境界。“游侠儿”之所以能够克敌制胜，不仅是由于他武艺高超，更重要的，还由于他具有崇高的爱国忠君的思想品德。这种思想品德和他的高超武艺结合起来，使这个英雄形象有血有肉，栩栩如生，给人以深刻的印象。

全诗风格雄放，气氛热烈，语言精美，情调兼胜，诗歌的思想感情高迈不凡。诗中的英雄形象，既是诗人的自我写照，又凝聚和闪耀着时代的光辉。

◎轶闻异物录

幽　州

幽州原是河北平原北端陆路交通的枢纽，隋炀帝时改幽州为涿郡。隋炀帝大业四年(608年)开永济渠，引沁水南通黄河，北达涿郡。大业七年，隋炀帝杨广乘龙舟自江都(今江苏扬州)经黄河入永济渠，至涿郡；同年，又动用江淮以南民夫、船只运黎阳(在今河南浚县东南)、洛口(在今河南巩县东北)诸仓米至涿郡。由于永济渠的凿通，运河的终点涿郡成了北方水陆交通的中心。

隋唐时，幽州的军事地位十分突出。隋炀帝在涿郡筑临朔宫作为行宫，大业七年后三次用兵高句丽，都以涿郡为基地，集结兵马、军器、粮储。唐太宗贞观十八年(644年)出兵高句丽，分水陆两路，陆路也以幽州为后方大本营。唐玄宗先天二年(713年)置幽州节度使于此，以控制奚、契丹等族。唐玄宗天宝元年（742年）改为范阳节度使，兵力九万余人，约占全国十节度使兵力的五分之一。天宝末，安禄山身兼范阳、平卢(治柳城郡，今辽宁朝阳)、河东(治太原府，今山西太原西南晋源镇一带)三节度使及河北道采访处置使，即以范阳为根据地，发兵反唐，掀起“安史之乱”。唐肃宗干元二年(759年)史思明自立为燕帝，以范阳为燕京。唐代宗广德元年(763年)改范阳节度使为幽州节度使，此后或称幽州，或称幽州卢龙，或只称卢龙。幽州为安史之乱后长期不奉朝命割据一方的河北三镇之一，割据达一百五十年之久。直至五代后梁乾化三年(913年)十二月为晋王李存勖所灭。

后晋高祖天福元年(936年)，石敬瑭以幽蓟十六州割让给契丹，次年契丹以幽州为南京。据房山云居寺石经题记，安史之乱前幽州城内有白米行、屠行、油行、五熟行、果子行、炭行、生铁行、磨行、丝帛行等，可见当时幽州商业和手工业之盛。

薤（xiè）露行[1]·天地无穷极

天地无穷极，阴阳转相因[2]。

人居一世间，忽若风吹尘。

愿得展[3]功勤，输[4]力于明君。

怀[5]此王佐才，慷慨[6]独不群。

鳞介尊神龙，走兽宗[7]麒麟。

虫兽岂[8]知德，何况于士人。

孔氏删诗书[9]，王业[10]粲已分。

骋我径寸翰[11]，流藻[12]垂华芳[13]。

◎注释

①薤露行：乐府曲调名，属《相和歌·相和曲》，与《蒿里行》原都是送葬的挽歌，作者用旧调写时事。薤，多年生草本植物，叶细长，花紫色，鳞茎长在地下，可以食用，也称作藠（jiào）头。

②因：这里意为寒暑运转，交相更替。

③展：《广雅·释诂四》：“舒也。”施展。

④输：《说文》：“委，输也。”《求自试表》：“欲逞其才力，输能于明君也。”与此意同。

⑤怀：抱着。

⑥慷慨：《铨评》：“慨，《艺文》四十一作恺。”卓然独立，不同于流俗。

⑦宗：尊崇。

⑧岂：犹，尚且。

⑨孔氏删诗书：孔子删定《诗经》为三百有五篇，《尚书》为百篇。

⑩王业：王者的事业。

⑪翰：鸟羽。古以羽毛为笔，故用作笔的代称。

⑫流藻：这里指文采。

⑬华芳：这里指好的文章。

◎译文

天高地厚无边无际， 阴阳两极相互转化轮回。
人活在世上，渺小恍如被风吹走的尘土一样。
但愿展示雄才竭心建功，效力于贤明的君主。
怀抱这样辅佐君王之才，慷慨而不同寻常人。
鳞甲类都尊崇高贵神龙，走兽类尊崇于麒麟。
动物都知道归附德高望重者，何况我们人类。
孔子删定《诗》《书》，王业已有明显归属。
驰骋我短小的笔杆，流传文采直到千古万年。

◎创作背景

本诗是一篇直抒胸臆的五言诗，作于汉献帝建安二十二年（217年）。当时，诗人只有二十六岁，虽然曹操已经立曹丕为世子，但诗人自认为具备治理国家的才能，怀着效力于明君的强烈愿望，想要报效国家。但由于政治上的因素，竟使他的意愿没有实现的机会。而他受到的教育是大丈夫立名于世，于是转向著述以实现名垂千古的夙愿。

◎赏析

这首诗描写虽世事无常、人生短暂，可是自己仍然愿意竭力效忠贤君明主，成就一番事业。抒发作者希望在有限的生命里，即使无法建立功勋，也要成一家之言的壮志豪情。

“天地无穷极，阴阳转相因。人居一世间，忽若风吹尘”，开篇气势苍莽雄浑，意境开阔宏大，极言宇宙之无限大，变化之无穷尽。“忽若风吹尘”是本诗的诗眼，也是全诗精神集中表现之处。“忽若风吹尘”，在结构上具有承上启下的作用，对前四句来说，它是由含蓄的抒情，转至直率的表白，写人生是那样如风吹尘之短暂，与头二句形成大起大落的对比，抒发人生短促的感慨。诗人急于建功立业的思想，更近于追求个人功名，他希望在人生有限的岁月里，竭尽全力施展自己的才能，建功立业以辅佐明君，但社会现实却使他不能如愿以偿，这就自然引出下文。

“愿得展功勤，输力于明君。怀此王佐才，慷慨独不群”，这一牢骚的发泄，表现了诗人对于理想、美名的执着追求。他虽然处在艰难的环境中，依然不曾厌弃人生，更不想逃避现实，还保持着少年时高傲的秉性，即使被人打压、软禁，孤立于朝政之外，也要通过诗歌发泄自己抱负不能实现的苦闷。

“鳞介尊神龙，走兽宗麒麟”，“神龙”“麒麟”是传说中的虫兽之王，其德为虫兽所尊崇。诗人借此述说他那“慷慨独不群”的痛心境遇，情在其中，意在言外，是诗人苦闷情感的制高点，痛极则悲，悲极则愤，激烈之情随之而生。

“虫兽岂知德，何况于士人”，道破天机，诗人转悲为怒，以愤愤不平之音发出责问，语意双关：一方面从正面明说士人应该比虫兽更为知德；另一方面也是暗自斥责当权者心胸狭隘，不如神龙和麒麟。但是，诗人这种急于建功立业的思想感情表现得越是强烈,越使得所谓“明君”嫉恨。当他感觉到“戮力上国，流惠下民，建永世之业，流金石之功”的希望全然断绝的时候，便只好以致力于文学创作来自我安慰了。

“孔氏删诗书，王业粲已分。骋我径寸翰，流藻垂华芳”，表达了诗人坚定的信念——即使自己不能建功立业，至少也要以自己的文采流传后世，以成不朽之名。诗人盛赞孔子删定诗书的意义之大，是他在面对社会现实头脑冷静之后，给自己选定的成名之路。意谓古人既能在文学事业上立名于后世，我也一定可以做到“流藻垂华芳”。

此篇属相和歌辞。诗风刚健清新，情感直爽诚笃。

◎轶闻异物录

孔子的政治思想

孔子的政治思想核心内容是“礼”与“仁”，他主张“为政以德”，这种治国方略也叫“德治”或“礼治”。把德、礼施之于民，严格了等级制，把贵族和庶民截然划分为治者与被治者，打破了贵族和庶民间原有的一条重要界限。

孔子的最高政治理想是建立“天下为公”的大同社会。大同社会的基本特点是：大道畅行，“天下为公”，因而能“选贤与能，讲信修睦”“人不独亲其亲，不独子其子，使老有所终，壮有所用，幼有所长，鳏寡孤独废疾者皆有所养”，阴谋欺诈不兴，盗窃祸乱不起。这是一幅理想化的传说中的尧舜时代的原始社会景象，也是孔子憧憬的最高理想社会。“小康”社会是孔子主张的较低的政治目标。这种社会实际上是“私有制”产生后阶级社会的“盛世”。

孔子的“大同”社会、“小康”社会理想对中国后世影响深远，后来不同历史时期的思想家提出了不同内容的憧憬蓝图和奋斗目标。洪秀全、康有为、谭嗣同和孙中山都受到其影响。

门有万里客

门有万里客，问君何乡人。

褰（qiān）裳[①]起从之，果得心所亲[②]。

挽裳对我泣，太息[③]前自陈。

本是朔方[④]士，今为吴越[⑤]民。

行行将复行，去去适[⑥]西秦[⑦]。

◎注释

①褰裳：提起衣服。

②心所亲：心中所喜悦的亲友。

③太息：同“叹息”。

④朔方：汉郡名称，在今内蒙古及宁夏一带。

⑤吴越：今江苏和浙江一带。

⑥适：到。

⑦西秦：今陕西和甘肃交界处。

◎译文

门前有从远方万里而来的客人，我询问是哪里来的人。

我提起衣服去追寻他，果然是自己心中所喜欢的友人。

友人挽着衣衫对我哭泣，叹息后便陈述起自己的经历。

本是从遥远的朔方而来，但今天已经变成吴越的人了。

但是他还在频繁地移居，这次是要迁去西边的秦地了。

◎创作背景

这首诗是曹植在汉献帝建安二十年（215年）创作的乐府诗。描写万里客万里行寻访到知心友人的幸运场景。

◎赏析

在这首诗中，诗人的笔墨主要集中于对四处漂泊的“万里客”的形象描写上，表达了诗人对战争中四处流亡的百姓的同情与怜悯之情。

“门有万里客，问君何乡人。褰裳起从之，果得心所亲”，写门前有一位远道而来的客人，诗人问他：“你是什么地方的人？”而这位“万里客”并没有立即答复诗人。相反,从“褰裳起从之，果得心所亲”可以体会到，这位“万里客”避而不谈，掉头回去，因而不得不令诗人提起衣服的前裳，跟踪前往。这位“万里客”，从心里感受到诗人就是他万里前来寻觅的亲人。这就曲折而生动地写出了诗人和“万里客”思想渐趋融洽的过程，也反映出当时环境的险恶，如果所遇非人，稍有失言，便有杀身之祸。“褰裳起从之”从侧面描绘出“万里客”在这样险恶的环境中，欲言而不敢言、欲接近而不敢接近的矛盾心理。

“挽裳对我泣，太息前自陈”，更进一层描写“万里客”踏破铁鞋、万里逢知己的激动心情。他先是“挽裳对我泣”，而后终于压抑不住内心的悲愤,对知己的诗人“太息前自陈”。

“本是朔方士，今为吴越民。行行将复行，去去适西秦”，写“万里客”对诗人的陈述。“朔方”“吴越”“西秦”，四句诗中连用三处地名，以照应首句，大笔勾勒出“万里客”的行程，中间插入“行行”“去去”两个重叠词，平仄相间，使得诗歌格律构成对仗,富于高低起伏的音乐美,反映了“万里客”行踪匆匆、四处漂泊的苦楚。

综观全诗，诗人用客观的记叙，在宾主、虚实的关系处理上颇有匠心。“万里客”在诗中是主，而“我”则是宾，没有喧宾夺主。另外，“万里客”四处飘零是实写，而诗人自己因封地时常改换、因被监视而感到郁郁寡欢的精神痛苦，则是虚写。这种虚实相间的写法，使得该诗含蓄且有韵味，令人回味无穷。

◎轶闻异物录

朔方郡

朔方郡所在的内蒙古河套地区，战国时称为河南地以及北假，原为赵国领地。赵武灵王二十六年（前300年），赵国“攘地北至燕、代，西至云中、九原”，置九原郡，此为河套地区建置之始。

汉武帝元朔二年（前127年），匈奴侵入渔阳、上谷，杀千余人。武帝令车骑将军卫青“出云中以西，至高阙，遂略河南地，至于陇西”。主父偃进言朔方土地肥饶，宜屯田驻守，“内省转输戍漕，广中国、灭胡之本也”。汉武帝从其言，遂“收河南地，置朔方、五原郡”，迁十万人于朔方。汉武帝元朔三年（前126年）秋，苏建修复秦代蒙恬所筑要塞，筑朔方城。汉献帝建安二十年（215年）春，因胡羌侵扰，曹操“省云中、定襄、五原、朔方郡”，割太原郡北部设立新兴郡，以安置四郡人口。

隋文帝开皇三年（583年）废天下诸郡。隋炀帝大业三年（607年），改夏州为朔方郡。隋炀帝大业十三年（617年），梁师都据朔方郡反隋，建国号曰梁。唐太宗贞观二年（628年）灭梁师都，置夏州，改岩绿县为朔方县，为夏州治所。唐玄宗天宝元年（742年）又改夏州为朔方郡。

泰山梁甫行[①]

八方[②]各异气[③]，千里殊[④]风雨。
剧哉[⑤]边海民[⑥]，寄身[⑦]于草野[⑧]。
妻子[⑨]象[⑩]禽兽[⑪]，行止[⑫]依[⑬]林阻[⑭]。
柴门[⑮]何萧条[⑯]，狐兔[⑰]翔[⑱]我宇[⑲]。

◎注释

①泰山梁甫行：一作《梁甫行》，乐府《相和歌·楚调曲》名，古曲《泰山梁甫吟》分为《泰山吟》和《梁甫吟》二曲，皆为挽歌。古辞已佚。本诗内容与古辞无关。

②八方：泛指各方。

③异气：不同的气候。

④殊：不同，不一样。

⑤剧哉：艰巨啊。剧：艰难。

⑥边海民：边民与海民。边海：靠海，临海。

⑦寄身：寄托身心。

⑧草野：草莽。野草丛生的原野。

⑨妻子：妻子和儿女。

⑩象：形象，好像。

⑪禽兽：飞禽与走兽。

⑫行止：行进与止停。

⑬依：依靠，依傍。

⑭林阻：山林险阻，道路崎岖。

⑮柴门：用柴木做的门。代指贫寒之家，陋室。

⑯萧条：寂寞清冷，凋零。

⑰狐兔：狐狸和兔子。

⑱翔：飞翔。这里指悠闲自在地行走。

⑲宇：房宇。也指地域，疆土。

◎译文

各方气候变化都不相同，千里之内的天气都会不一样。
海边的百姓多么困苦啊，破旧的草屋是他们栖身之所。
妻子和儿女像禽兽一样生活，居住在山林的险恶之地。
简陋的木门如此冷清，狐狸和兔子在周围悠闲地穿梭。

◎创作背景

关于这首诗的创作时间历来存有争议，有学者认为这首诗作于曹植随曹操北征乌桓途中，即汉献帝建安十二年（207 年），曹植当时年仅十六岁。诗中所写是诗人途中所见，其依据是曹植在其《求自试表》中有“臣昔从先武帝南极赤岸，东临沧海……”的叙述。但本书编者更倾向于作于魏明帝时期（226 年—232 年）。因为这首《泰山梁甫行》是曹植的代表作品之一，应该是他在曹丕称帝后，自己的生存受到严重的影响，日子过得艰难不易，也逐渐体会到下层人民的痛苦，尤其是在曹叡统治时期，各类徭役繁重，赋敛苛细，百姓为了逃避徭役，常常不敢在家居住而藏到山林中。诗中所写，正是这种悲惨情景。据此，本书编者推断，这首诗是曹植晚年作品，写于魏明帝时期。

◎赏析

这首诗通过描写临海居民的艰难生活状态与荒凉的生活环境，表达了诗人对底层劳动人民的深切同情。

“八方各异气，千里殊风雨。剧哉边海民，寄身于草野”，天下的自然气候各不一样，所遭受的风雨灾害也不一样。言外之意是说，海边气候潮湿，风雨狂暴，海啸龙卷风也时有发生，是不适合人生存的地方。海边的人民，他们生活在荒野草丛林木中，多么荒凉，多么凄惨。这本是野兽出入的地方，可他们却长期与野兽同居。

“妻子象禽兽，行止依林阻。柴门何萧条，狐兔翔我宇”，这是对妻子以及孩子的整体形象描写，从中不但看到海民衣不蔽体蓬头垢面的野人一样的粗俗艰苦的生活，也可以想见他们与世隔绝的愚钝颓废形象。他们依靠自然环境的险阻，和野兽争夺生存空间，不但经受生活的艰难困苦，而且还有随时被野兽吃掉的生存忧惧。柴门简陋凄清，在海风中摇荡，狐狸兔子好像从天上飞来一样从屋檐下飞来窜去。这里通过狐狸、兔子的侧面描写，反衬出海边人们生活环境的荒蛮以及生存的恐惧与痛楚。

这首诗采用齐地民歌的形式，以正面白描为主，结合侧面烘托的手法，语言平实，不加雕饰，全方位地展现了海边地区人民的生活状态，寓意极为深刻，不仅是曹植的重要代表作，也是整个建安时期反映民间疾苦的最重要作品之一。

◎轶闻异物录

魏明帝曹叡的文学成就

曹叡能诗文，善乐府，与其祖父曹操、父曹丕并称魏之“三祖”。

曹叡把对文学之士的重视与管理由以前松散的重用和安排，转化为制度性的政策固定下来，并且成立了固定的机构。汉末鸿都门学的设立旨在选拔政府人才，而非选拔文学人才，更非文学机构。这是在文学走向政治道路上的重要一步。也是曹叡对文学的政治作用、对文学家的政治影响所作出的最为积极的响应。曹叡与曹丕在《典论·论文》中所提及的“盖文章经国之大业，不朽之盛事”的认识是一致的。曹叡在曹丕认识的基础上，进一步把文士群体纳入官方的管理之下。

在文学史上，崇文观文学虽然没有邺下文人集团创作的贡献大，也没有邺下文人集团的赫赫声名，但其在文学制度发展史上的地位却是不容小觑的。崇文观的设立，毫无疑问聚集了当时最有影响的文学之士，同时也为正始文学时代的来临打下了基础，崇文观的设置是继汉灵帝鸿都门学制度之后，文学之士的又一个机遇。也可以说是对鸿都门学以“辞赋”取士方式的沿袭和发展，影响着隋唐以后实行的科举制。这是曹叡对中国文学的一个巨大贡献。

吁嗟（jiē）篇[1]·吁嗟此转蓬[2]

吁嗟此转蓬，居世[3]何独然。

长去本根逝，夙夜[4]无休闲。

东西经七陌，南北越九阡[5]。

卒[6]（cù）遇回风起，吹我入云间。

自谓终天路，忽然下沉渊。

惊飙[7]（biāo）接我出，故[8]归彼中田。

当南而更北，谓东而反西。

宕宕[9]（dàng）当何依，忽亡而复存。

飘飖[10]（yáo）周八泽[11]，连翩历五山。

流转无恒处，谁知吾苦艰。

愿为中林草，秋随野火燔[12]（fán）。

糜[13]（mí）灭岂不痛，愿与株荄[14]（gāi）连。

◎注释

①吁嗟篇：乐府诗题，属《相和歌·清调曲》。吁嗟：感叹词。

②转蓬：随风而动的蓬草花。蓬属菊科植物，秋日花朵干枯。“遇风辄拔而旋（转）”（《埤雅》），与人们离乡漂泊的境况很相像，因此常被诗人所歌咏。曹操《却东西门行》，就曾以它的“随风远飘扬”，抒发过“何时反故乡”的感情。但曹植所写的转蓬，却与他政治上的坎坷遭际有关。

③居世：生在世上。

④夙夜：从早到晚。

⑤七陌、九阡：指东西南北广大地区。

⑥ 卒：同“猝”，突然。

⑦ 惊飙：自下而上的暴风。

⑧ 故：仍旧。一说同“顾”，犹“岂”。

⑨ 宕宕：通“荡荡”，流荡无依的样子。

⑩ 飘飖：飞动，飘忽没有归宿。

⑪ 八泽：古代的八个大泽（湖），鲁有大野，晋有大陆，秦有杨污，宋有孟渚，楚有云梦，吴越有具区，齐有海隅，郑有圃田。

⑫ 燔：焚烧。

⑬ 糜：碎烂。

⑭ 株荄：草根。株，一作“根”。

◎译文

可叹啊，这随风飘扬的蓬草，活在世上是这样的不易。
永远离开了根茎随风飘零而去，朝朝暮暮都不得安宁。
从东到西经过多少弯曲道路，从南向北越过多少荒田。
突然遇到一阵极大的旋风，把我吹上了蓝天白云之中。
以为来到了天路最顶端，谁知又堕入深不见底的深渊。
暴风再一次将我卷起，仍旧把我送回最初的那片原野。
我正要往南飞却忽然朝北，正想往东飘却被吹到了西。
我不知该往哪里飘荡了，一时消失一时间又霍然出现。
我曾经飞遍了八大湖泽地，也曾经走遍了五岳的山峦。
品尝到人生流离失所之苦，有谁能体会我内心的艰难。
我愿做林中小草，随秋天燃烧的野火，化作一缕尘烟。
就算承受野火焚烧的痛，能与根茎生死相连心甘情愿。

◎创作背景

此诗作于魏明帝太和三年（229 年）。曹植写此诗时，已是他人生的最后时段。史料记载，曹丕即位后，对曹植的身心进行过极为严重的摧残，尤其是沉重的政治迫害：幽禁独处，死生莫测。而他唯一的希望就是如何能够解除控制，争取人身自由。《三国志·任城陈萧王传》云：“植每欲求别见独谈，论及时政，幸冀试用，终不能得。既还，怅然绝望。”可见当时曹植正遭受排挤、打击，失去自由，理想落空。根据《三国志》裴松之注：曹植为排解心中苦闷，曾作琴瑟调歌，其辞即为《吁嗟篇》。

黄初七年（226年）五月，魏文帝病重，立其长子曹叡为皇太子；六月曹丕去世，时年四十岁；其子曹叡即位于洛阳。曹叡（魏明帝）继位后，壮心不已的曹植急切地渴望自己的才能能够得以施展，曾多次慷慨激昂地上书曹叡，要求给予政治上的任用，但曹叡对于曹植的种种表白和请求，只在口头上给予嘉许，对他仍然严加防范和限制其诸多自由，因此，魏明帝时期，曹植的处境并没有获得根本好转。可以说，曹植在魏文帝和魏明帝当政的十二年中，虽然表面上曾被迁封过多次，其实是曹丕父子对他的严密防范，使得他不能在某一封地久留，形成不了气候，而曹植最后的封地在陈郡，这首《吁嗟篇》，已是他文学创作的末期，也是他人生中苦闷、黑暗的末期。

◎赏析

这首诗通过描写四处飘零无依的蓬草，以此来比喻作者自己，表达了作者孤独无依的身世之感。

“吁嗟此转蓬，居世何独然。长去本根逝，夙夜无休闲。东西经七陌，南北越九阡。卒遇回风起，吹我入云间。自谓终天路，忽然下沉渊。惊飙接我出，故归彼中田。当南而更北，谓东而反西”，此诗以“吁嗟”为题，为全篇蒙上了忧悒的色彩。“居世何独然”，表达出诗人内心独特的感受：“转蓬”是孤独的，然而它被迫脱离本根的悲哀更甚于它的孤独。曹丕登基后，曹植实际上就已被放逐，政治上被监视，被边缘化。尴尬的处境令曹植“吁嗟”不已。他无心背叛，渴望报国，却被行监坐守，动辄得咎。心存“卒遇回风起”的希冀，却遇“忽然下沉渊”的冰冷，更有“惊飙接我出”的慌乱和“当南而更北”的不由自主。

“宕宕当何依，忽亡而复存。飘飖周八泽，连翩历五山。流转无恒处，谁知吾苦艰”，在“忽亡而复存”的劫后余生的惊恐中，在这种上天入地“流转无恒处”的辗转中，诗人终于忍无可忍地发出“谁知吾苦艰”的哀叹。作者用一系列动词极力刻画了飞蓬生存的艰难坎坷。七陌、九阡、八泽、五山的广袤带来的并不是游历的快意，而是无尽的漂泊、举目无亲的痛苦。比这种飘荡本身更难以忍受的则是永远无法预料的身不由己的命运。

“愿为中林草，秋随野火燔。糜灭岂不痛，愿与株荄连”，诗人在生活的重压之下被逼出这样的愿望：宁愿在痛苦中死去，只求与根相连，不再奔波。“中林草”为了结束“流转无恒处”而情愿燔于野火而糜灭，反映了诗人对于命运操控于人的愤愤不平。他只能通过这样低微的幻想来转移自己的痛苦。像转蓬这样离根飘荡，就是活着，也要比中林草受野火的烧灼痛苦百倍。与根株相连，也就是与亲生骨肉同胞相连，这愿望其实是微薄的，一般人都能轻易获得，但又如此珍贵，以至于诗人为之竭力追求呼号。结语反衬全诗，使诗中的每一句，全都发出悲怆的回应。

这首诗运用比拟手法，将对转蓬漂泊生涯的描述，化成了作者自身痛苦际遇的再现；又通过转蓬之口，发出了对于一手制造作者孤独漂泊悲剧的执政者的控诉。转蓬与作者交融合一，映照得非常精妙。

◎轶闻异物录

裴松之

裴松之（372年—451年），字世期，河东闻喜（今山西闻喜）人，后移居江南。南朝宋著名史学家，为《三国志》作注。与儿子裴骃、曾孙裴子野合称为史学三裴。裴松之为士族官僚家庭出身，祖父裴昧官居光禄大夫，父裴珪曾任正员外郎。裴松之从小喜爱读书，年少时已熟知《论语》《诗经》诸书。后博览典籍，学识日进。晋孝武帝太元十六年（391 年），裴松之任殿中将军，时年二十岁。

晋安帝隆安二年（398 年），其舅父、豫州刺史庾楷联合兖青二州刺史王恭等攻打建康。兵败，庾楷投奔夏口的桓玄。庾楷推荐裴松之担任新野太守。裴松之考虑风险过大，迟迟不肯动身。不久，军阀火并，庾楷死于桓玄之手。裴松之免去了一场杀身之祸。

义熙初，裴松之先后担任员外散骑侍郎、吴兴故鄣县县令等职，后升调回朝廷，改任尚书祠部郎。晋安帝义熙十二年（416 年），太尉刘裕（即宋武帝）率军北伐。裴松之时任司州主簿随军北行。刘裕十分赏识裴松之，赞他有“庙廊之才”，将他转任治中从事史。晋军占洛阳后，刘裕委任之为封国世子洗马。裴松之成为刘裕集团中的重要成员。南朝宋代晋以后，裴松之历任零陵内史、国子博士、冗从仆射等职。

宋文帝元嘉三年（426 年），宋文帝遣使巡行各州。裴松之被派往湘州。自湘州归来，他将所探询的吏政民情，归纳为二十四项条款。不久，他被升任为中书侍郎、司冀二州大中正，并赐爵西乡侯。晚年，裴松之先后出仕永嘉太守、通直散骑常侍、南琅琊太守。宋文帝元嘉十四年（437 年），裴松之六十五岁，致仕。不久，又拜中散大夫、领国子博士，最后进位太中大夫。宋文帝元嘉二十八年（451 年），因病去世，终年八十岁。

杂诗二首

其一　高台多悲风[1]

高台多悲风，朝日照北林。

之子在万里，江湖迥（jiǒng）且深[2]。

方舟[3]安可极[4]，离思故难任。

孤雁[5]（yàn）飞南游，过庭长哀吟。

翘思[6]慕远[7]人，愿欲托遗音。

形景[8]忽不见，翩翩[9]伤我心。

其二　南国有佳人

南国有佳人，容华若桃李。

朝游江北[10]岸，夕宿潇湘[11]沚。

时俗薄朱颜[12]，谁为发皓齿。

俯仰[13]岁将暮，荣耀[14]难久恃。

◎注释

①悲风：凄惨的风。

②迥且深：很偏僻，很远很深。

③方舟：两船并在一起，称为方舟。汉班固《西都赋》："方舟并骛，俛仰极乐。"《梁书·武帝纪上》："郢城、竟陵间粟，方舟而下；江陵、湘中之兵，连旗继至。"唐陈希烈《奉和圣制三月三日》："锦缆方舟渡，琼筵太乐张。"

④可极：可以到达之意。

⑤ 孤雁：孤单的大雁。

⑥ 翘思：抬头仰望思念。

⑦ 慕远：倾向远方。

⑧ 景：通“影”，影子。

⑨ 翩翩：本意指鸟在空中轻松自由飞翔的样子，常常被用以形容有文采或举止洒脱。

⑩ 江北：一作“北海”。

⑪ 潇湘：两条河水名，均在今湖南省境内。

⑫ 朱颜：美好的容颜。

⑬ 俯仰：抬头与低头之间。形容时间的短暂。

⑭ 荣耀：指女子青春时光彩焕发的荣华。

◎译文

其一

高台上时常吹着悲鸣的风，早晨的太阳照耀北边林木。
我怀念的人啊远在万里之外，被江河湖海阻隔得很远。
这艘船怎样能顺利到达目的地，实难平复我思念的心。
向南飞的一只孤雁，飞过庭院长声哀鸣真是让人伤神。
抬头望着那只孤雁，想拜托你带个信儿给我思念的人。
孤雁不理我飞了过去，翩翩飞去的影子使我更加伤心。

其二

南方有位美丽佳人，面容若桃花般美艳，像李花般清雅。
早晨她来到江北岸边游玩，夜晚她在潇湘的小岛中休憩。
当世的风气轻视美丽的容貌，她贝齿轻启对谁露出微笑。
岁月转瞬间就消逝了，那青春美貌的容颜难以长久存在。

◎创作背景

这两首诗应都作于魏文帝黄初四年（223年），三十二岁的曹植被徙封为雍丘（今河南省杞县）王时期。黄初三年（222年），曹植被封为鄄城（山东省菏泽市）王，邑二千五百户。据《三国志·魏书十九》:“六年,帝东征,还过雍丘,幸植宫,增户五百。”意思是说:黄初六年(225年),曹丕南征归来,路过雍丘,与曹植见了一面,为曹植增加了食邑户五百。这也算是曹丕看在他与曹植是一个爹妈所生的亲兄弟,顾念了兄弟一场的手足情分吧。

今河南省杞县古称“雍丘城”,是杞国的都城。在曹植生命的最后十二年里,曾两封雍丘,在此,他度过了六年时光,所以,雍丘成为他生命中一个“地标”性的记忆。

◎赏析

第一首诗中作者通过描写南飞的孤雁,想鸿雁传书而不能,抒发了对远方亲人的深切思念之情。第二首诗通过描写容颜姣好的佳人居无定所,不被世人称赞,抒发了作者怀才不遇、无法建功立业、青春难久的苦闷与感伤。

“高台多悲风,朝日照北林”,起句工整并定下“悲”的感情基调。“悲风”,写诗人朝日登台,虽天气晴朗,阳光明媚,但仍有所感触,悲从中来。

“之子在万里,江湖迥且深。方舟安可极,离思故难任”,这几句诗紧承上文,并且解释了悲伤的原因:亲人远隔万里,江河阻隔,水深难渡。同时也点明此诗是为怀故人而作的主题。“安可极”“故难任”继续写会面之难、离愁难以排遣。

“孤雁飞南游,过庭长哀吟。翘思慕远人,愿欲托遗音。形景忽不见,翩翩伤我心”,直写登台见闻。“孤雁飞南游,过庭长哀吟”两句写诗人听到孤雁哀鸣,抬头望见正向南飞,想到孤居南方的兄弟,心内更是痛苦。挂念远方兄弟,遐想托雁带去音信,可转眼之间,孤雁已飞走了,形影不见,无缘会面,又难通音信,心中的惆怅痛苦,久久不平。

“南国有佳人,容华若桃李”,描绘一个艳若桃李、风华绝代的佳人形象，是借屈原以香草美人代君子的写法，借美人形象来比喻自己具有杰出的才能。

“朝游江北岸，夕宿潇湘沚。时俗薄朱颜，谁为发皓齿”，写美人朝游江北，夕宿潇湘水的小洲上，暗指佳人行踪飘忽，居无定所。“薄朱颜”表明美人虽然美丽动人，却遭世人所鄙薄，那么佳人为谁启皓齿歌唱呢？作者的自怜之意已出。

“俯仰岁将暮，荣耀难久恃”，这两句写时光流逝，青春美色难以久驻，暗示人生易老，如不趁青春年少建功立业，恐怕要留下终生遗憾。作者那种怀才不遇、生不逢时的感伤喷涌而出。

这两首五言古诗，语言质朴而委婉，情感真挚而含蓄，使读者深切体会到作者想见远方亲人而不能的绵绵痛苦，体现了诗人“意在言外”的艺术处理技巧。

◎轶闻异物录

邺　城

古邺城遗址主体在今河北省临漳县境内，位于县城西南二十公里。邺城遗址范围包括今河北临漳县西（邺北城、邺南城遗址等）、河南安阳市北郊（曹操高陵等）一带。

邺北城是曹魏在旧城基础上扩建的，东西七里，南北五里，北临漳水，城西北隅自北而南有冰井台、铜雀台、金虎台三台。邺南城兴建于东魏初年，东西六里，南北八里六十步，较北城大。

曹丕代汉建魏后定都洛阳，魏以洛阳为京师，长安、谯、许昌、邺城、洛阳为“五都”，足见邺之重要。邺城作为魏晋、南北朝的六朝古都，在我国城市建筑史上占有重要地位，堪称中国城市建筑的典范。全城强调中轴安排，王宫、街道整齐对称，结构严谨，分区明显，这种布局方式对后来长安、洛阳、北京城的兴建乃至日本的宫廷建筑，都有着很大的借鉴和参考价值。

浮萍篇·浮萍[1]寄清水

浮萍寄清水，随风东西流。

结发[2]辞严亲，来为君子仇[3]。

恪勤[4]在朝夕，无端获罪尤。

在昔蒙恩惠，和乐如瑟琴[5]。

何意今摧颓[6]（cuī tuí），旷若商与参。

茱萸自有芳，不若桂[7]与兰。

新人虽可爱[8]，无若故所欢。

行云有返期，君恩傥中还。

慊慊（qiè）仰天叹，愁心将何愬。

日月不[9]恒处，人生忽若寓[10]。

悲风来入怀[11]，泪下如垂露。

发[12]箧（qiè）造裳衣，裁缝纨与素。

◎注释

①浮萍：一种水生植物，这里比喻无依无靠的女子。

②结发：汉族婚姻习俗，一种象征夫妻结合的仪式。当夫妻成婚时，各取头上一根头发，合而作一结。

③仇：这里是伴侣的意思。

④恪勤：恭敬勤劳。

⑤瑟琴：古代的乐器。《诗经》："妻子好合，如鼓琴瑟。"

⑥摧颓：蹉跎。

⑦桂：比处应为樟科肉桂，非桂花。

⑧可爱：一作"成列"。

⑨不：一作"无"。

⑩ 寓：一作“遇”。
⑪ 怀：一作“帷”。
⑫ 发：打开。一作“散”。

◎译文

浮萍寄生在清水上，随着风儿四处漂泊无依。
成年结发后告别父母，成为丈夫的贴心伴侣。
从早到晚恭敬勤恳，遭受罪孽抱怨毫无原因。
以前承蒙您的恩爱照顾，如奏琴瑟快乐和睦。
为何现在岁月蹉跎，相隔如商与参星般遥远。
茱萸自有它的香气，却不如肉桂和兰芷芬芳。
新人即使值得被人怜爱，也不如过去的爱人。
流云有返回之时，您的爱也许在回转的途中。
幽幽地仰天长叹，心中的忧愁到哪里去倾诉。
日月不会总挂在天上，人生短暂到如同寄住。
悲伤的风吹入帷帐中，泪水像露珠一样纷落。
拿出箱子里珍藏的白绢缝制新衣，以表我心。

◎创作背景

这首诗从其哀伤的内容来看，是诗人借一个身世飘零如浮萍的女子来喻指自己过着漂泊不定的日子，大约创作于魏文帝黄初二年至黄初四年（221 年—223 年）间。

黄初二年（221 年），三十岁的曹植被其兄长曹丕（魏文帝）徙封为安乡侯（今河北晋州侯城），邑八百户；当年七月又改封为鄄城侯（今山东鄄城县）；黄初三年（222 年）四月，曹植再由鄄城侯被改封为鄄城王，邑二千五百户；黄初四年（223 年），再被徙封为雍丘王（今河南杞县）。前后相加也就两年的时间，曹植被魏文帝调换了三个地方。按照古代交通条件，可以说，曹植一直在不停地搬家、搬家、搬家。所以，他才会发自内心地吟出“浮萍寄清水，随风东西流”“日月不恒处，人生忽若寓。悲风来入怀，泪下如垂露”的诗句。具体创作时间待考。

◎赏析

这首诗通过写女子与丈夫从一开始的恩爱和谐到后来的情义不再，表达了诗人对世事无常的感叹与哀伤。

“浮萍寄清水，随风东西流”，开篇诗人以浮萍起兴，将惋惜之情寄托在清清的河水之上，比喻羸弱女子，像浮萍一样东飘西荡，她必须依附在水中才能够生活。这里的水比喻男子和丈夫，尽管如此，浮萍的命运还是飘忽不定的，只能“随风东西流”，任人摆布，孤立无助。

“结发辞严亲，来为君子仇”，当年辞别了双亲，嫁到夫家，成了丈夫的伴侣。

“恪勤在朝夕，无端获罪尤”，每日恭敬勤恳，而丈夫也对她宠爱有加，当女子正沉浸在爱的温馨中时，却无缘无故承受罪过，昔日的甜蜜化为乌有。

“在昔蒙恩惠，和乐如瑟琴。何意今摧颓，旷若商与参”，感叹世事无常，曾经的美好时光都化成了泡影，所以，她夜不能寐，辗转反侧，心乱如麻，往事蜂拥而至，聚于心头。

“茱萸自有芳，不若桂与兰。新人虽可爱，无若故所欢”，尽管她的内心很痛苦，但依然发出了新人可爱如茱萸，只是不如故人情意更深长的感叹。

“行云有返期，君恩傥中还”，女子以行云也有返回的时候作为对自己的安慰，盼望着丈夫会记得夫妻曾经的情义回到自己身边。

“慊慊仰天叹，愁心将何愬”，女子心中的忧虑无法摆脱，她只得将所有的心绪化成一声长叹，内心的孤寂和满腹的怅惘向谁诉说呢。

“日月不恒处，人生忽若寓。悲风来入怀，泪下如垂露。

发箧造裳衣，裁缝纨与素”，太阳月亮不会老是出现，人生短暂无常啊。风吹而过带来阵阵寒意，心中也更加伤感，不知不觉间泪如雨下。新衣掩盖不了憔悴，织素也驱赶不了悲伤。

诗中采用比兴的手法，表达缠绵悱恻的情感，哀伤绵长。

◎轶闻异物录

浮 萍

浮萍，又称青萍、田萍、浮萍草、水浮萍、水萍草，是天南星目、浮萍科、浮萍属水面浮生植物。叶状体对称，表面绿色，背面浅黄色或绿白色或常为紫色，全缘，具三根不明显叶脉；背面垂生白色丝状根一条；叶状体背面具囊，新叶状体于囊内形成浮出，以短柄与母体相连，随后脱落；雌花具胚珠一枚；果实近陀螺状；种子具凸出的胚乳并具纵肋。

浮萍也作为浮萍科植物的统称。喜温暖气候和潮湿环境，忌严寒。全草可作家畜和家禽的饲料。以带根全草入药，性寒，味辛，能发汗透疹、清热利水，主治表邪发热、麻疹 、水肿等症。

名都篇[1]·名都多妖女[2]

名都多妖女，京洛[3]出少年[4]。

宝剑直[5]千金，被服[6]丽且鲜。

斗鸡[7]东郊道，走马长楸间[8]。

驰骋未能半，双兔过我前。

揽弓捷[9]鸣镝，长驱上南山[10]。

左挽因右发，一纵[11]两禽连[12]。

余巧未及展，仰手接[13]飞鸢[14]（yuān）。

观者咸称善，众工[15]归我妍[16]。

归来宴平乐[17]，美酒斗十千[18]。

脍（kuài）鲤[19]臇胎鰕[20]（juàn），寒鳖[21]炙熊蹯[22]（fán）。

鸣俦啸匹侣[23]，列坐竟长筵。

连翩[24]击鞠壤[25]，巧捷惟万端[26]。

白日西南驰，光景[27]不可攀[28]。

云散[29]还城邑，清晨复来还。

◎注释

① 名都篇：属乐府《杂曲歌·齐瑟行》歌辞，无古辞。名都：著名的都会，如当时的临淄、邯郸等。

② 妖女：艳丽的女子，这里指倡伎。

③ 京洛：这里指洛阳。

④ 少年：指贵族纨绔子弟。洛阳是东汉的国都，是贵族聚集之地，在东汉的乐府和文人诗中就常有写洛阳纨绔生活的作品。此篇中心是

写少年，上句写妖女是为此句作陪衬。

⑤ 直：同“值”，值得。

⑥ 被服：指披着衣服。被：同“披”。

⑦ 斗鸡：看两鸡相斗以为博戏，这是汉魏以来直到唐代盛行的一种习俗。

⑧ 长楸间：指两旁种着高楸的大道。楸：落叶乔木，也叫大樟。

⑨ 捷：抽取。

⑩ 南山：指洛阳之南山。

⑪ 一纵：一发。

⑫ 两禽连：两禽同时被射中。两禽，即指上文所说的双兔，古代对飞鸟和走兽都可以称禽，后来才分开，专以禽指飞鸟。

⑬ 接：迎射对面飞来的东西。《白马篇》有“仰手接飞猱”，与此句式相同。

⑭ 鸢：鹞子。

⑮ 众工：许多善射者。工：擅长。

⑯ 妍：这里是美善的意思。

⑰ 平乐：宫观名，东汉时明帝所建，在洛阳西门外。

⑱ 斗十千：一斗酒价值万钱，极言其宴饮之豪奢。

⑲ 脍鲤：把鲤鱼做成肉丝。脍：切肉成丝。

⑳ 臇胎鰕：把胎做成肉羹。臇：动词，做成肉羹。胎：有籽的肥鱼。

㉑ 寒鳖：酱腌甲鱼。

㉒ 炙熊蹯：烤熊掌。

㉓ 俦、匹、侣：都是同类同伴的意思。

㉔ 连翩：动作轻捷的样子。

㉕ 鞠壤：鞠和壤。古代两种游戏用具。击壤是一种古老的游戏，用两个一头大一头小的木块，把一块放在几十步外，持另一块投击，击中者为胜。

㉖ 巧捷惟万端：灵巧变化，层出不穷。

㉗ 光景：日光。

㉘ 攀：挽留。

㉙ 云散：如云之散，言众少年宴罢散归。

◎译文

名都有着许多艳丽的美女，洛阳更有翩翩少年。
我佩带的宝剑价值千金，身着的衣服奢华鲜亮。
在东郊的道路上斗鸡，在长列的楸树林间赛马。
骑马驰骋还不到半路，一对野兔就蹦到了面前。
立即弯起弓弩搭上响箭，扬鞭策马追上了南山。
我左手挽弓，右手发箭，一发箭射中两只兔子。
别的技巧还没有施展，又迎头射中空中的鸢鸟。
观看的行人齐声喝彩，旁边的射手也为我赞叹。
归来宴饮在平乐古观，一斗美酒的价值要十千。
鲤鱼肉切细丝虾卵烹羹，酱腌甲鱼再烧烤熊掌。
呼朋引伴前来入座，长长的筵席顷刻间全坐满。
宴罢开始蹴鞠、击壤，个个身手敏捷变化万千。
太阳迅速消失在西南方，流逝的光景无法挽留。
尽兴后我们如云散还，明日清早再来畅饮游玩！

◎创作背景

有学者认为，这首诗是曹植早期作品，是他于建安年间看到洛阳贵族子弟耽于逸乐生活而作，其中甚至有他本人生活的影子。还有学者认为，此诗所写的洛阳少年奢靡豪华的生活，不应出现在建安或黄初年间，因洛阳在汉末经董卓之乱后，破败零落，贵族子弟不可能有如此骄奢淫逸的生活，故此诗应于太和年间曹植进入洛阳时所作，即诗成于他生命的最后几年中。

本书编者认为，此诗应是曹植晚年作品，是他回忆自己年少时期无忧无虑而又有些任性恣意的生活，感叹青春易逝，时光一去不复返，人生美好不再重来之心声。至于此时洛阳在经历战火焚烧后残败与否，并不是贵族子弟所关心的要素，他们只是着眼于自己生活的小圈子。所以，曹植在经历了人生一系列动荡不安之后，发自内心否定自己年少时期狂妄不羁的生活态度。写此篇，有怀念、有追思，有对自己的否定，也有对自己那个生活阶层的批判，总而言之，他自己都没有搞明白，自己究竟是怎样的一种情感。据此，这首诗应作于魏明帝太和三年（229 年）之后，此时，三十八岁的曹植徙封东阿（今山东聊城东阿县一带），他打消了所有政治抱负和建功立业的幻想，潜心著作，研究儒典。因为，从诗歌“白日西南驰，光景不可攀”中可以看出，这是一个心智健全年龄段人的口气，并非一个年少轻狂者的语气。

◎赏析

诗人通过描写京洛少年鲜衣怒马、射猎游戏、饮宴无度的奢靡生活，讽刺那些少年郎不思报国、贪图享乐的人生态度。

“名都多妖女，京洛出少年。宝剑直千金，被服丽且鲜”，全诗主要的篇幅都在写京洛少年的游戏与饮宴。以邯郸、临淄等著名都市的艳丽倡伎来陪衬京都洛阳骄奢的游侠少年，以“妖女”引出“少年”，起调即着色浓艳。随后转入对少年形貌的描写，少年佩带的宝剑价值千金，所穿的衣服华丽鲜艳，在装束上可见少年身份不凡，为下文的鲜衣怒马做了铺垫。

“斗鸡东郊道，走马长楸间”，写一群年轻人的活动：在城东郊外斗鸡，在长长的楸树夹道上赛马。斗鸡是汉、魏时富家子弟普遍爱好的习俗，曹植本人就有《斗鸡》诗极言以斗鸡取乐。据说魏明帝太和年间曾在洛阳筑斗鸡台，这里所写大约基于当时的事实。

“驰骋未能半，双兔过我前。揽弓捷鸣镝，长驱上南山。左挽因右发，一纵两禽连。余巧未及展，仰手接飞鸢。观者咸称善，众工归我妍”，描写少年的驰猎场面，先说他一箭射中两只奔兔，又说他仰天随手一箭将迎面飞来的鸥鹰射落，再说观者的啧啧称赞，从正面与侧面将其箭法的高超刻画入微。“余巧未及展，仰手接飞鸢”，不仅描绘少年射艺的出神入化，而且将一个傲然自得的少年形象展现于纸上，体现此诗在谋篇布局、剪裁详略上都有其独到的艺术特色，是该诗的艺术成功之处。

“归来宴平乐，美酒斗十千。脍鲤臇胎鰕，寒鳖炙熊蹯。鸣俦啸匹侣，列坐竟长筵”，转入描述举行饮宴的场景。平乐观在洛阳西门外，少年在此大摆宴席，开怀畅饮，不惜一掷千金，一醉方休。席上有切细的鲤鱼、虾仔肉羹，还有酱渍的甲鱼和烧熊掌，呼唤高朋入座，摆开了长长的筵席，可见其穷奢极欲。

“连翩击鞠壤，巧捷惟万端”，写宴会后的蹴鞠与击壤之戏，表现出少年的动作敏捷、奇巧与娴熟。

“白日西南驰，光景不可攀。云散还城邑，清晨复来还”，游乐一直持续到了太阳西沉，而时光已不可再挽留，大家这才如浮云一般散去，各自回到了城中的居处。诗写到这里本应结束了，欢乐已尽，人去筵散，然而诗人忽然笔锋一转，说到了明天，人们再重新回来寻欢作乐。反映出诗人对少年游乐持否定的态度。

虽然这是一首叙事诗，但诗人的描写与叙事是经过极缜密的剪裁取舍的，诗并没有原原本本地记录京洛少年的家庭、社会地位与生活的每个方面，而只是选了他一天之中的活动，这样有利于将笔墨集中到具有典型意义的事例描写上，详略得当、繁简适度地展开描写，是一篇成功运用艺术技巧的范作。

◎轶闻异物录

斗 鸡

斗鸡是我国一个古老家禽品种，据考证有两千八百多年的历史，属于禽类珍稀资源。古代原始鸡种最早是用于食用肉和蛋。随着社会的发展，人们为了娱乐、赌博，保留了原鸡的斗性，使其在上层社会中得到精心选育。

世界各地几乎都有斗鸡的娱乐传统，利用鸡形目的鸟（也有其他目）在发情期好斗的特点，来进行比赛。斗鸡以体形魁梧、体质健壮结实、结构匀称紧凑、筋肉发达强健、肌肉发达、强悍、善斗为基本特征。斗鸡骨骼发达，骨质致密而粗硬。头、颈昂起，颈、胸、胫几乎成一直线。冠红色，冠、髯、耳垂不发达。眼大而锐，喙粗短、坚硬呈楔形，尖端微弯而甚锐，颈粗长灵活，腿强劲有力，胫长，距发达，长而锐，生向上方。爪粗大、坚硬锋利。全身羽毛稀薄、粗刚、短而紧贴体表，并富光泽，羽色多样，以黑色羽居多。翼羽拍打有力。

斗鸡最早见于《左传·昭公二十五年》："季、郈之鸡斗，季氏介其鸡，郈氏为之金。"就是说季平子将芥末撒在他斗鸡的翅膀上（或云以胶漆其羽毛，使之类似铠甲），郈昭伯在他的鸡距扎上金属刀子。

斗鸡游戏起源于亚洲。中国是世界上驯养斗鸡的古老国家之一。《列子》有"纪渚子为周宣王养斗鸡"的记载。斗鸡之风在春秋时期已较盛行。中国斗鸡按其地理分布主要有河南斗鸡、山东斗鸡等，尤以产于开封、郑州和洛阳等地的河南斗鸡血统较纯，也更著名。此外，还有安徽北部、新疆吐鲁番和伊犁、云南西双版纳和福建漳州所产的斗鸡等。民间有中原斗鸡、漳州斗鸡、吐鲁番斗鸡、西双版纳斗鸡"中国四大斗鸡"之说。

磐石篇·盘石[1]山巅[2]石

盘石山巅石，飘飖[3]（yáo）涧底[4]蓬[5]。

我本太山[6]人，何为客海东[7]？

萑[8]（huán）葭[9]（jiā）弥斥土[10]，林木无分重[11]（chóng）。

岸岩[12]若崩缺，湖水何汹汹[13]。

蚌蛤（bàng gé）被[14]滨涯[15]，光彩如锦虹[16]。

高波[17]凌云霄，浮气[18]象螭（chī）龙[19]。

鲸脊[20]若丘陵[21]，须[22]若山上松。

呼吸吞船欐[23]（lì），澎濞[24]（péng bì）戏中鸿[25]。

方舟[26]寻高价，珍宝丽以通[27]。

一举必千里，乘飔[28]（sī）举帆幢[29]。

经危[30]履[31]险阻，未知命所钟[32]。

常恐沈黄垆[33]，下与鼋[34]（yuán）鳖[35]同。

南极[36]苍梧[37]野，游眄[38]（miǎn）穷九江[39]。

中夜[40]指参辰[41]，欲师当定从。

仰天长太息，思想怀故邦。

乘桴乘桴[42]（chéng fú）何所志，于（wū）嗟我孔公[43]。

◎注释

①盘石：巨石。盘石山，又名万石山，因满山万石盘错而得名。位于福建省福清市东瀚镇，纵横十余里。山中万千奇石相依相叠，若人若神，若兽若禽，无不惟妙惟肖。

②山巅：山顶。

③飘飖：飘荡，飞扬。形容动荡起伏。

④涧底：山涧的底部。

⑤蓬：蓬草，也叫白蓬草。多年生草本植物，花白色，中心黄色，叶似柳叶，子实有毛（亦称“飞蓬”）。

⑥太山：泰山，东岳，五岳之首，位于山东泰安境内。古代帝王多在此封禅、祭告天地。多古迹和文人墨迹，为旅游胜地。

⑦海东：沧海的东面。

⑧藿：古同“萑”，荻，形状像芦苇。

⑨葭：初生的芦苇。

⑩斥土：开拓土地。斥：开拓。

⑪分重：分开与重合。

⑫岸岩：湖岸的岩石。

⑬汹汹：水流汹涌。

⑭被：同“披”。覆盖。

⑮滨涯：岸边和水边。

⑯锦虹：锦绣的霓虹。

⑰高波：高高的水波。

⑱浮气：浮动的云气或气息。

⑲螭龙：螭和龙。螭：古代传说中一种没有角的龙。古建筑或器物、工艺品上常用它的形状作装饰。

⑳鲸脊：鲸鱼的脊背。

㉑丘陵：丘和陵。大小土山。地形的一种，指地势起伏不平，连接成大片的小山。

㉒须：鲸鱼的胡须。

㉓船欐：大船和小船。欐：小船，屋梁。

㉔澎濞：水流冲击的声音。

㉕中鸿：浪中的鸿鹄。

㉖方舟：两船相连。两个船体的大船。

㉗丽以通：美丽用以通行或通航。

㉘乘飔：乘着疾风。飔：飔风，疾风。

㉙帆幢：船帆和帷幔。幢：古代原指支撑帐幕、伞盖、旌旗的木杆，后借指帐幕、伞盖、旌旗。

㉚经危：经历危险。

㉛ 履：踩踏，走过。

㉜ 钟：寄托，钟聚，钟爱。

㉝ 黄垆：坟墓，犹黄泉。垆：土台。

㉞ 鼋：大鳖。

㉟ 鳖：亦称“甲鱼”“团鱼”，俗称“王八”。

㊱ 南极：南方极限（所及）。极：动词，极限到达。

㊲ 苍梧：苍梧为古地名。在秦统一前，楚国就有洞庭、苍梧二郡，统治范围未及岭南，苍梧郡地域大致在长沙郡南、桂林郡北的地区。苍梧山，即九疑山，一作九嶷山。属南岭山脉之萌渚岭，南接罗浮，北连衡岳。舜陵所在地。

㊳ 游眄：游历眄望。

㊴ 九江：古寻阳。在汉寻阳境内，即今湖北广济、黄梅一带。又说江西九江地区。

㊵ 中夜：半夜。古人分夜晚为初夜、中夜和后夜。

㊶ 参辰：特指参星。泛指星辰。参星和辰星，分别在西方和东方，出没各不相见。辰星也叫商星。因用以比喻彼此隔绝。

㊷ 乘桴：乘坐竹木小筏。

㊸ 孔公：指孔子。《论语·公冶长》载，孔子曰：“道不行，乘桴浮于海。”

◎译文

山顶的石头特别巨大，飘荡起伏的是山涧里的蓬草。
我本来是一个泰山人，为什么要去沧海的东面做客？
这里芦荻草长满了开拓的土地，树木也稀稀疏疏的。
弯曲的海岸像山崩裂形成，浪潮是多么的汹涌澎湃！
海滩上蚌蛤已铺满一层，五光十色样子好像是彩虹。
海中巨浪高腾起冲向云霄，云气向四方奔散像螭龙。
鲸鱼脊背像高低不平的山丘，胡须就像山丘上的松。
呼吸时能吞进一条大船，掀起巨浪时击到空中鸿鹄。
大船远航要寻奇珍异宝，珠宝很幸运随船四处航行。
航船一行就是千里的路程，飓风吹起了船帆和帷幔。
一路上历经艰难与险阻，不知该将命运寄托在哪里。

常常担心睡到黄泉路上，和鼋鳖同处在一个巢穴中。
往南走到辽阔的苍梧旷野，希望能欣赏到九江风景。
半夜航行靠参商星指路，用星斗辨别方向不会迷路。
抬头看着天空长长地哀叹，深深思念着自己的故乡。
乘坐竹木小筏去远航算什么志气？可叹我的孔先生！

◎创作背景

这首诗抒发了诗人对自己身世浮沉不定的感慨。从内容上看，当作于魏文帝黄初四年（223年），曹植被迁封到雍丘之时。

◎赏析

这首诗通过描写出海远航的艰难与危险，抒发了诗人有心用世，却处处遭受打击的沉闷情怀。

“盘石山巅石，飘飖涧底蓬”，开头二句，似兴而实比。叙说身本盘石，迹类飘蓬。盘石而居于山顶，正说明作者自视甚高，志向远大，然而偏偏受到命运捉弄，竟如蓬草一般飘忽无依，最终沦于涧底。

“我本太山人，何为客海东？蒹葭弥斥土，林木无分重”，语含双关，意思是诗人从出生到后来的封迁之地，都在山东境内。“太山人”，诗人把自己定位为泰山之人，说明在他的心目中，自己就是优秀的人，泰山本是他的根基所在，现在居然成为任人差遣的“客”，抒发了心中的愤懑。“太山”本盘石所处之地，下文种种描写，皆植根于此二句。“弥斥土”“无分重”明写土质不佳，杂草丛生而佳木稀少，暗喻地瘠民贫，自己也久居困境。

“岸岩若崩缺，湖水何汹汹。蚌蛤被滨涯，光彩如锦虹。高波凌云霄，浮气象螭龙。鲸脊若丘陵，须若山上松。呼吸吞船欐，澎濞戏中鸿”，临摹海景之图，雄放而劲拔，已成诗歌中的奇观。“崩缺”有坏败之意；“汹汹”则水势险恶逼人。然后从侧面着笔，一面写水边多蚌蛤，虽然有光彩绚烂的锦虹但却不实用；“高波”“浮气”“螭龙”，高空多海气，如海市蜃楼，纷呈螭龙之状，虽然壮观而纯属虚幻之景。“鲸脊若丘陵，须若山上松”，写海上的奇观，并由此奇而引发下面描写泛海之险的诗句。“呼吸”，是使用夸张的手法，说明时间极其短暂，只是在须臾之间，一眨眼、一喘气的工夫，船只就可能遇到灾难。“澎濞”写水势，描写水面宽广，而海水幽深，中间夹一“戏”字，说明水势澎湃，击中海面上的飞鸿，如同嬉戏一般；同时也说明，唯有飞鸿才无惧于海上的汹涌波涛，从侧面反衬出乘舟航海的不易。

“方舟寻高价，珍宝丽以通。一举必千里，乘飔举帆幢”，写作者乘船远航去探寻宝藏，且将获得的奇珍异宝加以买卖流通。“必千里”表明自己将不畏千里之遥，不畏路途艰险也要实现自己的目标。这里与李白“直挂云帆济沧海”的胸襟与魄力有异曲同工之妙。

“经危履险阻，未知命所钟。常恐沈黄垆，下与鼋鳖同”，讲述出海远行势必经历艰难险阻，说不定还会牺牲性命。“沈黄垆”“鼋鳖同”表明可能会有的悲惨遭遇，强调出海危险重重。作者暗示，即使前行的路途危险重重，结局可能万劫不复，但也不会停止前进的脚步。

“南极苍梧野，游眄穷九江。中夜指参辰，欲师当定从。仰天长太息，思想怀故邦”，极写自己不惮陆行南征至苍梧，不惮水行纵目穷九江，而且昼夜兼程，时至午夜，更以参、商二星出没之处为进退方向，从而决定自己何去何从。师，效法、遵照之意。盖以参、商之出没，喻一身之进退，师参则从参，师辰则从辰也。以上用赋笔，极力铺陈描述，表示身处逆境，壮志难酬，故思乘舟泛海，虽死不悔。然而就在这决定去留的最后时刻，不觉仰天长叹，怀念故邦，终于不忍离去。

“乘桴乘桴何所志，于嗟我孔公”，诗人联想到孔子因道不行而思“乘桴”浮海，来感叹自己这一设想并不现实，所以，自己也和孔子一样，将如何能够实现理想抱负呢？言外之意是说自己因眷怀故邦而不忍远走高飞，以身许国的心愿终难达成，内心的矛盾和痛苦无法述说，也就只能“于嗟”了。

这首诗以山石与飞蓬起兴，通过两者间的对比引起感叹之辞。“我本太山人，何为客海东”，抒发被迫飘零的感喟。以细腻的笔触展开想象，描摹迁徙他乡时的艰难。回扣并深化主题，抒发命运坎坷、孤独无依的情感。最后用典，以孔子“道不行，乘桴浮于海”的慨叹抒发情感。全诗悲郁低回，令人叹惋。

◎轶闻异物录

泰　山

泰山，又名岱山、岱宗、岱岳、东岳、泰岳。先秦古文中，“大”“太”通用。《骈雅训纂·释名称》：“古人太字多不加点，如大极、大初、大室、大庙、大学之类，后人加点以别大小之大，遂分为二矣。”春秋战国时，由于同音字的引申和同义字的演变，“太”与“泰”、“代”与“岱”、“岱”与“岳”也互相变通了，这样相继出现了“泰山”“岱山”“岱宗”“岱岳”等。“泰山”之称最早见于《诗经》。《易·说卦》“履而泰，然后安”。“泰”字就由原来的高大、通畅之意引申为“大而稳，稳而安”。随即出现了“稳如泰山”“国泰民安”之说。

五岳为群山之尊，而泰山崛起于华北平原之东，凌驾于齐鲁平原之上，东临烟波浩渺的大海，西靠源远流长的黄河，南有汶、泗、淮之水，与平原、丘陵相对高差一千三百米，因而在视觉上显得格外高大，拥有“一览众山小”的高旷气势。所以，泰山被尊为五岳之首。

泰山早在远古时代就已经成为东方文化的重要发祥地，五万年前的新泰人化石遗存和四十万年前的沂源人化石遗存显示出这一带早期的人类活动。泰山南麓的大汶口文化、北麓的龙山文化遗存也反映出早期黄河流域氏族部落的活动状况。战国时期，齐国沿泰山山脉直达黄海边修筑了长约五百公里的长城，今遗址犹存。秦汉后，泰山逐渐成为政权的象征。六朝任昉《述异记》载，秦汉时，民间传说盘古氏（远古时开天辟地、代生万物的神人）死后头为东岳，左臂为南岳，右臂为北岳，足为西岳。盘古尸体的头向东方，而且化为东岳，泰山就成为当然的五岳之首了。这显然是根据“五行”“五德”学说创作的神话故事，反映了泰山独尊五岳的历史背景。

赠徐幹[1]

惊风[2]飘[3]白日，忽然[4]归西山。

圆景[5]光未满[6]，众星粲[7]（càn）以繁。

志士[8]营[9]世业[10]，小人[11]亦不闲。

聊且夜行游[12]，游彼双阙[13]（què）间。

文昌[14]郁[15]云兴[16]，迎风[17]高中天[18]。

春鸠[19]（jiū）鸣飞栋[20]，流猋[21]（biāo）激棂[22]（líng）轩[23]。

顾念蓬室士[24]，贫贱诚可怜。

薇藿[25]（huò）弗充虚，皮褐[26]犹不全。

慷慨[27]有悲心[28]，兴文[29]自成篇。

宝弃[30]怨何人？和氏[31]有其愆[32]（qiān）。

弹冠[33]俟[34]知己，知己谁不然？

良田无晚岁[35]，膏（gāo）泽[36]多丰年。

亮[37]怀玙（yú）璠[38]（fán）美，积久德愈宣[39]。

亲交义在敦，申章[40]复何言。

◎注释

①徐幹：字伟长，汉末文学家、哲学家、诗人，“建安七子”之一。以诗、辞赋、政论著称。代表作：《中论》《答刘桢》《玄猿赋》。曹植好友之一。

②惊风：疾风。

③飘：疾速飘逝。

④忽然：疾速的样子。这里用以慨叹时光飞逝，人生短暂。

⑤ 圆景：古代用以称太阳和月亮。景：明亮的意思。

⑥ 未满：月未圆，指弦月。

⑦ 粲：鲜明，引申为明亮。

⑧ 志士：君子，品德高尚的人。此指徐幹这样有品格守节操的人。

⑨ 营：经营，谋划。

⑩ 世业：世代相承之业，这里指著书立说。

⑪ 小人：与“志士”相对，指品格不高见识浅陋的人，此指诗人戏称自己（余冠英说）。

⑫ 夜行游：指清夜游赏。正是曹植早年的生活写照。

⑬ 双阙：赵幼文《曹集校注》引《魏都赋》：“岩岩北阙，南端逌（yōu）遵。竦峭双碣，方驾比轮。”意思是双阙在文昌殿外，端门左右。是针对指下文中文昌迎风二殿阁而言。

⑭ 文昌：邺宫正殿名。

⑮ 郁：郁然，盛大雄伟的样子。

⑯ 云兴：像云那样升起。这里形容极高。

⑰ 迎风：邺都的迎风观。

⑱ 中天：半天空，这里形容十分高。

⑲ 春鸠：鸟名，属布谷一类。

⑳ 飞栋：翘然高起的屋梁，特指上句的文昌殿、迎风观等。

㉑ 流猋：旋风。猋：通“飙”，暴风，旋风。

㉒ 棂：雕花的窗格。

㉓ 轩：楼板。此以棂轩代指建筑。

㉔ 蓬室士：居住蓬室的人，指徐幹。曹丕《与吴质书》：“伟长独怀文抱质，恬淡寡欲，有箕山之志，可谓彬彬君子者矣。”蓬室：草房，贫者所居。

㉕ 薇藿：指贫者之食。薇：野菜，即野豌豆。藿：豆叶。

㉖ 皮褐：毛皮短衣。李善注引《淮南子》：“贫人冬则羊裘短褐，不掩形也。”

㉗ 慷慨：情绪激昂亢奋。此形容志士不得志的心情，指徐幹所著《中论》表现的思想感情。

㉘ 悲心：志不得伸的悲愤之心。

㉙ 兴文：创作文章。指写作《中论》。

㉚ 宝弃：珍宝被遗弃。宝：喻徐幹这样富有贤才的人。

㉛ 和氏：卞和。这里为诗人自喻。

㉜ 愆：过失。
㉝ 弹冠：将出仕先弹去帽子上的尘土。此指做官。
㉞ 俟：等待。
㉟ 晚岁：这里意为歉收之年。
㊱ 膏泽：肥沃的土地。
㊲ 亮：诚然，确实。
㊳ 玙璠：皆美玉名，古人用以比德。
㊴ 宣：卓著。
㊵ 申章：陈述以诗章。指赠予这首诗。申：重复。章：表白，显。

◎译文

疾风快速地吹着太阳跑，太阳瞬间落下西山暮色沉沉。
空中的月亮还没有变圆，夜幕上繁星闪烁、群星灿烂。
有识志士开创传世丰功伟业，平常人也忙碌没有空闲。
我夜晚出游去寻找快乐，闲游时经过宫前的望楼之间。
文昌殿在浮云中勃勃升起，迎风观高高耸立插入中天。
春鸠鸟在文昌殿的房梁上鸣叫，旋风击打着窗棂栏杆。
想起居住茅草房的贫寒之士，贫穷卑贱实在叫人怜悯。
野菜豆叶都填不饱肚子，更别说皮衣短衣单衣棉衣啦。
你感情慷慨激昂有悲愤之心，写书著作应写出名篇来。
宝物被丢弃该怨谁？就像卞和不把美玉献出来也有错。
等待知己的人推荐才出仕，是知己谁又能不援引推荐？
好田不会收获太少，肥沃的土地自会有很多丰收之年。
像你这样怀有美德的人，时间越久美德越会天下卓著。
朋友的情义就是互相敦促鼓励，赠首诗其他不必多谈。

◎创作背景

徐幹（170年—217年），字伟长，汉末文学家、哲学家、诗人，“建安七子”之一，代表作有：《中论》《答刘祯》《玄猿赋》。曹植的好友。在他去世前一两年，就宅在家里，不愿出仕，因此而穷困潦倒。曹植这首诗应作于徐幹去世之前一两年间，即汉献帝建安二十二年（217年）之前。作为徐幹的朋友，曹植作此诗的目的是勉励徐幹。

◎赏析

诗中描述了徐幹有德行、有才干却过着贫贱生活的状况，表现了作者虽对其极为同情，但却爱莫能助的无力之感，只能以朋友的身份对徐幹提出恳切的希望和慰勉。

“惊风飘白日，忽然归西山”，在作者笔下，太阳落山这一常见景象被描绘得奇突不凡、出人意料，仿佛太阳不是自然下落而是忽然被惊风吹落似的，这显然不是一般的纯客观的写景，而是景中包含着作者强烈的主观感情，即他对时光荏苒、人生短暂的惊叹。用白日西驰的意象来表现光阴易逝在曹植诗中还有几例，如《箜篌引》中的“惊风飘白日，光景驰西流”;《名都篇》中的“白日西南驰，光景不可攀”。但因此诗是用在作品开头，又着一“忽然”加以形容，语气格外急切，感情格外强烈，因而格外动人，故被沈德潜称为“高唱”。

“圆景光未满，众星粲以繁”，改用舒缓语调写夜空景色，新月和繁星交相辉映，美丽，恬静，极富诗情画意。这两句既与黄昏日落相承接，同时也为下文写夜游张本。

“志士营世业，小人亦不闲。聊且夜行游，游彼双阙间”，不管是“志士”也好，“小人”也罢，都去开创自己的事业，暗示诗人也要去开创属于自己的天地。“聊且夜行游，游彼双阙间”是承上启下的过渡句，从议论转入描写。

“文昌郁云兴，迎风高中天。春鸠鸣飞栋，流猋激棂轩”，以夸张的笔法、工整的对仗、华美的辞采描绘了邺都宫观的巍峨壮丽，并且写得有声有色、动静相映。这一组景物描写充分显示出曹植诗“辞采华茂”的特色。作者着力突出宫阙之盛，自有其用意，是以此反衬下文徐幹处境的困窘。

“顾念蓬室士，贫贱诚可怜。薇藿弗充虚，皮褐犹不全。慷慨有悲心，兴文自成篇”，写徐幹捉襟见肘的窘境，是他晚年生活的真实写照。作者不仅对徐幹的处境表示同情，同时对他冀为世用而不得的内心情感也有深入的了解，所以接下来说:“慷慨有悲心，兴文自成篇。”指出徐幹所著《中论》等诗文是他慷慨悲愤感情的结晶。是什么原因使得徐幹如此“贫贱”而“有悲心”呢？作者以卞和献璧的故事为喻，说徐幹有才能却得不到重用，自己也是有过失的。

“宝弃怨何人？和氏有其愆。弹冠俟知己，知己谁不然”，用“宝”比喻徐幹，用“和氏”自比。然而，人们从作者真诚的自责中感受到的只是他爱才、怜才的一片真情，“宝弃”的真正原因并不在此。对这一点，作者自然是清楚的，只是不便明说罢了。“弹冠俟知己，知己谁不然”，委婉曲折地表达了自己的难言之隐。这两句表面上说徐幹要等待知己的援引方才出仕，而自己作为他的知己也并非不想加以推荐。言外之意是虽有爱才之心，惜无援才之力。并于反诘的语气中流露出对当权者不用贤才的不满，也见出诗人自己的牢骚。作此诗时曹植虽未明显受到压抑，但亦无权柄，甚至无力引荐向他求助的朋友，一向爱护人才的他有此牢骚是可以理解的。

“良田无晚岁，膏泽多丰年。亮怀玙璠美，积久德愈宣”，诗人采用自己所擅长的比喻手法，用“良田”“膏泽”比喻有才德的人，用“无晚岁”“多丰年”比喻人才一定能出头，用“玙璠”比喻美德，表达出在诗人心目中，有才德的人是不会被埋没的，时间愈久则美德愈显著。这生动形象而富有哲理的诗句说明曹植毕竟是建安时代的诗人，热衷用诗的语言展现建功立业的宏伟抱负，并以此来安慰和鼓励怀才不遇的朋友。

“亲交义在敦，申章复何言”，是说朋友相交在于互相勉励，敦促，所以自己赠诗除了敦劝外别无可说。诗人已经身处困境之中，对友人的期待无能为力，种种复杂的感情，尽在此不言之中。

这首诗熔写景、议论、抒情于一炉，层层有序而又恰如其分地表达了作者对友人徐幹的赞扬、同情、安慰和鼓励。

◎轶闻异物录

和氏璧

在春秋战国时期，许多诸侯国都有自己的镇国之宝。据《战国策》载：“周有砥厄，宋有结绿，梁有悬愁，楚有和璞。”和璞即和氏璧，璞是没有经过琢磨的玉。关于和氏璧的最早记载，见于《韩非子》《新序》等书，并且情节大致相同。

传说在春秋时期，楚国有一个叫卞和的琢玉能手，在荆山（今南漳县巡检山区，现有玉印岩，传为卞和得玉处）里得到一块璞玉。卞和捧着璞玉去见楚厉王，厉王命玉工查看，玉工说这只不过是一块石头。厉王大怒，以欺君之罪砍下卞和的左脚。厉王死，武王即位，卞和再次捧着璞玉去见武王，武王又命玉工查看，玉工仍然说只是一块石头，卞和因此又失去了右脚。武王死，文王即位，卞和抱着璞玉在楚山下痛哭了三天三夜，眼泪流干了，接着流出来的是血。文王得知后派人询问为何，卞和说：我并不是哭我被砍去了双脚，而是哭宝玉被当成了石头，忠贞之人被当成了欺君之徒，无罪而受刑辱。于是，文王命人剖开这块璞玉，见真是稀世之玉，遂命名为和氏璧。

种葛[1]篇·种葛南山[2]下

种葛南山下，葛藟[3]（léi）自成阴。

与君初婚[4]时，结发[5]恩义深。

欢爱[6]在枕席[7]，宿昔同衣衾[8]（qīn）。

窃慕[9]《棠棣》[10]篇，好乐和瑟琴。

行年[11]将晚暮[12]，佳人[13]怀异心[14]。

恩纪[15]旷不接，我情遂抑沉[16]。

出门当何顾，徘徊步北林。

下有交颈兽[17]，仰见双栖禽。

攀枝长叹息，泪下沾罗襟[18]。

良马知我悲，延颈[19]代我吟。

昔为同池鱼，今为商与参[20]。

往古皆欢遇[21]，我独困于今。

弃置委天命[22]，悠悠安可任。

◎注释

① 种葛：种植葛麻或葛藤。

② 南山：这里指终南山，在陕西省西安市南。

③ 葛藟：葛藤和藤蔓。藟：一种像葛的蔓生植物。

④ 初婚：初次结婚。相对于续娶而言。

⑤ 结发：我国结婚古礼，洞房花烛夜，新人各剪下一绺头发，绾在一起，作为永结同心的信物，称为“结发”。后用来比喻原配夫妻。

⑥ 欢爱：欢悦喜爱。主要形容男女因为有爱情在一起的愉悦。

⑦ 枕席：枕头和席子，泛指床榻。铺在枕头上的凉席，也叫“枕头席儿”。

⑧ 衣衾：衣服与被子。

⑨ 窃慕：偷偷爱慕。窃：私下，私自。

⑩ 棠棣：花名。棠棣花白色或粉色，《诗经·小雅·常棣》是一首申述兄弟应该互相友爱的诗。“常棣”也作“棠棣”。后常用以指兄弟。

⑪ 行年：指经历的年岁、当时年龄、将到的年龄或流年。

⑫ 晚暮：形容年老。引申为晚年。犹岁末。

⑬ 佳人：美好的人。这里指君子贤人。后指美女。

⑭ 异心：不同的心思，叛离的意图等。

⑮ 恩纪：皇恩的纪年。犹恩情。

⑯ 抑沉：压抑沉沦，抑郁低沉。

⑰ 交颈兽：颈项相交的禽兽，特指鸳鸯。交颈：颈与颈相互依摩。多为雌雄动物之间的一种亲昵表示。

⑱ 罗襟：轻软有稀孔的丝织品制成的衣襟。薄薄的衣襟。

⑲ 延颈：伸长脖子，表示殷切盼望。

⑳ 商与参：参商。二十八宿的商星与参星。商在东参在西，此出彼没，永不相见。后以“商参”比喻人分离不能相见。

㉑ 欢遇：欢乐的会面或待遇。

㉒ 天命：上天的意志，也指上天主宰之下人们的命运。

◎译文

在南山下种葛藤，葛藤自然生长繁茂昌盛。
与你当初成为夫妻时，结发恩爱互不猜疑。
以往欢悦喜爱在床榻，早与晚同寝在一起。
暗自思慕《棠棣》诗篇，如同琴瑟般和美。
到了年华渐渐老去，丈夫有了其他的心思。
恩情长久断绝没有音信，我心情日渐忧郁。
出了门才想起早已没有来往，在北林徘徊。
水塘里有鸳鸯嬉戏，仰头看树上鸟儿成双。
靠着树干长叹，眼泪如线落下沾湿了衣襟。
好马了解我的悲伤，伸着脖子对我长嘶鸣。

相濡以沫的池中鱼，终将变成参星与商星。
往日尽为欢喜和爱恋，今日如困葛藁一般。
抛弃与否都是上天安排，让人实在难承受。

◎创作背景

此诗写作于魏文帝黄初元年（220 年）。曹丕称帝后，诛杀了曹植羽翼丁仪兄弟，曹植异常愤慨，写下此诗。

◎赏析

这首诗通过描写女主人公一开始与丈夫琴瑟和鸣，恩爱两不疑，到后来丈夫生出二心，女主人公悲痛难当的情景，表达了诗人内心的苦痛与悲愤。

“种葛南山下，葛藁自成阴”，以葛蔓起兴，借用《诗经·周南·樛木》“南有樛木，葛藟累之”典故，却没有提到樛木，与《浮萍篇》用双笔起兴的手法有着异曲同工的妙趣。

“与君初婚时，结发恩义深。欢爱在枕席，宿昔同衣衾。窃慕《棠棣》篇，好乐和瑟琴”，极写双方相爱的情景，但中间点明“棠棣”字样，暗喻诗中所指。

“行年将晚暮，佳人怀异心。恩纪旷不接，我情遂抑沉”，仍先从女方写，“行年将晚暮”是说自己，“佳人”犹言“美人”，则指对方，古人说“美人”或“佳人”，并不专指女子。“佳人怀异心”，是自屈原《抽思》浓缩而成。“怀异心”与“有他志”是同一语意。“旷不接”，用许久不接触，即很久没有获得丈夫的恩爱来表达诗人真正的苦闷之情。“我情遂抑沉”，说明诗人的衷肠无从表达，只能沉抑在心。

“出门当何顾，徘徊步北林。下有交颈兽，仰见双栖禽。攀枝长叹息，泪下沾罗襟”，借散步北林把场面铺开。以“交颈兽”“双栖禽”反衬自己的孤独无依。“攀枝”与“北林”

相照应，表示身在丛林之中，既是写实亦是渲染。

“良马知我悲，延颈代我吟”，写得极为动人，诗人用移情手法，把马也写成有感情、有灵性的动物，这就透过一层体现出连无知的马都比作为万物之灵的人更具有同情心。

“昔为同池鱼，今为商与参。往古皆欢遇，我独困于今”，诗人借用“池鱼”来反衬自己因被弃而处于困境之中，表达出内心的伤痛。“商与参”虽然含有彼此永远不能相见之意，却也说明诗中有反映兄弟间发生矛盾的内容。“欢遇”表面是说从古以来夫妻间的关系都是欢爱和美的，言外之意是兄弟间也应如此和睦相处。

“弃置委天命，悠悠安可任”，使用假设句来强调：如果我把这事丢开不想，一切委之于天命，那恐怕连苍天也承受不了吧。表明自己的沉重痛苦，超出上天承受的范围，而自己却独自承受了，诗人内心的煎熬可想而知。

此诗结构整饬，层次分明。用今昔对比，从侧面把内心忧伤展现出来，诗意深沉而文情凄苦。

◎轶闻异物录

商、参（历史典故）

二十八宿的商星与参星，商在东、参在西，此出彼没，永不相见。后以“商参”比喻人分离不能相见。

公元前541年，郑国派子产出使晋国，探问晋平公的病情。晋平公说：“占卜说是实沉、台骀作祟，史官不知道他们的来历，请问他们是什么神？”子产回答：“高辛氏有两个儿子，大儿子叫阏伯，小儿子叫实沉，住在大森林里，不能相容，每天拿着干戈互相攻伐。尧帝认为他们不贤，将阏伯迁到商丘，主持祭祀辰星，商族人继承下来，所以辰星称作商星。将实沉迁到大夏，主持祭祀参星，唐国人继承下来，臣事夏朝、商朝，它的末代叫作唐叔虞。当周武王的邑姜正怀着太叔时，梦见天帝对她说：

‘我给你的儿子起名叫虞，就给他唐国，委托他祭祀参星，繁衍他的子孙！’太叔生下时，在他的手掌上正有一个‘虞’字，于是命名叫虞。到周成王灭掉唐国后就将太叔封在唐地。所以参星称为晋星。由此看来，那么实沉，就是参星之神了。”

送应氏二首

其一

步登北邙[1]阪[2]（bǎn），遥望洛阳山。

洛阳何寂寞，宫室尽烧焚。

垣墙皆顿擗[3]，荆棘上参天[4]。

不见旧耆（qí）老[5]，但睹新少年。

侧足无行径，荒畴[6]不复田[7]。

游子久不归，不识陌与阡。

中野何萧条，千里无人烟。

念我平常居[8]，气结不能言。

其二

清时[9]难屡得，嘉会[10]不可常。

天地无终极，人命若朝霜。

愿得展嬿婉[11]，我友[12]之朔方[13]。

亲昵并集送，置酒此河阳[14]。

中馈[15]岂独薄？宾饮不尽觞。

爱至望苦深，岂不愧中肠？

山川阻且远，别促会日长。

愿为比翼鸟，施翮[16]（hé）起高翔。

◎注释

①北邙：山名，在洛阳东北。
②阪：同“坂”，山坡。
③顿擗：指塌坏了。擗：分裂。
④参天：上高至天。
⑤耆老：指德高望重的老年人。耆：六十岁以上的人。
⑥畴：田亩。
⑦田：动词，耕种。
⑧平常居：一作“平生亲”。
⑨清时：这里指太平时期。
⑩嘉会：欢会。
⑪嬿婉：欢乐。
⑫我友：这里指应氏。
⑬朔方：北方，指邺之冀州。
⑭河阳：孟津渡，在河南省孟县南。
⑮中馈：酒食。
⑯施翮：展翅。翮：鸟翎的茎，代指鸟的翅膀。

◎译文

其一

一步步登上北邙山山顶，遥望着洛阳四周的群山。
洛阳城是那样的寂寞，宫殿宅院全都被焚烧毁坏。
随处可见残垣断壁，丛生荆棘高入云天十分荒凉。
哪里寻得见旧时的老友，看到的尽是些少年面孔。
地面上已无路可走，田野荒芜大片土地无人耕种。
游子已多年没有回家，归来怕已认不得交错阡陌。
城郊野外是多么的萧条，千里之内都见不到人烟。
想起平日一起生活的人，伤心哽咽竟说不出话来。

其二

太平盛世百年很难得见，欢乐聚会不可常常相逢。

天地悠悠没有尽头，人生寿命短暂就像早晨风霜。
希望能够事事如意，我的朋友你能平安到达邺城。
亲密友人相聚再别离，在孟津渡设宴席为他饯行。
难道酒宴不够丰盛？还是宾客觥筹交错不够尽兴。
情谊越深离别越发痛苦，怎能让我心中默默承受？
这一去山川充满险阻路又远，再相聚会更加困难。
多么希望化成一对比翼鸟，比翼双飞，展翅翱翔。

◎创作背景

这组诗作于汉献帝建安十六年（211 年），曹植时年二十岁，此时离董卓作乱已过去了二十多年，因军阀不断混战，洛阳根本得不到恢复，因此更见荒凉。昔日繁华的京都已经残破不堪，面对荒凉萧条的景色，又想到马上要与友人各奔一方，曹植恋恋不舍，于是写下了《送应氏二首》。

应氏指应场、应璩兄弟，东汉应劭的侄子。应场是“建安七子”之一。二人都是曹植的好友。汉献帝建安十六年（211 年）七月，曹植随其父曹操西征马超，途经洛阳，在洛阳，他见到了当时颇有诗名的应氏兄弟，而应氏兄弟旋即也有北方之行，亲朋故旧为他们设宴饯行。即将分别之时，曹植作诗送别。

◎赏析

第一首诗写登临所见洛阳遭董卓之乱后的荒凉景象，表达了诗人感时伤世、忧国忧民的情怀。第二首诗通过写诗人与友人在战乱年代分别的悲痛，表达了诗人的忧国忧民之心和对友人的不舍之意。

其一

“步登北邙阪，遥望洛阳山”，登临遥望，总领全文，开启下文，描写诗人以一个少年的眼光看一场社会大劫难后的情景。

“洛阳何寂寞，宫室尽烧焚。垣墙皆顿擗，荆棘上参天”，诗人以严肃的态度如实记述了目睹的情状，而遥望洛阳的全貌，由宫室到墙垣，所见之状，无不是荒残、破败不堪。昔日的“东都”盛况早已化为灰烬。

“不见旧耆老，但睹新少年。侧足无行径，荒畴不复田”，表达出少年诗人对百姓的同情和对社会生活的思考。

“游子久不归，不识陌与阡。中野何萧条，千里无人烟。念我平常居，气结不能言”，想起与曾经的朋友分别，如今的洛阳早已不复昔年景象，破败荒芜，而且在这样的动乱年代中与友人分别，心中感慨良多。

这首诗运用现实主义手法，真实地再现了当时洛阳城的景象，勾勒出洛阳城的荒芜与悲凉，从宫室、垣墙写到所见之人，由人而写到了道路与耕田，最后从游子的眼中写明今昔之异，说明繁华消退，一去不返，其萧条不堪的现实画面历历在目。最后，由描写遥望洛阳所目睹的荒凉景象，带出“游子”，收回到送客远行的主题上来。

其二

“清时难屡得，嘉会不可常。天地无终极，人命若朝霜”，清平之时，嘉会之赏，时历战乱，世事多变，清平之时与嘉会之美怎能常有？想到这里诗人不由感叹：与天地相比，人生之短促可不恰如“朝霜”之易逝！这种人生苦短伤时感怀的心情，在离乱的年代里，没有人会不与之产生共鸣。

“愿得展嬿婉，我友之朔方。亲昵并集送，置酒此河阳。中馈岂独薄？宾饮不尽觞。爱至望苦深，岂不愧中肠”，以反问的句式来描写与友人分别时的痛苦感受，更具感染力。

“山川阻且远，别促会日长。愿为比翼鸟，施翮起高翔”，与友人相别，自然想到与友人的感情是多么值得珍惜。于是诗人“愿得展嬿婉”于友人，可事实是“我友之朔方”！可知其意当为别离之苦百转中肠。再想到友人此去路途遥远，诗人不由想象：如果自己能够与友人化作比翼鸟一起展翅高飞该有多好啊！表达了诗人与友人别离时的无奈与恋恋不舍之情，饯别之意溢于纸上。

全诗虚写聚会，实写欢送惜别之情，虚实相生，用意婉转，曲曲入情。

◎轶闻异物录

北邙山

北邙又名邙山，横卧于洛阳北侧，为崤山支脉。东西绵亘一百九十余公里，海拔二百五十米左右。邙山是洛阳北面的天然屏障，也是军事上的战略要地。白居易诗：“北邙冢墓高嵯峨。”俗谚说：“生在苏杭，葬于北邙。”

邙山是古代帝王理想中的埋骨处所，其最高峰为翠云峰，上有唐玄元皇帝庙。古时树木森列，苍翠如云。登阜远望，伊洛二川之胜，尽收眼底；傍晚时分，万家灯火，如同天上繁星。“邙山晚眺”，被称为“洛阳八大景”（龙门山色、马寺钟声、天津晓月、洛浦秋风、铜驼暮雨、金谷春晴、邙山晚眺、平泉朝游）之一。自东汉城阳王祉葬于此后，遂成王侯公卿葬地。后因泛称墓地。

七哀[1]诗

明月照高楼，流光[2]正徘徊。

上有愁思妇，悲叹有余哀[3]。

借问叹者谁？言是宕子[4]妻。

君行逾十年，孤妾常独栖。

君若清[5]路尘，妾若浊[6]水泥。

浮沉[7]各异势，会合何时谐？

愿为西南风，长逝[8]入君怀[9]。

君怀良[10]不开，贱妾当何依？

◎注释

①七哀：该篇是闺怨诗，也有借此“讽君”之意。一作“怨诗行”。七哀作为一种乐府新题，起于汉末。

②流光：洒下的月光。

③余哀：不尽的忧伤。

④宕子：荡子。指离乡外游、久而不归之人。宕：一作“客”。

⑤清：形容路上尘。

⑥浊：形容水中泥。“清”“浊”二者本是一物。

⑦浮沉：清浊。比喻夫妇（或兄弟骨肉）本是一体，如今地位（势）不同了。

⑧逝：往。

⑨君怀：指宕子的心。

⑩良：指时间已经很久。一作“常”。

◎译文

明月映照在高楼上，洒下的光辉在楼上游移不定。

楼上有一位怀着愁怨的妇人，悲哀凄婉忧伤绵长。
请问楼上叹息的是谁？回答是离乡外游人的妻子。
丈夫已离开十多年了，妾身常常一个人寂寞孤单。
夫君像路上飘扬的尘土，妾身像水中污浊的淤泥。
尘土和淤泥的地位各不相同，何时才能和谐汇聚？
希望能够化作西南风，可以时常进入夫君的怀中！
夫君的胸怀早已不向我敞开，我还能依靠什么呢？

◎创作背景

这首诗约创作于魏文帝黄初二年（221 年）。曹操逝世后，曹丕继位，对曹植十分防备。曹植满腔抱负无处施展，而手足胞兄对他处处防范，令他心灰意冷。曹植自知功名无望，于是将满腔哀怨寄托在和他具备相同情感的怨妇的愁苦里。

◎赏析

这首诗通过描写被丈夫离弃的怨妇愁思，表现作者不被重用、抱负无法伸展的怨愤之情。

“明月照高楼，流光正徘徊”，起句既写实景，又渲染出凄清冷寂的气氛，使其笼罩全诗。这里运用了“兴”的手法带出女主角的背景：明月高照，思妇独倚高楼，对影自怜，思念远方的夫君。月照高楼之时，正是相思最切之际，那徘徊徜徉的月光勾起思妇的缕缕哀思——曹植所创造的“明月”“高楼”“思妇”这一组意象，被后代诗人反复运用来表达闺怨，因为月光月夜，会撩起诗人绵绵不尽的思绪，勾起心中思念挂怀的人或事。

“上有愁思妇，悲叹有余哀”，运用白描手法和“赋”的表达方式，承接上两句，直接点出该诗女主角是愁思妇，思君不见，只能“悲叹”，只剩“余哀”。当皎洁的明月照着高楼，清澄的月光如徘徊不止的流水轻轻晃动，伫立在高楼上登高望远的思妇，在月光的沐浴下心中涌起无尽哀愁。因为思念良人而不得见，甚至音讯也不能通。作者表面上描写思妇诉说被夫君遗弃的哀怨情怀，实际上暗喻自己被长兄疏远排斥的苦闷和抑郁，这是在另一种意义上运用了“比”的表达方法，是诗人更深层的自况自喻。

“借问叹者谁？言是宕子妻。君行逾十年，孤妾常独栖。君若清路尘，妾若浊水泥。浮沉各异势，会合何时谐”，诗人自比“宕子妻”，以思妇被遗弃的不幸遭遇来比喻自己在政治上被排挤的境况，以思妇与丈夫的离异来比喻自己和身为皇帝的曹丕之间的生疏“甚于路人”“殊于胡越”。诗人有感于兄弟之间“浮沉异势，不相亲与”，进一步以“清路尘”与“浊水泥”来比喻兄弟二人境况悬殊。

“愿为西南风，长逝入君怀”，用坚决而执着的持守誓言，暗吐思君报国的衷肠。虽然独守十年，却没有沉沦和颓废，思妇依旧祈愿自己化作长风，随风而去，与君相依，这是思妇此生唯一的期待，也是诗人内心的独白。

“君怀良不开，贱妾当何依”，这两句是对兄长曹丕的绝情寡义表示愤慨，流露出诗人无限的凄惶之感。

全诗处处从思妇的哀怨着笔，句句暗寓诗人的遭际，诗情与寓意浑然无间，意旨含蓄，笔致深婉，具有典型的“情兼雅怨”特点。

诗人以弃妇自比是其后期诗歌的特色之一，主要是因为诗人具有忠君报国的理想，可是希望成就功名的臣子，如果不能获得君主的赏识任用，那便全无施展才能抱负之机，没有办法实现自我的价值。这样的君臣关系，就仿佛那个时代全身心托靠男性的女子，一朝被夫君离弃，那就成了没了依傍的怨妇，失去生存的价值以及生命的重心。所以，在这首诗中，弃妇与弃臣，相互交织，更加鲜明地表现出作者的悲惨遭遇。

◎轶闻异物录

动荡的汉末

东汉末年是指从汉灵帝中平元年（184 年）到汉献帝建安二十五年（220 年）东汉亡国前夕，直至曹丕篡汉或三国鼎立（东吴孙权于 229 年称帝），持续三十六年（或以东吴建国计，为四十五年），这段时间内军阀割据，彼此混战。东汉末年，由于土地兼并日益加剧，地主豪强拥有自己的私人武力，加上中央政府政治黑暗，皇权虚弱无力，对地方过度放权，因而造成群雄割据的局面。而这些割据势力又有着不同的兴起过程与发展脉络，反映出那个动乱时代的多元特征。

东汉末年，出现严重的土地兼并现象，直接导致地方豪强势力的崛起。由于中央政府政治黑暗，对地方的控制越发衰弱，造成土地兼并问题日益严重，而人民饱受此现象的苦果，加上天灾与瘟疫的双重打击，于是纷纷起来造反，发动大规模的战争，最著名者是黄巾之乱。

时代的动荡不安，也使地方豪强有了崛起的机会，他们一开始靠着自己的财力组织武装军队保卫家园，后来就逐渐演变成拥有私人武力的军阀，如曹操、刘备等人都是在这样的背景下崭露头角的，中央政府由于不修政事，对于这样的情况，也是无能为力，反而需要他们维持地方稳定。地方豪强发展到后期，又逐渐分化为士族与寒门两个阵营。其中，士族在土地与权势上占有了优势，拥有垄断政府高层的实力，形成了三国两晋时期特殊的士族政治。

赠白马王彪[1]

黄初[2]四年五月，白马王、任城王[3]与余[4]俱朝京师、会节气[5]。到洛阳，任城王薨[6]（hōng）。至七月，与白马王还国[7]。后有司[8]以二王归藩，道路宜异宿止，意毒恨之。盖以大别[9]在数日，是用自剖[10]，与王辞焉，愤而成篇。

谒帝[11]承明庐，逝将归旧疆[12]。
清晨发皇邑[13]，日夕过首阳。
伊洛[14]广且深，欲济川无梁。
泛舟越洪涛，怨彼东路[15]长。
顾瞻恋城阙[16]，引领[17]情内伤。

太谷[18]何寥廓，山树郁苍苍。
霖雨[19]泥[20]我涂，流潦[21]（lǎo）浩纵横。
中逵[22]绝无轨，改辙登高岗。
修坂[23]造云日，我马玄以黄。

玄黄犹能进，我思郁以纡[24]（yū）。
郁纡将何念，亲爱在离居。
本图相与偕，中更不克俱[25]。

鸱枭[26]（chī xiāo）鸣衡轭[27]（è），豺狼当路衢[28]。
苍蝇间白黑，谗巧[29]令亲疏。
欲还绝无蹊[30]，揽辔[31]止踟蹰。

踟蹰亦何留？相思无终极。
秋风发微凉，寒蝉鸣我侧。
原野何萧条，白日忽西匿[32]。
归鸟赴乔林，翩翩厉羽翼。
孤兽走索群，衔草不遑[33]食。
感物伤我怀，抚心长太息。

太息将何为，天命与我违。
奈何念同生，一往[34]形不归。
孤魂翔故域[35]，灵柩寄京师。
存者[36]忽复过，亡殁[37]（mò）身自衰。
人生处一世，去若朝露晞[38]（xī）。
年在桑榆[39]间，影响[40]不能追。
自顾非金石，咄唶[41]（duō jiè）令心悲。

心悲动我神，弃置莫复陈。
丈夫志四海，万里犹比邻。
恩爱苟不亏，在远分日亲[42]。

何必同衾帱[43]，然后展殷懃[44]（qīn chóu）。

忧思成疾疢[45]（chèn），无乃儿女仁[46]。

仓卒[47]骨肉情，能不怀苦辛？

苦辛何虑思，天命信可疑。

虚无[48]求列仙，松子[49]久吾欺。

变故[50]在斯须，百年[51]谁能持？

离别永无会，执手将何时？

王其爱玉体，俱享黄发期[52]。

收泪[53]即长路，援笔从此辞。

◎注释

① 白马王彪：三国魏白马王曹彪，是曹植的异母弟弟。

② 黄初：魏文帝（曹丕）的年号。黄初四年即 223 年。

③ 任城王：曹彰，曹植的同母兄长。

④ 余：我，即曹植。

⑤ 会节气：魏有诸侯藩王朝节的制度，每年立春、立夏、立秋、立冬四个节气之前，各藩王都会聚京师参加迎气之礼，并举行朝会。

⑥ 薨：古代诸侯王死称为薨。据《世说新语・尤悔》记载，任城王是被曹丕毒死的。

⑦ 还国：返回封地。

⑧ 有司：官吏，指监国使者灌均。监国使者是曹丕设以监察诸王、传达诏令的官吏。

⑨ 大别：永别。

⑩ 自剖：表明自己的心迹。

⑪ 谒帝：朝见皇帝。

⑫ 旧疆：指鄄（juàn）城（今山东菏泽），时曹植为鄄城王。

⑬ 皇邑：皇都，指洛阳。

⑭ 伊洛：二条河水名。伊：指伊水，发源于河南栾川县，到偃师县入洛水；洛：洛水，源出陕西冢岭山，至河南巩县入黄河。

⑮ 东路：这里指东归鄄城的路。

⑯ 城阙：这里指京城洛阳。

⑰ 引领：伸长脖子。

⑱ 太谷：谷名，一说是关名，在洛阳城东南五十里。

⑲ 霖雨：连续几日的大雨。

⑳ 泥：这里作动词，使道路泥泞。

㉑ 流潦：积水。

㉒ 中逵：通衢大路。逵：四通八达的大道。

㉓ 修坂：高高的山坡。修：长。坂：斜坡。

㉔ 郁以纡：愁思郁结。郁：愁。纡：萦绕。

㉕ 不克俱：不能在一起。克：能。

㉖ 鸱枭：猫头鹰，古人认为这是不祥之鸟。

㉗ 衡轭：车辕前的横木和扼马颈的曲木，代指车。

㉘ 衢：四通八达的道路。

㉙ 谗巧：谗言巧语。

㉚ 蹊：路。

㉛ 揽辔：拉住马缰。

㉜ 西匿：夕阳西下。

㉝ 不遑：不暇，不空。

㉞ 往：指死亡。

㉟ 故域：指曹彰的封地任城。

㊱ 存者：指自己与曹彪。

㊲ 殁：死。古人用来委婉说一个人“死了”，就用“殁”。这里指曹彰死在洛阳。

㊳ 晞：干。汉乐府《薤露歌》：“薤上露，何易晞。”说人生短暂。

㊴ 桑榆：二星名，都在西方。《文选》李善注说：“日在桑榆，以喻人之将老。”

㊵ 影响：影子和声音。

㊶ 咄唶：惊叹声。

㊷ 日亲：一天比一天亲密。

㊸ 衾帱：被子和帐子。后汉姜肱与弟仲海、季江相友爱，常同被而眠，见《后汉书·姜肱传》。

㊹ 慇懃：同“殷勤”，情意恳切。
㊺ 疾疢：疾病。
㊻ 儿女仁：指小儿女的脆弱感情。
㊼ 仓卒：匆忙之间。
㊽ 虚无：指求仙事不可靠。
㊾ 松子：赤松子，传说中的仙人。
㊿ 变故：灾祸。
(51) 百年：指长寿。古诗：“生年不满百。”
(52) 黄发期：指高寿。黄发：人老发黄，故以指老人。
(53) 收泪：停止哭泣。

◎译文

黄初四年五月，白马王曹彪、任城王曹彰与我一起前往京城朝拜，参加“会节气”大礼。到达洛阳后，任城王就逝世了。到七月，我和白马王返回封国。后来监国使者以我们俩是返回封地为理由，要求我二人在归途中不能一起走在同一条道路上，连我们的住宿起居都要求分隔开，不能同吃同住，令我心中非常忧愤！因为离诀别的日子只有几天了，我便用诗文表明心事，与白马王辞别，悲愤之下写成此篇。

在承明庐拜谒完皇上，现返回我们自己封国的疆土。
早晨从都城洛阳出发，黄昏时分我们已经过了首阳。
伊水、洛水广阔而幽深，想渡过河流却苦于无桥梁。
只得乘舟渡过急涌的波涛，怨东去之路途如此漫长。
回首遥望渐去渐远的国都，仰天长叹心中暗自悲伤。

绵延不绝的空谷是多么寂寥，山间的古木郁郁苍苍。
暴雨让我的路途充满了泥泞，污浊的石浆纵横流淌。
平坦的大路已不能再走，只好改道登临高峻的山冈。
长长的陡坡直入云天，我的坐骑却又身染玄黄疾病。

马患玄黄病依然能够前行，可我的愁思却郁结难解。
究竟郁闷什么呢？郁闷即将再次与挚爱的手足分离。

原本打算一同踏上回程之路，中途却变更无法相聚。
可恨猫头鹰的鸣叫阻挠着车马，豺狼当道前路难行。
苍蝇之流让黑白混淆，谗言巧语把至亲血肉疏远了。
想要归去却无路能行，手握缰绳却不由得徘徊踌躇。

踌躇留恋什么呢？我对王兄的思念永无终了的时候！
秋风带来了丝丝凉意，寒蝉总在我身侧不停地哀鸣。
广袤的原野是那么萧条，白色的日影倏忽间已西沉。
暮归的鸟儿飞入幽幽树林，盘旋着用力扇动着羽翼。
落单的野兽奔走着寻觅兽群，口衔蒿草却无暇独食。
感于物象触伤了我的情怀，扪心而问发出悠长叹息。

长叹又有什么用呢？这是天命与我的意志相违背呀。
可叹我那同胞兄长啊，我们同去他却永远无法返回！
孤独的魂魄飞翔在昔日故土上，灵柩却寄存在帝都。
活着的人须臾间逝去，生命如此脆弱不由心伤哀痛。
短暂的一生来到这世间，忽然好比清晨蒸干的露水。
悠悠岁月已到迟暮之年，时光和声誉都已无法追回。
自我审视并非是金石之体，顿挫嗟叹令我满心悲戚。

悲伤心境触动了我的形神，我要抛开哀情不再纠结。
大丈夫理应志在四海，纵使相隔万里也如比邻而居。
兄弟的眷爱并无消减，离得再远，你我也像在一起。
又何必一定要同榻共眠，才能表达出你我殷殷之情？
过度的忧思会导致疾病，切莫沉溺于儿女情的缠绕。
只是仓促间骨肉永别，怎能不让人心怀悲痛和酸辛！

悲痛和辛酸引起怎样的思虑？我笃信天命只是可疑！
寄托于祈求众仙终究虚妄，神人赤松子欺骗我许久。

人生变故往往发生在顷刻间，有谁能享有百年长寿？
一旦离别永无相会之日，再执王的手要等到何日啊？
但愿白马王珍爱贵体，与我一同安度长寿黄发之年；
收起泪水踏上漫漫长路，从此搁笔永诀，与君长辞。

◎创作背景

这首诗写于魏文帝黄初四年（223年）七月，是曹植后期作品中的代表作。当年，曹植和他的同母之兄任城王曹彰，以及异母之弟白马王曹彪一道去京师洛阳参加“会节气”活动。其间，“武艺壮猛，有将领之气”（见《三国志·任城威王彰传》）的曹彰突然暴毙。据《世说新语·尤悔》篇记载，曹彰是被曹丕一手毒害的。会节气过后，诸侯王返回各自的封地。弟兄三人一块来的，如今回去时却只剩下两个人了，曹植心里已经非常难过；更没想到朝廷还派了一名叫灌均的监国使者，沿途监视诸王归藩，并规定诸王在路上要分开走，限制他们互相接触，这就使得曹植越发难堪和愤怒。面对曹丕的无情，曹植百感交集，怒火中烧，于是写下这首传诵千古的名诗。

◎赏析

这首诗直接反映的是曹植对曹丕手下鹰犬爪牙的痛恨和愤慨，抗议曹丕对他们弟兄的残酷迫害。

第一章：“谒帝承明庐……引领情内伤。”写自己怀着悲伤的心情离开洛阳，渡过洛水，抒发对兄弟的眷恋之情。而曹彰之死有如一个阴影笼罩着全篇，由此构成的悲剧气氛，在序文和本章及其他几章中都反复渲染，突出这一事件的严重后果。“欲济川无梁”，表达了一种走投无路的悲愤心情。“顾瞻恋城阙”，不是因为留恋“城阙”，是因为留恋暴毙于京师洛阳的同母兄长曹彰。“引领情内伤”是诗人内心伤痛的真实表达，让人不禁为之怅然。

第二章："太谷何寥廓……我马玄以黄。"写路途的艰辛，抒发人生艰难之叹和内心的苍凉之感。"霖雨泥我涂，流潦浩纵横"，看似描写自然环境，实则抒写政治上的遭遇和内心的不平静。"中逵绝无轨"和第一章中的"欲济川无梁"一样，表达自己的境遇艰难，也是诗人当时最真实的境遇写照。"我马玄以黄"，与下面一章的开头形成"顶真"句，也是这首诗的特色之一。这种修辞手法的运用，既能够使结构紧凑、段落分明，又便于人们记忆和传诵，使得全诗的结构浑然一体，各个章节之间像在一个辘轳上运转一样，紧密相连。这样的修辞手法，被后人形象地称为"辘轳体"。

第三章："玄黄犹能进……揽辔止踟蹰。"写兄弟手足被迫分离，怒斥那些像鸱枭和苍蝇一样的小人在离间他们的兄弟关系。"玄黄犹能进，我思郁以纡"，形象的比喻，把诗人内心的痛苦淋漓尽致地描写出来，让人为之痛心疾首。"鸱枭鸣衡轭，豺狼当路衢。苍蝇间白黑，谗巧令亲疏"，诗人明白，兄弟之间都是被一群小人挑拨而产生了分歧和隔阂，并不是真的有什么仇恨。"欲还绝无蹊"的"无"字，同样是表达自己无路可走、进退失据的悲愤之情。"揽辔止踟蹰"，与本章首句的修辞手法一样，是为了使文气贯通为一个有机的整体而使用的"顶真"句。

第四章："踟蹰亦何留……抚心长太息。"描写初秋原野上一派萧条景象，烘托诗人内心的孤独和凄清。"秋风发微凉，寒蝉鸣我侧""孤兽走索群，衔草不遑食"，让人读来不免为之心伤而泪落，可谓感人至极。"感物伤我怀，抚心长太息"，这是诗人发自内心的呼喊，也是一颗受伤的灵魂在哭泣。

第五章："太息将何为……咄唶令心悲。"这一部分开始悲悼诗人的兄长任城王曹彰，在慨叹人之生命短暂的同时，更多的是抒发悼念之情。"天命与我违""奈何念同生，一往形不归”，不禁为死者任城王，更为活着的自己而痛心，这是一种无奈的哀叹！“人生处一世，去若朝露晞”，诗人至此才真正地感受到：一个人的生命，有如“朝露”一般，短暂到来不及等到太阳升起就被蒸发掉了。“太息将何为”和“咄唶令心悲”，和前面的章节一样，属于连接上下章的“顶真”句，使诗歌环环相扣，前后勾连，感情连贯，一气呵成。

第六章：“心悲动我神……能不怀苦辛？”诗人在一种无奈的悲愤和心伤之情中，自我安慰、自我宽解，以豪言壮语和白马王曹彪互相慰勉，表现出一种痛定思痛的哀伤和悲苦。“丈夫志四海，万里犹比邻”，诗人毕竟是一个心胸宽广的大丈夫，所以，安慰弟弟不要太过伤心，还要有所作为。“仓卒骨肉情，能不怀苦辛”，由此可见诗人极其看重骨肉情深。

第七章：“苦辛何虑思……援笔从此辞。”诗人最后一次诉说着自己内心的痛苦，而这痛苦除了说与自己的亲人，又能够说与谁呢？“离别永无会，执手将何时”，让读者看到了一个执手相别而泪流的场面，感人肺腑。“王其爱玉体，俱享黄发期”，叮嘱弟弟要珍爱自己，后会有期，让人不由想到了苏轼的“但愿人长久，千里共婵娟”。

这首诗是继屈原《离骚》之后，中国文学史上又一首长篇抒情诗。篇幅之长、结构之巧、感情之深都是古典文学作品中罕见的。全诗气魄宏伟，结构严谨。抒情的方式灵活多变，有时直抒胸臆，有时却把抒情和叙事、写景结合起来。有时借景抒情，情景相生，发人深思，耐人寻味。诗中的寒蝉、归鸟、孤兽都是诗人自身的写照。凄冷空旷的秋季原野，也是当时诗人所处政治环境的形象再现。另外，恰当的比喻也是此诗的特色之一。作者把监国使者比作为“鸱枭”“豺狼”和“苍蝇”，惟妙惟肖，入木三分。这些比喻不仅可以收到强烈的艺术效果，而且免于授人以柄，再惹是非。

白马王——曹彪

曹彪（195 年—251 年），字朱虎，三国时期曹魏皇族，曹操之子。汉献帝建安二十一年(216 年),被封为寿春侯。魏文帝黄初二年(221 年),晋爵，升迁为汝阳公。魏文帝黄初三年（222 年），升为弋阳王，同年又升为吴王，之后改封寿春县。魏明帝太和六年（232 年），改封楚王；景初三年（239 年），增加封邑五百户，连同以前共有三千户。

魏齐王嘉平元年（249 年），兖州刺史令狐愚和太尉王凌谋划迎立曹彪，在许昌建都。九月，令狐愚遣亲信张式以监察亲王为名赴曹彪家拜访，开始谋划另立新君。魏齐王嘉平三年（251 年），因与王凌密谋废帝事败，被赐死，享年五十七岁。正元元年（254 年），曹芳下诏书：“特封曹彪的世子曹嘉为常山真定王。”魏元帝景元元年（260 年），元帝曹奂为曹嘉增加封邑，连同以前共二千五百户。

洛神[1]赋

黄初[2]三年，余朝京师[3]，还济洛川[4]。古人有言：斯水[5]之神，名曰宓(fú)妃。感宋玉对楚王说神女之事[6]，遂作斯赋。其辞曰：

余从京域[7]，言归东藩[8]，背伊阙[9]，越轘(huán)辕[10]，经通谷[11]，陵景山[12]。日既西倾，车殆[13]马烦。尔乃税驾[14]乎蘅皋[15]，秣(mò)驷[16]乎芝田[17]，容与[18]乎阳林[19]，流眄[20]乎洛川。于是精移神骇[21]，忽焉思散[22]。俯则未察，仰以殊观[23]。睹一丽人，于岩之畔[24]。乃援御者而告之曰："尔有觌[25](dí)于彼者乎？彼何人斯，若此之艳也！"御者对曰："臣闻河洛之神，名曰宓妃。然则君王之所见也，无乃是乎！其状若何？臣愿闻之。"

余告之曰：其形也，翩若惊鸿[26]，婉若游龙。荣曜(yào)秋菊，华茂[27]春松。髣髴[28](fǎng fú)兮若轻云之蔽月，飘飖[29]兮若流风之回[30]雪。远而望之，皎若太阳升朝霞；迫[31]而察之，灼[32]若芙蕖[33](fú qú)出渌[34](lù)波。秾[35](nóng)纤[36](xiān)得中，修短合度。肩若削成[37]，腰如约素[38]。延颈秀项[39]，皓[40]质呈露。芳泽[41]无加，铅华[42]不御[43]。云髻[44]峨峨[45]，修眉联娟[46]。丹唇外朗[47]，皓齿内鲜[48]。明眸善睐[49](lài)，靥[50](yè)

辅[51]承权[52]。瓌[53]姿艳逸[54]，仪静体闲。柔情绰[55]态，媚于语言。奇服[56]旷世[57]，骨像[58]应图[59]。披罗衣之璀粲[60]兮，珥[61]瑶碧[62]之华琚[63]。戴金翠[64]之首饰，缀明珠以耀躯。践[65]远游[66]之文履[67]，曳雾绡[68]之轻裾。微幽兰之芳蔼[69]兮，步踟蹰（chí chú）于山隅。于是忽焉纵体[70]，以遨以嬉。左倚采旄[71]（máo），右荫桂旗[72]。攘[73]皓腕于神浒[74]兮，采湍濑[75]（tuān lài）之玄芝[76]。

余情悦其淑美兮，心振荡[77]而不怡。无良媒以接欢兮，托微波而通辞。愿诚素[78]之先达，解玉佩而要[79]之。嗟佳人之信修[80]，羌[81]习礼而明诗[82]。抗[83]琼珶[84]（dì）以和予兮，指潜川[85]而为期[86]。执眷眷[87]之款实[88]兮，惧斯灵[89]之我欺。感交甫[90]之弃言兮，怅犹豫而狐疑[91]。收和颜[92]而静志[93]兮，申[94]礼防[95]以自持[96]。

于是洛灵感焉，徙倚[97]彷徨。神光离合，乍阴乍阳。竦（sǒng）轻躯以鹤立[98]，若将飞而未翔。践椒途[99]之郁烈，步蘅薄[100]而流芳。超长吟以永慕兮，声哀厉而弥长。尔乃众灵杂沓[101]，命俦啸侣[102]。或戏清流，或翔神渚[103]，或采明珠，或拾翠羽[104]。从南湘之二妃[105]，携汉滨之游女[106]。叹匏瓜[107]之无匹[108]，咏牵牛[109]之独处。扬轻袿[110]（guī）之猗（yī）靡[111]，翳[112]（yì）修袖以延伫[113]。体迅飞凫[114]，飘忽若神。凌波微步，罗袜生尘[115]。动无常则，若危若安；进止难期，若往若还。转眄（miǎn）流精[116]，光润玉颜。含辞未吐，气若幽兰。华容婀娜，令我忘餐。

于是屏翳[117]收风，川后[118]静波。冯夷[119]鸣鼓，女娲[120]清歌。腾文鱼[121]以警乘[122]，鸣玉銮[123]以偕逝。六龙[124]俨[125]其齐首[126]，载云车[127]之容裔[128]。鲸鲵[129]（ní）踊而夹毂[130]（gǔ），水禽翔而为卫。于是越北沚[131]，过南冈，纡素领[132]，回清扬。动朱唇以徐言，陈交接[133]之大纲。恨人神之道殊兮，怨盛年之莫当。抗罗袂[134]以掩涕兮，泪流襟之浪浪[135]。悼良会之永绝兮，哀一逝而异乡。无微情以效爱[136]兮，献江南之明珰[137]。虽潜处于太阴[138]，长寄心于君王[139]。忽不悟其所舍[140]，怅神宵[141]而蔽光。

于是背下[142]陵高[143]，足往心留。遗情[144]想像[145]，顾望怀愁。冀灵体[146]之复形，御轻舟而上溯[147]。浮长川[148]而忘反，思绵绵而增慕。夜耿耿[149]而不寐，沾繁霜而至曙。命仆夫而就驾，吾将归乎东路。揽骓[150]（fēi）辔[151]以抗策，怅盘桓[152]而不能去。

◎注释

①洛神：传说古帝宓羲氏之女溺死洛水而为神，故名洛神，又名宓妃。

②黄初：魏文帝曹丕年号（220 年—226 年）。

③京师：京城，这里指魏都洛阳。

④洛川：即洛水，源出陕西，东南入河南，流经洛阳。

⑤斯水：此水，这里指洛川水。

⑥神女之事：传为宋玉所作的《高唐赋》和《神女赋》，都记载宋玉与楚襄王对答梦遇巫山神女事。

⑦京域：京都地区，这里指洛阳。

⑧东藩：东方藩国，指曹植的封地。黄初三年，曹植被立为鄄城（即

今山东鄄城县）王，城在洛阳东北方向，故称东藩。

⑨ 伊阙：山名，又称阙塞山、龙门山，在今河南洛阳南。

⑩ 轘辕：山名，在今河南偃师县东南。

⑪ 通谷：山谷名，在洛阳城南。

⑫ 景山：山名，在今河南偃师县南。

⑬ 殆：通“怠”，懈怠。一说指危险。

⑭ 税驾：停车。税：舍、置。驾：车乘总称。

⑮ 蘅皋：生着杜蘅的河岸。蘅：杜蘅，香草名。皋：岸。

⑯ 秣驷：喂马。驷：一车四马，这里泛指驾车之马。

⑰ 芝田：种着灵芝草的田地，此处指野草繁茂之地。一说为地名，指河南巩县西南的芝田镇。

⑱ 容与：悠然安闲貌。

⑲ 阳林：地名。

⑳ 流眄：纵目四望。眄：斜视。一作“流盼”，目光流转顾盼。

㉑ 精移神骇：神情恍惚。骇：散。

㉒ 思散：思绪分散，精神不集中。

㉓ 殊观：少见的异常现象。

㉔ 岩之畔：山岩边。

㉕ 觌：看见。

㉖ 惊鸿：惊飞的鸿雁。

㉗ 华茂：华美茂盛。

㉘ 髣髴：若隐若现的样子。

㉙ 飘飖：飞翔貌。

㉚ 回：回旋，旋转。

㉛ 迫：靠近。

㉜ 灼：鲜明，鲜艳。

㉝ 芙蕖：一作“芙蓉”，荷花。

㉞ 渌：水清貌。以上两句是说，不论远远凝望还是靠近观看，洛神都是姿容绝艳的。

㉟ 秾：花木繁盛。此指人体丰腴。

㊱ 纤：细小。此指人体苗条。

㊲ 削成：形容两肩瘦削下垂的样子。

㊳ 约素：一束白绢。素：白细丝织品。

㊴ 延颈秀项：意思是脖子很长很美。颈：脖子的前部。项：脖子

的后部。

㊵皓：洁白。

㊶泽：润肤的油脂。

㊷铅华：粉。古代烧铅成粉，故称铅华。

㊸不御：不施。御：用。

㊹云髻：发髻如云。

㊺峨峨：高耸的样子。

㊻联娟：微曲的样子。

㊼朗：明润。

㊽鲜：光洁。

㊾睐：顾盼。

㊿靥：酒窝。

(51)辅：面颊。

(52)承权：在颧骨之下。权：颧骨。

(53)瓌：同“瑰”，奇妙。

(54)艳逸：艳丽飘逸。

(55)绰：绰约，美好。

(56)奇服：奇丽的服饰。

(57)旷世：举世唯有。旷：空。

(58)骨像：骨骼形貌。

(59)应图：这里指与画中人相当。

(60)璀粲：鲜明的样子。一说为衣动的声音。

(61)珥：珠玉耳饰。此用作动词，作佩戴解。

(62)瑶碧：均为美玉。

(63)华琚：刻有花纹的佩玉。琚：佩玉名。

(64)翠：翡翠。

(65)践：穿，着。

(66)远游：鞋名。

(67)文履：饰有花纹图案的鞋。

(68)雾绡：轻薄如雾的绡。绡：生丝。

(69)芳蔼：香气。

(70)纵体：身体轻举貌。

(71)采旄：彩旗。采：同“彩”。旄：旗杆上旄牛尾饰物，此处指旗。

(72)桂旗：以桂木做旗杆的旗，形容旗的华美。

⑬ 攘：此指挽袖伸出。
⑭ 神浒：为神所游之水边地。浒：水边泽畔。
⑮ 湍濑：石上急流。
⑯ 玄芝：黑色芝草，相传为神草。
⑰ 振荡：形容心神动荡不安。
⑱ 诚素：真诚的情意。素：同“愫”，情愫。
⑲ 要：同“邀”，约请。
⑳ 信修：确实美好。修：美好。
㉑ 羌：发语词。
㉒ 明诗：善于言辞。这里指有很好的文化教养。
㉓ 抗：举起。
㉔ 琼珶：美玉。
㉕ 潜川：深渊，一说指洛神所居之地。
㉖ 期：会。
㉗ 眷眷：依恋的样子。
㉘ 款实：诚实。
㉙ 斯灵：此神，这里指宓妃。

⑨⓪ 交甫：郑交甫。《文选》李善注引《神仙传》：“切仙一出，游于江滨，逢郑交甫。交甫不知何人也，目而挑之，女遂解佩与之。交甫行数步，空怀无佩，女亦不见。”

⑨① 狐疑：疑虑不定。
⑨② 收和颜：收起和悦的容颜。
⑨③ 静志：镇定情志。
⑨④ 申：施展。
⑨⑤ 礼防：礼法，礼能防乱，故称礼防。
⑨⑥ 自持：自我约束。
⑨⑦ 徙倚：流连徘徊。
⑨⑧ 鹤立：形容身躯轻盈飘举，如鹤之立。

⑨⑨ 椒途：涂有椒泥的道路，一说指长满香椒的道路。椒：花椒，有浓香。

⑩⓪ 蘅薄：杜蘅丛生地。
⑩① 杂沓：纷纭，多而乱的样子。
⑩② 命俦啸侣：招呼同伴。俦：伙伴、同类。
⑩③ 渚：水中高地。

⑭ 翠羽：翠鸟的羽毛。

⑮ 二妃：指娥皇和女英。据刘向《列女传》载，尧以长女娥皇和次女女英嫁舜，后舜南巡，死于苍梧。二妃往寻，自投湘水而死，为湘水之神。

⑯ 游女：汉水的女神，即前注中郑交甫所遇的神女。

⑰ 匏瓜：星名，又名天鸡，在河鼓星东。

⑱ 无匹：无偶。

⑲ 牵牛：星名，又名天鼓，与织女星各处天河之旁。相传每年七月七日牛郎织女才得一会。

⑳ 袿：妇女的上衣。

⑪ 猗靡：随风飘动貌。

⑫ 翳：遮蔽。

⑬ 延伫：久久站立。

⑭ 凫：野鸭。

⑮ 尘：指细微四散的水沫。

⑯ 流精：形容目光流转而有光彩。

⑰ 屏翳：传说中的众神之一，司职说法不一，有的认为是云师，有的认为是雷师，有的认为是雨师，在此篇中被曹植视作风神。

⑱ 川后：传说中的河神。

⑲ 冯夷：传说中的水神。

⑳ 女娲：女神名，相传笙簧是她所造，所以这里说“女娲清歌”。

㉑ 文鱼：神话中一种能飞的鱼。

㉒ 警乘：警卫车乘。

㉓ 玉銮：鸾鸟形的玉制车铃，动则发声。

㉔ 六龙：相传神出游多驾六龙。

㉕ 俨：庄严的样子。

㉖ 齐首：六龙齐头并进。

㉗ 云车：相传神以云为车。

㉘ 容裔：即“容与”，舒缓安详的样子。

㉙ 鲸鲵：即鲸鱼。水栖哺乳动物，雄者称鲸，雌者称鲵。

㉚ 毂：车轮中用以贯轴的圆木，这里指车。

㉛ 沚：水中小块陆地。

㉜ 素领：白皙的颈项。

㉝ 交接：结交往来。

⑬④ 袂：衣袖。
⑬⑤ 浪浪：水流不断貌。
⑬⑥ 效爱：致爱慕之意。
⑬⑦ 明珰：以明月珠做的耳珰。
⑬⑧ 太阴：众神所居住的地方。
⑬⑨ 君王：这里指曹植。
⑭⓪ 所舍：停留、止息的地方。
⑭① 宵：通“消”，消失。
⑭② 背下：离开低地。
⑭③ 陵高：登上高处。
⑭④ 遗情：留情，情思流连。
⑭⑤ 想像：指思念洛神的美好形象。
⑭⑥ 灵体：指洛神。
⑭⑦ 上溯：逆流而上。
⑭⑧ 长川：指洛水。
⑭⑨ 耿耿：心神不安的样子。
⑮⓪ 騑：车旁之马。古代驾车称辕外之马为騑或骖，此泛指驾车之马。
⑮① 辔：马缰绳。
⑮② 盘桓：徘徊不进貌。

◎译文

黄初三年，我到京城朝拜，归来渡过洛水。古人曾说这洛水的神名叫宓妃。因有感于宋玉对楚王所说的神女一事，于是作了这篇赋。赋文云：

我从京城洛阳出发，向东返回封地，后面是伊阙，越过轘辕，途经通谷，登上景山。这时太阳已经西沉，车困马乏。于是就在长满杜蘅草的岸边卸了车，在生着芝草的地里喂马。自己则漫步于阳林，纵目眺望水波浩渺的洛川。于是不觉精神恍惚，思绪飘散。低头时还没有看见什么，一抬头，却发现了异常的景象，只见一位佳人，站在岩石旁边。我拉着身边的车夫对他说：“你看见那个人了吗？那是什么人，竟如此美艳！”车夫回答说："臣听说河洛之神的名字叫宓妃，难道君王所看见的，莫非就是她！她长得什么样，臣倒很想听听。"

我告诉他说：她的身形，翩然像惊飞的鸿雁，婉约像游动的蛟龙。容光焕发像秋天日光下的菊花，体态丰腴像春风中的青松。她时隐时现像轻云笼月，飘忽似回风旋雪。远远看着，就像朝霞中升起的旭日；近处细看，鲜丽如绿波间绽开的新荷。她体态适中，高矮合适，肩窄瘦削，腰细如束，秀美修长的颈项露出白皙的皮肤。既不施脂，也不敷粉，梳着高高的云鬓发髻，眉梢弯曲细长，红唇鲜润，牙齿洁白，一双善于顾盼闪亮的眼睛，两个面颧下有甜甜的酒窝。她姿态优雅妩媚，举止温文娴静，情态柔美和顺，言辞得体。洛神服饰奇艳绝世，风骨体貌与图上画的一样。她身披明丽的罗衣，戴着精美的佩玉。头戴金银翡翠首饰，点缀周身闪亮的明珠。她脚着饰有花纹的远游鞋，拖着薄雾般的裙裾，隐隐散发出幽兰的清香，在山边徘徊徜徉。忽然又飘然轻举，且行且戏，左面倚着彩旗，右面有桂旗庇荫，在河滩上伸出素手，采撷水边的黑色芝草。

我钟情于她的贤淑美好，不觉心神荡漾而不安。因为没有合适的媒人去说情，只能借助微波来传递话语。但愿自己真诚的心意能先于别人传达，我解下玉佩向她发出邀请。可叹佳人实在美好，既明礼义又善言辞，她举着琼玉向我作出回答，并指着深深的河水作为约定。我怀着眷恋不舍的诚意，又担心被这位神女欺骗。因有感于郑交甫曾遇神女背弃诺言的事，心中有些惆怅、犹豫和迟疑，于是收起和悦的容颜镇定情志，施展礼法来自我约束。

这时洛神深受感动，流连徘徊，神光时离时合，忽明忽暗。她像鹤立般耸起轻盈的躯体，如将飞而未翔；又踏着充满花椒浓香的小道，走过杜蘅草丛而使芳气流动。忽又怅然长吟以表示深沉的思慕之情，声音哀婉而悠长。于是众神纷至杂沓，呼朋引类，有的嬉戏于清澈的水流，有的飞翔于神异的小渚，有的在采集明珠，有的在俯拾翠鸟的羽毛。洛神身旁跟着娥皇、女英南湘二妃，她手挽汉水之神，为匏瓜星的无偶而叹息，为牵牛星的独处而哀咏。时而扬起随风飘动的上衣，用长袖遮光远眺，久久伫立；时而又身体轻捷如飞之凫，飘忽游移不定。她在水波上行走，罗袜溅起的水沫如同尘埃。她动止没有规律，像危急又像安闲；进退难以预知，似离开又像回返。她双目流转光亮，容颜焕发泽润，话未出口，却已气香如兰。她的体貌婀娜多姿，令我看了茶饭不思。

这时风神收敛了晚风，水神止息了波涛，冯夷击响了神鼓，女娲唱着清冷的歌。飞腾的文鱼护卫着洛神的车架，众神随着叮当作响的玉鸾车一齐离去。六龙齐头并进，驾着云车从容前行。鲸鲵腾跃在车驾两旁，水禽绕翔护卫。车乘走过北面的沙洲，越过南面的山冈，洛神转动白洁的脖颈，回过清秀的眉目，朱唇微启，缓缓陈述着往来交接的要领。怨恨人神殊途，彼此虽然都处在盛年而无法如愿以偿。说着不禁举起罗袖掩面而泣，止不住泪水涟涟沾湿了衣襟，哀念欢乐的相会就此永绝。如今一别身处两地，不曾以细微的柔情来表达爱慕之心，只能赠以明珰作为永久的纪念。自己虽然深处太阴，却时时怀念着君王。洛神说毕忽然不知去处，我为众灵一时消失隐去光彩而深感惆怅。

于是我舍低登高，脚步虽移，心神却仍留在原地。余情眷顾，不时想象着相会的情景和洛神的容貌；回首顾盼，更是愁绪萦绕胸怀。满心希望洛神能再次出现，就不顾一切地驾着轻舟逆流而上。行舟于悠长的洛水以致忘了回归，思恋之情却绵绵不断，越来越强烈，以致整夜心绪难平无法入睡，身上沾满了浓霜直至天明。我不得已命仆夫备马就车，踏上向东回返的道路，但当我手执马缰，举鞭欲行之时，却又怅然若失，徘徊依恋，无法离去。

◎创作背景

此赋写于魏文帝黄初三年（222年），三十一岁的曹植由鄄城侯（今山东鄄城县）被封为鄄城王，邑二千五百户，他到京都洛阳接受封王之后，在回封地鄄城的途中，经过洛水时，“感宋玉对楚王说神女之事”而作。这篇赋是曹植辞赋中的名篇，是曹植模仿战国时期楚国宋玉《神女赋》中对巫山神女的描写，叙述自己在洛水边与洛神相遇的故事，在故事情节、人物形象描写上多有借鉴宋玉的赋。

◎赏析

《洛神赋》全文可分为四篇，作者通过虚构自己与形象美丽绝伦的洛神邂逅和彼此间的思慕爱恋，把人神之恋缥缈迷离，终因人神道殊而不能结合的曼妙与痛苦描绘得柔美而婉曲，抒发了作者无限的悲伤与怅惘之情，寄托了作者心目中的一种理想之美和理想幻灭之痛。

第一自然段：“余从京域……臣愿闻之”为第一篇，写作者启程从洛阳回封地时，途中经过洛川之际，人困马乏，停车休整，诗人在阳林漫步之时，神思恍惚间看到“丽人”宓妃伫立山崖，想象十分丰富。开头的叙述平平，奇境的显现事前没有征兆。但在刹那间作者目睹了一幕终生难忘的景象：一位美艳的女子，即洛神现身了。末尾在与侍从的一问一答中，“其状若何？臣愿闻之”，一方面为下文描绘洛神埋下伏笔，一方面给这次美丽的邂逅蒙上了神秘的色彩。

第二自然段和第三自然段：“余告之曰……申礼防以自持”为第二篇，着重描写宓妃的倩姿丽影、容仪服饰之美，着力描摹洛神的神采与姣容。“翩若惊鸿，婉若游龙”，形容洛神体态摇曳飘忽像惊飞的大雁，婉曲轻柔像水中的游龙，美丽而神秘。“秋菊”“春松”“轻云”“流风”“回雪”，作者把世界上所有描绘自然之美的词语全部用来描绘洛神，赞美洛神较秋菊、茂松更娇艳、挺拔，姣如朝霞，纯洁如芙蓉，风华绝代。“柔情绰态,媚于语言”,写洛神既识礼仪又善言辞，使作者不由得心生爱慕并向她表达情意。“余情悦其淑美兮，心振荡而不怡”,描写出作者对洛神一见钟情的情感体验。“愿诚素之先达，解玉佩而要之”，向洛神赠以信物，定下约期。“惧斯灵之我欺”，描写内心担心受欺骗，故事情节更加真实而感人。“怅犹豫而狐疑”，极言对洛神爱慕情意之深，然她的神圣高洁使他不敢造次。传神的描写刻画，兼之比喻、烘托共用，错综变化，巧妙得宜，给人一种浩而不烦、美而不惊之感，就如在看一幅绝妙丹青，个中人物有血有肉，而不会使人产生一种虚无之感。在对洛神的体型、五官、姿态等描写时，给人传递出洛神的沉鱼之貌、落雁之容。同时，又有“清水出芙蓉，天然去雕饰”的清新高洁。对洛神与之会面时的神态的描写刻画，使人感到斯人浮现于眼前，风姿绰约，美轮美奂。

第四自然段：“于是洛灵感焉……令我忘餐”为第三篇，写洛神为“君王”之诚所感后的情状，是全篇寄意之所在。洛神终被作者的真情爱慕所感动，随后托水波以传意，寄玉佩以定情，与之相见，倾之以情。“或戏清流，或翔神渚，或采明珠，或拾翠羽”，亲朋好友都来祝贺，表明作者希望与洛神在一起，能得到大家的认可与祝福。“进止难期，若往若还”，那飘忽不定的脚步，流露出的是内心的矛盾、挣扎与深深的爱慕。作者运用超级想象力，想象着自己与洛神的情感一波三折，正当作者与洛神两情依依时，离别的时刻到了，给人留下无尽的遗憾！

第五自然段和第六自然段：“于是屏翳收风……怅盘桓而

不能去”为第四篇，写别后作者对洛神的思念之情深。这一篇，作者以人神殊途，结合无望，只能与之惜别，来描述自己的痛苦和“顾望怀愁”，将与洛神分别时的万般不舍、久久伫立凝望，分别后牵肠挂肚、辗转反侧、心绪难安等等，都通过丰富的想象，描写得细腻而华美。“夜耿耿而不寐”，表明离别后，人去心留，内心怅然，情思绻缱。“怅盘桓而不能去”，表明情思不断，洛神的倩影和相遇相知时的情景历历在目，浪漫而苦涩，心神为之不宁，徘徊于洛水之间不忍离去。

《洛神赋》是曹植辞赋中最杰出的作品，作者以浪漫主义的手法，通过丰富想象，勾勒出幻境；在描写人神之间的真挚爱情时，辞藻华丽而不浮躁，语言清新凝练而不庸俗，讲究对仗而音韵优美，描写传神而烘托自然，刻画细腻而不失浪漫。其艺术成就堪与屈原的《九歌》和宋玉的《神女赋》相提并论，堪称我国古典文学中一颗璀璨的明珠。

◎轶闻异物录

洛　河

洛河，古称雒水，黄河右岸重要支流。因河南境内的伊河为重要支流，也称伊洛河，即上古时期河洛地区的洛水。洛河在水文上的名称是南洛河，其源出自陕西省渭南市华州区西南与蓝田县、临渭区交界的箭峪岭侧木岔沟，流经陕西省东南部及河南省西北部，在河南省巩义市注入黄河。

洛河水利开发历史悠久，《水经注·谷水注》称，西周时洛阳附近，已修有汤渠。唐代曾引伊、洛水灌溉地势较高的农田。洛河对当地经济社会发展作用很大。

洛河在中华文明的发展史上占有重要地位，是华夏文明的发祥地，河洛文化被称为中华民族的根文化。

曹操大事记

1. 东汉，汉桓帝永寿元年（155 年），出生于大官僚家庭。

2. 东汉，汉灵帝熹平三年（174 年），二十岁，被举为孝廉，入京都洛阳为郎。

3. 东汉，汉灵帝光和元年（178 年），二十四岁，因堂妹夫濦强侯宋奇被宦官诛杀，受牵连，被免去官职。回家乡谯县闲居。

4. 东汉，汉灵帝光和三年（180 年），二十六岁，被朝廷征召，任命为议郎。

5. 东汉，汉灵帝中平元年（184 年），三十岁，黄巾起义爆发，拜为骑都尉，受命与皇甫嵩等人进攻颍川黄巾军，大破黄巾军。

6. 东汉，汉灵帝中平五年（188 年），三十四岁，汉灵帝为巩固统治，设置西园八校尉，因其家世被任命为八校尉中的典军校尉。

7. 东汉，汉献帝初平元年（190 年），三十六岁，正月，袁术等人共推渤海太守袁绍为盟主，任代理奋武将军，参加讨董军。

8. 东汉，汉献帝初平四年（193 年），三十九岁，春天，大败袁术、黑山军、南匈奴。秋，父亲曹嵩来曹操处的路上，被陶谦派兵杀害，曹操进兵徐州，陶谦退守郯县。

9. 东汉，汉献帝兴平二年（195 年），四十一岁，整军再战吕布，三败吕布。吕布逃往徐州投靠刘备。

10. 东汉，汉献帝建安元年（196 年），四十二岁，八月，迎汉献帝。辛亥，封为司隶校尉，录尚书事。十一月，封为司空，行车骑将军事，百官总己以听。

11. 东汉，汉献帝建安二年（197 年），四十三岁，正月，讨伐张绣，张绣举众投降，复叛，长子曹昂、侄子曹安民、猛将典韦战死。九月，东征袁术，袁术弃军而逃至淮河。

12. 东汉，汉献帝建安三年（198 年），四十四岁，四月，讨李傕，夷三族。东征徐州，进攻吕布。吕布投降，初步控制徐州。

13. 东汉，汉献帝建安五年（200 年），四十六岁，正月，董承等人谋诛曹操事泄，被杀。刘备袭杀徐州刺史车胄，占据徐州。

14. 东汉，汉献帝建安九年（204 年），五十岁，二月，乘袁尚出兵攻打袁谭之机，进军围攻邺城（今河北邯郸临漳）。

15. 东汉，汉献帝建安十年（205 年），五十一岁，正月，以负约为名，攻灭袁谭，冀、青二州平定。黑山军张燕投降。

16. 东汉，汉献帝建安十一年（206 年），五十二岁，攻灭高干，平定并州。

17. 东汉，汉献帝建安十二年（207 年），五十三岁，为肃清袁氏残余势力，彻底解决三郡乌桓入塞为害问题，决定远征乌桓。

18. 东汉，汉献帝建安十三年（208 年），五十四岁，开辟玄武池训练水军，废三公，恢复丞相制度，自任汉朝丞相。进军荆州刘表。刘表病死，其子刘琮接任荆州牧，举荆州之众投降曹操。

19. 东汉，汉献帝建安十六年（211 年），五十七岁，开始对关中用兵。

20. 东汉，汉献帝建安十八年（213 年），五十九岁，亲自南征孙权。次年正月攻破孙权江北营寨，生擒公孙阳。春雨江水上涨，见难以取胜，撤军北还。

21. 东汉，汉献帝建安二十一年（216 年），六十二岁，四月，册封魏王，邑三万户，位诸侯王上，奏事不称臣，受诏不拜，以天子旒冕、车服、旌旗、礼乐祀天地，出入皆如汉制，国都邺城。子皆列侯。

22. 东汉，汉献帝建安二十二年（217 年），六十三岁，冬十月，赐王冕十二旒，乘金根车，驾六马，设五时副车，立曹丕为魏太子。

23. 东汉，汉献帝建安二十四年（219 年），六十五岁，正月，刘备大败曹军。曹操亲率大军夺汉中，刘备坚壁不出，遂放弃汉中。

24. 东汉，汉献帝建安二十五年（220 年），六十六岁，正月，还军洛阳，病逝，谥曰武王。临终前留遗令，被安葬于邺城（今河北邯郸临漳县）西郊的高陵。十月，魏王曹丕取代汉朝，自立为皇帝，国号魏，追尊曹操为武皇帝，庙号太祖。

曹丕大事记

1. 东汉，汉灵帝中平四年（187 年）冬，生于谯县（今安徽亳州）。

2. 东汉，汉献帝初平三年（192 年），六岁，曹操认为时下兵荒马乱，教学射箭，学会射箭。

3. 东汉，汉献帝建安二年（197 年），十一岁，随曹操南征张绣，张绣先降后反，曹操长子曹昂和侄儿曹安民遇害，年仅十一岁的曹丕乘马逃脱。

4. 东汉，汉献帝建安十三年（208 年），二十二岁，被司徒赵温举荐。曹操认为赵温举荐他的儿子，并非因为他的真实才能，因此使侍中、守光禄勋郗虑持节奉策免去赵温官职。

5. 东汉，汉献帝建安十六年（211 年），二十五岁，任五官中郎将、副丞相。

6. 东汉，汉献帝建安十七年（212 年），二十六岁，曹操南征孙权，驻扎在曲蠡（今河南临颍县繁城镇），尚书令荀彧去劳军，与荀彧有过对射箭技术问题的探讨。

7. 东汉，汉献帝建安十八年（213 年），二十七岁，随父亲曹操回亳州（今安徽亳州）老家拜坟墓，作《临涡赋》。

8. 东汉，汉献帝建安二十二年（217 年），三十一岁，在司马懿、吴质等大臣帮助下，在继承权争夺战中胜曹植，被立为魏王世子。

9. 东汉，汉献帝建安二十四年（219 年），三十三岁，作为储君驻守邺城（今河北临漳县西）。魏讽密谋攻邺，与之同谋的陈祎自首，率众平定叛乱，诛杀魏讽。魏太子时期，积极组织文学团体并参与文学创作，为建安文学发展作出贡献。

10. 东汉，汉献帝建安二十五年（220 年），三十四岁，正月，曹操逝世于洛阳，从邺城至洛阳继位丞相、魏王，改建安二十五年为延康元年。十月，汉献帝正式禅让帝位，登受禅台称帝，改元黄初，大赦天下。十一月初一，以河内郡山阳邑（今山东菏泽巨野县）万户，奉汉帝为山阳公。十二月，以洛阳为都城。

11. 魏国，魏文帝黄初二年（221 年），三十五岁，孙权称臣于魏。

12. 魏国，魏文帝黄初三年（222 年），三十六岁，正月，西域复通，置戊己校尉。三月，封皇长子曹叡为平原王，弟弟曹彰等十一人皆为王。

四月，封曹植为鄄城王。九月，立贵人郭女王为皇后。

13. 魏国，魏文帝黄初四年（223年），三十七岁，重臣曹仁、曹彰、贾诩先后去世。

14. 魏国，魏文帝黄初五年（224年），三十八岁，四月，立太学，制五经课试之法，置春秋谷梁博士。

15. 魏国，魏文帝黄初六年（225年），三十九岁，二月，派遣使者从许昌到沛郡询问民间疾苦，救济贫困者。

16. 魏国，魏文帝黄初七年（226年），四十岁，正月，曹丕回到洛阳的宫殿。五月，病重，命镇军大将军陈群、中军大将军曹真、征东大将军曹休、抚军大将军司马懿受领遗诏，共同辅佐嗣主曹叡。让后宫淑媛、昭仪以下都各归其家。十七日，曹丕去世，谥号文皇帝，庙号高祖（《资治通鉴》作世祖）。按其生前的文告，不树不坟，葬于首阳陵（今河南偃师西北）。

曹植大事记

1. 东汉，汉献帝初平三年（192 年），曹植出生于东武阳（今南乐县韩张镇一带）。时任东郡太守的曹操，在统一北方的战争中，以机动战法，采用“围魏救赵”之术，掌握了战场主动权，在东武阳一带大破黑山军，史称“武阳之战”。

2. 东汉，汉献帝建安十二年（207 年）一月，十六岁，回师邺城，在《求自试表》中所说“东临沧海”即指此事。

3. 东汉，汉献帝建安十三年（208 年）七月，十七岁，随父南征刘表至新野，后又随父与孙权战于赤壁。

4. 东汉，汉献帝建安十四年（209 年），十八岁，随父征战，第一次回到家乡亳州。

5. 东汉，汉献帝建安十五年（210 年），十九岁，曹操在邺城所建的铜雀台落成，召集一批文士“登台为赋”，曹植也在其中。众人中，独有曹植提笔略加思索，一挥而就，且第一个交卷，其文曰《登台赋》。从此曹操对曹植寄予厚望，以为他是最能成就大事的人。

6. 东汉，汉献帝建安十九年（214 年），二十三岁，改封临淄侯。这一年曹操东征孙权，令曹植留守邺城。

7. 东汉，汉献帝建安二十二年（217 年），二十六岁，在曹操外出期间，曹植借着酒兴私自坐着王室的车马，擅开王宫大门司马门，在只有帝王举行典礼才能行走的禁道上纵情驰骋，一直游乐到金门。曹操大怒，处死掌管王室车马的公车令。曹植因此而日渐失去曹操的信任和宠爱。十月，曹操召令曹丕为世子。从此，曹植告别了昂扬奋发的人生，陷入难以自拔的苦闷和浓浓的悲愁中。

8. 东汉，汉献帝建安二十四年（219 年），二十八岁，曹仁为关羽所围困，曹操让曹植担任南中郎将，行征虏将军，带兵解救曹仁。命令发布后，曹植却喝得酩酊大醉不能受命，曹操后悔，不再重用他。

9. 东汉，汉献帝建安二十五年（220 年），二十九岁，正月，曹操病逝于洛阳，曹丕继王位。不久，曹丕称帝。曹植、苏则听说曹丕废汉自立，都穿上丧服为汉朝悲哀哭泣，惹恼曹丕。

10. 魏国，魏文帝黄初二年（221 年），三十岁，被徙封安乡侯（今河北晋州侯城），邑八百户；当年七月又改封鄄城侯（今山东鄄城县）。

11. 魏国，魏文帝黄初三年（222 年），三十一岁，四月，被封为鄄城王，邑二千五百户，此次封王后回鄄城途中，写下著名的《洛神赋》。

12. 魏国，魏文帝黄初四年（223 年），三十二岁，徙封雍丘王（今河南杞县）。

13. 魏国，魏文帝黄初六年（225 年），三十四岁，曹丕南征归来，路过雍丘，与曹植见面，增其户五百。

14. 魏国，魏文帝黄初七年（226 年），三十五岁，曹丕病逝，曹叡继位，即魏明帝。曹植渴望自己的才能得以施展，多次上书曹叡，要求给予政治上的任用。曹叡对于曹植的表白和要求，只口头上给予嘉许，实际仍严加防范和限制。

15. 魏国，魏明帝太和三年（229 年），三十八岁，徙封东阿（今山东省聊城东阿一带），约在此生活了两年零两个月。其间，潜心著作，研究儒典，创作梵呗音乐。

16. 魏国，魏明帝太和六年（232 年），四十一岁，二月，改封陈王（今河南淮阳县），十一月，在忧郁中病逝于陈地。后人称之为“陈王”或“陈思王”。

17. 遵照曹植遗愿，其子曹志在曹植死后第二年，即魏明帝太和七年（233 年）三月，将其遗骸迁葬到东阿境内的鱼山西麓，依山营穴，封土为冢（鱼山，坐落于东阿县城西南二十公里处的黄河北岸），于是便有了今天的鱼山曹植墓。千百年来，众多文人墨客纷至沓来，为曹植题写碑刻，如今已形成规模壮观的碑林。